轻与重
FESTINA LENTE

姜丹丹 主编

真实的临在

[美] 乔治·斯坦纳 著　段小莉 译

George Steiner

Real Presences

华东师范大学出版社 | 上海

华东师范大学出版社六点分社　策划

主 编 的 话

1

时下距京师同文馆设立推动西学东渐之兴起已有一百五十载。百余年来，尤其是近三十年，西学移译林林总总，汗牛充栋，累积了一代又一代中国学人从西方寻找出路的理想，以至当下中国人提出问题、关注问题、思考问题的进路和理路深受各种各样的西学所规定，而由此引发的新问题也往往被归咎于西方的影响。处在21世纪中西文化交流的新情境里，如何在译介西学时作出新的选择，又如何以新的思想姿态回应，成为我们必须重新思考的一个严峻问题。

2

　　自晚清以来，中国一代又一代知识分子一直面临着现代性的冲击所带来的种种尖锐的提问：传统是否构成现代化进程的障碍？在中西古今的碰撞与磨合中，重构中华文化的身份与主体性如何得以实现？"五四"新文化运动带来的"中西、古今"的对立倾向能否彻底扭转？在历经沧桑之后，当下的中国经济崛起，如何重新激发中华文化生生不息的活力？在对现代性的批判与反思中，当代西方文明形态的理想模式一再经历祛魅，西方对中国的意义已然发生结构性的改变。但问题是：以何种态度应答这一改变？

　　中华文化的复兴，召唤对新时代所提出的精神挑战的深刻自觉，与此同时，也需要在更广阔、更细致的层面上展开文化的互动，在更深入、更充盈的跨文化思考中重建经典，既包括对古典的历史文化资源的梳理与考察，也包含对已成为古典的"现代经典"的体认与奠定。

面对种种历史危机与社会转型，欧洲学人选择一次又一次地重新解读欧洲的经典，既谦卑地尊重历史文化的真理内涵，又有抱负地重新连结文明的精神巨链，从当代问题出发，进行批判性重建。这种重新出发和叩问的勇气，值得借鉴。

3

一只螃蟹，一只蝴蝶，铸型了古罗马皇帝奥古斯都的一枚金币图案，象征一个明君应具备的双重品质，演绎了奥古斯都的座右铭："FESTINA LENTE"（慢慢地，快进）。我们化用为"轻与重"文丛的图标，旨在传递这种悠远的隐喻：轻与重，或曰：快与慢。

轻，则快，隐喻思想灵动自由；重，则慢，象征诗意栖息大地。蝴蝶之轻灵，宛如对思想芬芳的追逐，朝圣"空气的神灵"；螃蟹之沉稳，恰似对文化土壤的立足，依托"土地的重量"。

在文艺复兴时期的人文主义那里，这种悖论演绎出一种智慧：审慎的精神与平衡的探求。思想的表达和传播，快者，易乱；慢者，易坠。故既要审慎，又求平衡。在此，可这样领会：该快时当快，坚守一种持续不断的开拓与创造；该慢时宜慢，保有一份不可或缺的耐心沉潜与深耕。用不逃避重负的态度面向传统耕耘与劳作，期待思想的轻盈转化与超越。

4

"轻与重"文丛，特别注重选择在欧洲（德法尤甚）与主流思想形态相平行的一种称作 essai（随笔）的文本。Essai 的词源有"平衡"（exagium）的涵义，也与考量、检验（examen）的精细联结在一起，且隐含"尝试"的意味。

这种文本孕育出的思想表达形态，承袭了从蒙田、帕斯卡尔到卢梭、尼采的传统，在 20 世纪，经过从本雅明到阿多诺，从柏格森到萨特、罗兰·巴特、福柯等诸位思想大师的传承，发展为一种富有活力的知性实践，形成一种求索和传达真理的风格。Essai，远不只是一种书写的风格，也成为一种思考与存在的方式。既体现思索个体的主体性与节奏，又承载历史文化的积淀与转化，融思辨与感触、考证与诠释为一炉。

选择这样的文本，意在不渲染一种思潮、不言说一套学说或理论，而是传达西方学人如何在错综复杂的问题场域提问和解析，进而透彻理解西方学人对自身历史文化的自觉，对自身文明既自信又质疑、既肯定又批判的根本所在，而这恰恰是汉语学界还需要深思的。

提供这样的思想文化资源，旨在分享西方学者深入认知与解读欧洲经典的各种方式与问题意识，引领中国读者进一步思索传统与现代、古典文化与当代处境的复杂关系，进而为汉语学界重返中国经典研究、回应西方的经典重建做好更坚实的准备，为文化之间的平等对话创造可能性的条件。

是为序。

姜丹丹（Dandan Jiang）

何乏笔（Fabian Heubel）

2012 年 7 月

证据使真理令人厌倦。

——乔治·布拉克

当你进行哲学之思时，

你不得不陷入原始的混沌之中，

在那里，感觉就像在家里一样。

——维特根斯坦

目　录

第一章　第二城

1

我们依旧会说"日出"和"日落",就好像哥白尼的"日心说"理论未曾从根本上取代"托勒密"理论一样。平淡无奇的隐喻和习以为常的修辞,都栖居在我们的词汇和语法中,顽固地浸透在我们日常用语的框架及其细枝末节里,就像在阁楼上时时发出声响的破布头或幽灵一般。

这正是理性男女,尤其是那些从事西方科技研究的科学家们至今仍然会说"上帝"的缘故。同时,这也是为什么人们脱口而出的大量短语和典故中始终有上帝的存在。然而，人们既没有使人信服的记述和信仰，也没有浅显易懂的证据确证上帝的存在。上帝依存于我们的文化和日常话语之中。他是语法的幽灵，是镶嵌在童年时期理性话语中的一块化石。尼采以及他随后的众多追随者们也都是这么认为的。

本书所要讨论的观点却恰恰相反。

语言是什么？语言又是如何运作的？人们对此的一贯理解，归根结底，都是以上帝的存在为前提的。同时，人类话语在传达意义和感受时具备什么样的能力？人们对此的惯常描述，说到底也都是以上帝的存在为前提的。这正是本文所持有的观点。为此，我认为，我们可以从文学、艺术和音乐等领域的审美体验中推断出"真实的临在"的必要可能性。准确地说，诗歌、绘画和乐曲能够使我们自由地探索和践行这一看似矛盾的"必要的可能性"。

本书认为，当人类的声音用另一种语言传达时，当我们亲自处理文学文本以及艺术和音乐作品，即在一个自由的语境中遇到他者时，不仅意义的意义，就连洞察力和反应力的潜质都是一种赌注，也就是对某种超然存在的下注。

正因为如此下注，笛卡尔（Descartes）、康德（Kant）以及所有的诗人、艺术家和我们所熟知的作曲家都对真实的存在予以断言，也言判语言及其形式中的"实在"（substantiation，该词的神学意义显而易见）之存在。他们一般会假设某个语篇的语义和意蕴都超越了虚构性以及纯粹的务实性。随之，我们不难推想，上帝之所以存在，并非因为我们的语法早已过时；相反，语法之所以存在乃至创造万千世界是因为我们把赌注押在了上帝身上。

这样的推论无论曾经在哪里被提出过，或是现在在哪里再被提出，都极有可能被全盘否定，并被人们认为是谬误至极的思想。如果它再遭遇某种窘境，那也必定是意料之中的事。

2

在当下的思想潮流中，某一种激进派认为，"重新学习做人"是我们在这个昏暗时期里所必须肩负的职责和使命。我想，在一个更具体的范畴内，我们必须重新认识被创造之意义的全部体验之中所具有的内涵，以及在诗歌、绘画和音乐叙述中被赋予意义之创造的奥秘。

为此,我想以寓言或合乎理性的虚构想象开启此篇。

想象一个禁止探讨艺术、音乐和文学的社会。在这个社会中,所有的话语,无论是口头的,还是书面的,只要是关于严肃书籍,或是绘画和音乐的,都被视为非法的废话。

在这个想象的社会里,唯一能看到的书评是我们在18世纪的哲学公报和19世纪的哲学季刊里所能找到的文章,即在新出版物中刊载的毫无偏见的综述以及极具代表性的摘录和引文。在这个想象的社会里,既没有文学批评的期刊,也无人举办关于诗人、戏剧家和小说家的学术研讨会、学术讲座或会谈;既看不到"詹姆斯·乔伊斯季刊"(James Joyce qurterlies)和"福克纳简讯"(Faulkner newsletters),也无人论及济慈(Keats)的敏感以及菲尔丁(Fielding)的坚毅。

如果有必要,人们会以最严密和最浅显易懂的形式来建构和编辑文本。这种形式是某种具有**语文学性质**(philological)的重要术语和概念,而这也正是我在这篇文章中想要论说清楚的。将被禁止的是第一千篇探究

《哈姆雷特》(*Hamlet*)真正内涵的文章或书籍,以及紧随其后的辩驳的文章、完善或补充的文章。我构想了一个反柏拉图式的理想国,评论者和批评家们都被从中驱逐了出去,而这个理想国只属于作家和读者。

与之相应,无论是为艺术家的*毕生之作*(*œuvre*),还是为艺术展览、博物馆和公私收藏品所建构的目录都将是既理性又审慎的。人们会轻而易举地获得名师佳作的复制品;然而,对画家、雕刻家和建筑师的相关新闻评论以及学术性的艺术批评则都将遭受禁令。因此,既不会有巨著进一步论述乔尔乔涅(Giorgione)的象征主义,也不会有相关文章论说戈雅(Goya)的精神世界。获得认可的评论必定是具有**语文学性质的**,亦即是阐释性的和具有历史语境性的批评。从某种程度上说,所有的解释都是评价性和批判性的,而这一事实所产生的问题,无疑是一个挑战。

禁令的核心是对那些音乐作品的评论、批评以及东拉西扯、不着边际的阐释(与分析相对的)。值得注意的是,这种阐释与分析截然相反。我相信,音乐是人类意义构建的中枢,同时也是人或靠近或弃绝形而上体验的关键所在。人类在作曲以及对音乐形式和意义的反应等方面的直觉性能力直接表明了人类生存境况的奥秘。当人们询问"音乐是什么"时,其实就是在询问"人是什么"。我们一定不要回避这样的说法及其所包含的不恰当的基本语义内涵。显然,这些难以捉摸却又紧随其后的话语和质疑都具有它们自身的规则和明晰度。需要指明的一点是,上述这些话语在被阐述之前,都有其存在的必要性。

因此,在我们的想象世界中,会有大量的乐谱以及表演或试演的指导,却没有对新作品的即时评介或每周评论。在贝多芬(Beethoven)的作品里,似乎没有对恶魔的生动描述,在舒伯特(Schubert)的作品中,也似乎没有对死亡意愿的呈现。只要人们对乐曲进行分析,那也必定会是实用性的和无个性特征的;需要再次强调的是,我力图将之定义和描述为具有"语文学"性质的东西,就是能使之激活的某种格式。

简而言之,我正在建构一个拥有原始政治体制的社会,而它也追寻文本、艺术品乃至音乐作品的即时性价值。我的目的在于寻求一种教育模式,对缺失的价值予以界定,并尽最大可能地鉴定"元文本"的价值。也就是说,对文本(或绘画或音乐)的文本以及关于学术文本、新闻文本和学术新闻文本的文本价值进行界定,而这些文本也恰恰是当今探讨美学之话语的主要形式。无论是就市场还是学术界而言,这都是一座归属画家、诗人和编舞家们的城市,却不是对艺术、文学、音乐或芭蕾舞进行批评或评论的人们的栖居之所。

在这个想象的社会中,文学、音乐和艺术能够未经检验和评估而得以存在和发展吗?它们会不受阐释的能力以及理解的运作原则所限制吗?排斥文学、音乐和艺术的高谈阔论(德语词汇"*Gerede*"①精准地传达了忙碌的空虚之要领),会在极富创作性的想象生活中造成遗忘和被动的沉默无言吗?沉默无言也许是最积极和最富有内涵的回应。

当然,这也绝对不可能使人们噤声。

3

这一问题恰恰反映了我们目前的**困境**(*misère*)。它

———————

① 译注:意为闲话、废话、流言蜚语。

讲述了次生性和寄生性之存在的重要性;同时,它也表露了学者们对阐释乃至阐释学之功能的根本误解。"阐释学"一词源于天神赫尔墨斯(Hermes)。众所周知,凭借在神灵和众生之间以及在生者和亡灵之间传递信息的职责,赫尔墨斯被看作阅读的守护神,同时也被认为是意义在对抗消亡时的保护神。通常情况下,阐释学(Hermeneutics)一般被认为是阐释圣经文本和经典文本等文献时所采纳的系统方法和付诸的实践。广泛地说,这些方法和实践可用于解读绘画、雕塑和奏鸣曲。我将在这篇文章中矢志不移地把阐释学定义为实施某种极富责任性的理解和颇具能动性的洞见。

阐释的三个重要语义给了我们关键性的指导。

阐释者是意义的破译者和传达者。他是跨语言、跨文化、跨言行习俗的语义摆渡者。从本质上来说,他又是一位执行者。通过演绎摆在他面前的材料,他力图在目的语读者的心灵中使之富有浅显易懂的生命。因此,这就是第三个重要的"阐释"之内涵。无论是演员们表演阿伽门农(Agamemnon)或奥菲利亚(Ophelia),还是舞蹈家演绎巴兰钦(Balanchine)编排的舞蹈,抑或小提琴家们演奏巴赫（Bach）的变奏曲，都属于第三类"阐释"。显然，此处的"阐释"就是对活动的理解，这也是翻译的即时性特质的某种反映。

这种理解既具有分析性，又具有批判性，两者同生共存。最重要的是，无论是对戏剧文本的演绎，还是对乐谱的演奏，这都是对原文本的某种批判。显然，这一行为本身就是对原文本的一种全面深刻的回应，进而使原文本的意义恰如其分地呈现出来。**最优秀的（*par excellence*）**"戏剧批评家"就是演员和制片人，他们在合作时共同探究和演绎戏剧中的潜在意义。尽管在通常情况下大声地朗读剧本比任何戏剧评论都更深刻得多，但是，戏剧的真正阐释就是舞台演出。同样，没有任何音乐理论和音乐评论在阐释语义方面能够和演奏音乐的表演相提并论。正是当我们在体验和比较同一芭蕾舞、交响乐或四重奏的不同阐释形式，即在表演时，我们才真正进入到对生活的理解之中。

道德将会成为我们在相关分析中的基石。就道德而言，与评论家、文学批评家、学术剖析者和评判者不同，执行者把自己的存在也投入到阐释的过程之中。因此，他的解读以及他对意义和价值的选择,并非源自对外界进行调查的述评,而是全身心地投入到文本的阐释之中,并在此过程中融入了自身的思想感情。显然,这种阐释是一种有风险的承诺,从根本上而言,也是一种对文本负责任的反应。除了知识分子或行业资深者的傲慢,评论者和批评家以及学术型专家们的职责又何在呢?

执行者迫于执行的压力对文本进行的一种阐释性回应,我将使用一个过时的词"*应答性效能*"(*answerability*)来予以表征。当与另一个人对话,或对一首诗歌进行解读时,真正的理解是对其进行负责任的回应。我们要对文本、艺术作品和音乐作品负责;然而,就某种具体意义而言,我们同时也要兼顾在道德、精神和心理等方面的责任。本书旨在清楚地论述这三重责任的真正内涵。最直接的一点是,表演者是艺术的意义和价值的最佳呈现者。

这是音乐、戏剧和芭蕾舞的写照,但非戏剧文学却表现得不那么明显。然而,我们在此论述的理解是行为性的和即时性的。许多伟大诗作,无论是品达(Pindar)的《颂诗》(*Odes*),还是荷马式的史诗,抑或是弥尔顿(Milton)、丁尼生（Tennyson）、杰拉尔德·曼利·霍普金斯（Gerard Manley Hopkins）的诗歌，都需要朗诵。诗歌的意义以及我们称之为韵律的意义之音乐，也都是关乎人类身体的。他们所引起的情感共鸣是发自肺腑和源自触感的。有些散文也同样注重口头表达。吉本（Gibbon）、狄更斯（Dickens）和罗斯金（Ruskin）的作品具有丰富多样的音乐性、抑扬顿挫的音调和韵律感，进而使读者在大声朗诵时产生某种有助于积极理解的共鸣感。大多数成人在阅读习惯的侵蚀下消解了诗歌和散文的原始阅读传统。

就语言的表达和乐谱的演奏而言，演绎式的阐释可以发乎于执行者的内心。不善于交流思想情感的读者或听众在默诵诗歌或乐谱时，也可以成为体验意义的执行者。背诵文本或乐曲可以使其获得某种内在的豁然开朗之感，进而使其身体焕发出生命力。用本·琼斯（Ben Jonson）的术语"摄入（ingestion）"来概括再精准不过了。我们铭记于心的东西成为了我们意识的媒介，进而成为使我们个体身份属性成长和复杂化的"助推器"。无论是语言上的，还是音乐上的，都没有任何来自外部的注释或批评能如此直接地将形式上的方法和建构语义的运作准则与我们融为一体。准确的追忆以及诉诸于回忆的行动不仅使我们对作品更加心领神会，也让我们在自我和心灵之间产生了一种可塑性的认知互惠关系。随着我们的不断变化，诗歌或奏鸣曲的信息背景也会随之发生变化。于是，记忆就变成了再认知和重新发现，而再认知也就是重新认识。古希腊信仰认为，记忆是缪斯（Muses）之母，而这正恰恰表达了古希腊人对艺术和心灵本质的基本洞见。

　　本书所探讨的论题是最激烈的政治和社会问题。人们训练有素的教养和共享的记忆合力构建了一个与其过往密切关联的社会。更重要的是，这样的社会捍卫了人个性中最核心的存在。记忆中最本真的东西以及最容易在记忆中被唤起的东西成了自我心灵中的压舱石。政治的苛求及其社会规约的冲击都无法将之从我们的心灵中抹去。无论是在公共场合，还是私人场合，在孤独中，人们心灵中永不忘怀的诗歌和时时萦绕在心头的乐曲都是抵制自身消亡和守护心灵不受侵犯的守护者与记忆表征物（remembrancers）。记忆表征物虽是一个古老的词语，但它却是我的论证赖以推进的一个概念。

在俄国,现代诗歌遭遇层层审核,受到重重迫害,所以大量的优秀诗歌都是口口相传,并被人们诵读于心。借助阿赫玛托娃(Akhmatova)、曼德尔施塔姆(Mandelstam)和帕斯捷尔纳克(Pasternak)的诗歌,人们对现实必不可少的抗议、真实的描述和辛辣的讽刺都被默默地铭刻在每个人的个体记忆中。

在如今我们被许可的社会体制下,默诵已经在很大程度上从中等教育和读写习惯中消失殆尽。计算机数据库和自动检索程序的自动化及其保真度都将进一步削弱个体记忆的能力。刺激和暗示将越来越具有机械性和集体性。人们很容易求助于流于表征的电子媒介,而许多音乐和文学作品纯粹是某种外在性的存在,其区别就在于"消费"(consumption)和"摄入"(ingestion)之间。无论是文本,还是音乐作品,它们都会存在着失去物理学意义上所谓的"临界质量"的风险,也就是说,它会失去在自我的回音室中所拥有的内在爆发力。

因此,我们的想象之城是一个男人和女人以最直接的方式从事艺术、音乐、绘画和雕塑品等工作的城市。他们中的绝大多数人本身既非作家,也不是画家,更不是作曲家,但只要他们有能力、有自由,他们就会以实际的行动成为回应者和应答者。他们熟知"'业余爱好者'是自己所知和所行之事的真正情人(业余爱好者[ama-tore])",也深刻理解这一习语中爱所隐含的力量。学术性新闻解读、评论和裁决的介入已经被移除。没有它们的干涉,阐释就会最大意义地得以存在。然而,这是否意味着不再有更严格意义上的批评以及美学现象、形式与价值方面的深思熟虑的论证?

同样,这一错谬概念,发展势头正盛,如日中天。

4

包括音乐和文学在内的所有严肃艺术都是一种批判性(critical)行为。首先,这与马修·阿诺德(Matthew Arnold)所说的"生活的批判"如出一辙。艺术家所构建的世界无论是具有现实主义,还是具有虚幻性、乌托邦性和讽刺性,都是对现实世界的一种抗辩。审美方式意味着一种集中而选择性的互动,但这种互动发生在观察的有限性和想象的无限性之间。这样形成的一种强烈的视觉效果和富有思辨性的秩序始终都是一种批判。这意味着事实在现在、过去或将来的某一时间维度上也许是另外一回事。

然而,文学和其他各种艺术形式也是某种更具体和更实用的批判。它们体现了对自身拥有的文化继承和历史语境的某种阐释性反思和价值判断。

平庸乏味的文学著作、艺术品和音乐是绝对没有可能会流芳百世的。审美创作是人类最高智慧的结晶。艺术界的擎天泰斗们都有着无与伦比的智慧。据记载,但丁(Dante)和普鲁斯特(Proust)的心灵最善于分析并最具系统性,陀思妥耶夫斯基(Dostoevsky)和康拉德的政治敏感性无人匹敌,而丢勒(Dürer)和勋伯格(Schoenberg)的理论严谨性也有目共睹。然而,智力仅仅是创造性才智的其中一个元素,且不占主导地位。与普通人相比,著名的画家、雕刻家、音乐家和诗人更多地把意识和潜意识中的原始素材和天赋与所表述的潜在因素联系起来,而这些潜在因素又往往都是未被察觉和未被发掘的某种存在。将含糊不清和隐而未现的某种存在转化成人类共享认知的一般性问题需要人们投入极大的精力对之予以内省和把玩，并力图在最大程度上使之内化。我们找不到一个恰当的词汇来描述本能所激发的激励和管理能力，也找不到合适的词语来形容直觉的有序性，而这些都是一个艺术家的标志。显然，无论是雕刻家围着桌子不停地忙碌，还是柯勒律治在其睡梦里，其中都蕴含着最有力的智慧。这种智慧怎么能不会对自己的作品乃至先辈的作品进行批判呢？从艺术、文学和音乐的内部对艺术、文学和音乐展开的解读、阐释和批判是最全面深入且最具权威性的。相比而言，那些来自外在的，以及非创作者，即所谓的评论者、批评家和科研工作者对其进行的解读、阐释和批判，极少能够与之相媲美。

下面让我们举例来论说一下。

维吉尔(Virgil)对荷马(Homer)作品的解读，或是对我们阅读荷马的作品进行的引导，任何外在的评论家都将无法与之相比。《神曲》(*Divine Comedy*)对《埃涅阿斯纪》(*Aeneid*)的解读在技巧和神韵上都可以称得上"驾轻就熟(at home)"，而"驾轻就熟"这一表述在此处具有多个层面上的权威性，一个评论者如果自身不是诗人，那么他的外在评论是不可能达到这种境界的。无论是在弥尔顿的《失乐园》中，还是在蒲伯(Pope)的讽刺史诗中，抑或是在埃兹拉·庞德(Ezra Pound)《诗章》(*Cantos*)的逆流朝拜之旅中，荷马、维吉尔以及但丁的在场都是一种"真实的临在"(real presence)。弥尔顿、蒲伯和庞德都以实际行动对荷马、维吉尔和但丁进行批判，或是明显地吸取其精华，或是去其糟粕。同时，每位诗人都会迫切考虑自己的创作意图、语言和创作素材，以及先辈们在形式和内涵上的成就，并将其融为一体。诗人自身的创作实践对先辈们的作品进行了最严密的分析和批判。《埃涅阿斯纪》对《伊利亚特》(*Iliad*)和《奥德赛》(*Odyssey*)所摒弃、转化和省略的东西都是极为重要且颇具教育意义的，因为这些操作包含了变异、模仿和修正。朝圣者在但丁《炼狱篇》(*Purgatorio*)的结尾处渐渐远离他的主人和向导，以及《炼狱篇》中对《埃涅阿斯纪》的引用和参考进行的修正，共同构建了批判性阅读的幽深之境。就基督教的启示而言，这些解读论述了经典的局限性。显然，这在学术批判上是无与伦比的。

　　无论是在总体结构或叙事方法上，还是在修辞特征上,乔伊斯的《尤利西斯》(*Ullysses*)都是对《奥德赛》的一种批判性体验。乔伊斯(像庞德一样)在和我们共同解读荷马的作品。他对荷马作品进行的阐释,既通过对但丁和维吉尔的竞争性折射对荷马作品的解读展开,又凭借自我创作诗史时的一种纯粹批判性才智展开,而这种才智也是自身在阅读过程中进行极度推理的智慧。不同于评论家和学术评注者的是,乔伊斯的解读是对原文本负责任的回应,因此也将自己作品的声望和际遇置于了极大的危险之中。

在批评性行为的执行过程中,这类批评和自我批评的行为在所有有价值的解读中发挥了极为显著的功用。它们使得过去的文本成为现在的某种存在。正因为对过去的现在性存在予以了充满活力的评估,以及对未来主张持有某种批判性预见,这种批评行为恰恰阐明了批评的洞见性。就批评行为对未来主张持有某种批判性预见而言,如今,博尔赫斯(Borges)认为,《尤利西斯》先在于《奥德赛》,并对《奥德赛》作了预言式的呈现。在诗人借助诗歌对诗人进行批判之中,阐释学解读了神使赫尔墨斯从永恒的亡者那里带回来的富有鲜活生命力的文本。

类似的例子可谓俯拾即是。我们可以在利维斯(Leavis)提供的文献中看到,乔治·艾略特(George Eliot)的《米德镇的春天》(*Middlemarch*)所经受的文学学术批评(Literary-academic criticism)尤为突出。然而,没有文学学术批评的存在,我们想象的文化也将依然存在。重要的是,它是否有能力从《贵妇画像》(*The Portrait of a Lady*)中辨认出对《米德镇的春天》进行批评的原始文本元素。前者是如何从后者中发展而来的,以及亨利·詹姆斯(Henry James)到底运用了什么样的叙事结构和戏剧化的心理状态去重新思考《米德镇的春天》中的相关问题,对这些问题的深刻理解都是对乔治·艾略特有瑕疵的作品的一种再反思和一种全面的再解读;同时,这也会使人们充分理解《贵妇画像》的尾声为何未能成功挖掘詹姆斯在《米德镇的春天》的结局中提到的动机和行为的不可思议之处。显然,这将使我们成为关键性批判行为的参与者。一部小说是在与另一部小说或正向或逆向的互动中建构了自身的存在。正如博尔赫斯妙语所言,时间顺序具有可逆性。依据詹姆斯在《贵妇画像》中的相关处理,我们学会了如何解读《米德镇的春天》,进而也使我们在返回《贵妇画像》时更清晰地辨别它对《米德镇的春天》的转换性易变。与纯批判性或教学性评论和结论中的易变不同，文学作品中的这些变化没有一点寄生性特质。想象活动的这两种建构模态形成了鲜明的对比。

有关《包法利夫人》(*Madame Bovary*)的二手文献可谓汗牛充栋，但也是可消费的。传记式的、文体性的、精神分析式的和解构主义的评论几乎存在于福楼拜(Flaubert)文本的每一段落之中。然而，在我们这个极富"回应性"的第二城中，为了对这本小说进行极富创造性的阐释和分析，我们转身依仗的却是另一部小说。《安娜·卡列尼娜》(*Anna Karenina*)是福楼拜隐含意义上的"翻版"。托尔斯泰(Tolstoy)对于叙述的广博性和自发性，以及贯穿整个伟大叙事的狂乱之风，都从根本上批判了福楼拜的创作意愿，有时完美到令人窒息。《安娜·卡列尼娜》中宗教推论的力量使我们批判性地洞察到福楼拜的创作天赋。当亨利·詹姆斯将爱玛·包法利视为"微小元素(too small a thing)"时，他早已注意到了这一天赋。

简言之，无论是拉辛(Racine)解读和转化欧里庇得

斯的诗歌,还是布莱希特(Brecht)重构马洛(Marlowe)的
《爱德华二世》(*Edward II*),抑或是热内(Genet)在《女
佣》(*The Maids*)中骤然转化斯特林堡(Strindberg)在《朱
丽小姐》(*Miss Julie*)中的主题,批评的能量都被注入了
创作的职责之中。据我所知,关于莎士比亚(Shake-
speare)的《奥赛罗》(*Othello*),最好的批评见诸于博伊托
(Boito)为威尔第(Verdi)的歌剧所写的剧本,以及威尔第
在口头和音乐上对博伊托的建议所作的回应。或许,令
人感到残酷的是,美学批评似乎确实唯有(或绝大多数情
况下)在其审美形式与审美内容相匹配时才值得拥有。

此处,我们应该援引出另一种审美批评形式。众所
周知,翻译(Translation)在词源学意义上就是一种阐释
(interpretative)。同时,它也是一种最具创造性的批判。
瓦雷里(Valéry)对维吉尔《牧歌集》(*Eclogues*)的翻译就
是一种批判性创造。关于巴洛克风格的狂飙突进及其极
限,没有任何批判性的研究能与罗伊·坎贝尔(Roy
Campbell)从西班牙语翻译过来的《十字架上的圣约翰》
(*St. John of the Cross*)相提并论。同样,也没有任何文
学批评能够像阅读查普曼(Chapman)、霍布斯(Hobbes)、

珂珀（Cowper）、蒲伯、雪莱（Shelley）、劳伦斯（T. E.
Lawrence）、克里斯托弗·罗格（Christopher Logue）先后
翻译的《荷马史诗》一样，可以让我们用心倾听英语中不
断变化的音乐意义。每个译本不仅是对《荷马史诗》和赞
美诗的一种批判性体验，也是对以前译本的批判性回应，
同时更是对口语和情感的历史长河的批判性回应。这一
阐释可以延伸至翻译的特殊伪装形式，即戏仿（parody）。
蒲伯的《荷马史诗》（是继弥尔顿之后最脍炙人口的英语
史诗），与希腊原著并立于一处。将其二者放在与《夺发
记》（*The Rape of the Lock*）中的某些段落共同构建而成
的三角关系中予以考察，《夺发记》中的那些段落也点对
点地滑稽模仿了《伊利亚特》中的某些片段。审美形式和
审美内容的相互作用、相互影响是批判性才智和想象力
发挥到巅峰时刻的表现之一。

　　对有价值的艺术和音乐进行批评的各种阻碍是审美
批评的本质所在。就绘画、雕塑和音乐结构现象学而言，
无论对之所使用的语言有多么巧妙，所言之语也难表一
二。怎样才能把一幅画或一首奏鸣曲的曲式用语言表达
出来呢？即使在有关美术和音乐的最负盛名的学术批评

中,我们也能明显觉察到,东拉西扯的盛行之风以及在根本上(本体论上的)荒诞不经的悲怆之气。我们的初始之城为何会如此让人闹心呢?

让我们首先来看看艺术。

阐释和评价的素材主要是由艺术家提供的。让我们有机会了解艺术家们创作初期之目的的恰恰是他们的初步设计模型和草图,以及他们的私人书信和个人日记(如德拉克鲁瓦[Delacroix]和保罗·克利[Paul Klee]的书信和日记);同样,让雕刻家对意义之源头具有某种洞察力的,也正是雕刻家们连续不断的雕刻。语法上合乎逻辑的话语与词汇和句法完全不是一回事,就如它与颜料、石头、木头或金属所对应的词汇完全不一致一样。在将物质描述为某种"上帝的语言"时,伯克利(Berkeley)就暗示了这一对立性。如果真是那样的话,语言在物质方面是有其边缘的。也就是说,它在教育方面也会如此。那就是最终在艺术家和工匠们制作的符号中未被言明的某些存在。

即使是出自像狄德罗(Diderot)、罗斯金或隆吉(Longhi)之手的上乘艺术评论佳作,与梵高和塞尚

(Cézanne)的书信进行比较,也几乎无一例外地会陷入不公正之境遇。然而,正是这些书信揭示了什么词汇可以表达物质的意义;同样,也正是它们在某些层面上引领我们进入了从无到有的孕育空间。艺术家对自我作品创作过程的记录以及对自我作品的评价都内隐了创作者内在的源自视觉、肌肉、前意识、意志和外化性的技术等诸多方面的动力,其存在完全源于创作者的身体和心理,且与之不可分割。一般而言,在创作者内在的这种融合发生之前,其语言会显得孱弱无力。然而,也有例外,例如,济慈的书信、娜杰日达·曼德尔施塔姆(Nadezhda Mandelstam)详细记录了曼德尔施塔姆创作时的举手投足,但是,这类例子都极为少见。

对自我个人生活过度开放的人生也被我称作诗人和艺术家般的体验,而持这种生活态度的任何庄园女性也必定会很享受梵高给他弟弟书信中的那些有关快乐记忆的文字,或是迷恋塞尚向同辈艺术家和朋友汇报自己工作进展时所吐露出的那一段段美好记忆。这些文献资料在某种意义上确实使我们对这一秘密有所洞察。因为"秘密"一词对论述至关重要,所以其必要性和定义性既是不容回避的,也是刻不容缓的。

就像在文学中的情形一样,在绘画和雕塑中,解释(阐释学的)和评论(范式化的批评)都聚焦于作品本身。艺术的最好解读就是艺术自身。

最直白的例子就是画家和雕刻家临摹或仿造大师的作品。事实的确如此,他们在不同程度上将另一幅画作或雕刻作品中的主题、具象结构和形式结构加以吸收、引用、歪曲、肢解或变形,使之变成自己的作品。我们当下的城民所找寻的也正是这些富有活力的文化回应。

无论是有意识的,还是无意识的,抑或是在模仿还是在争论,这种吸收和参照在艺术中都是永恒的存在。艺术是通过对前人作品的反思而发展出来的。无论知觉错位多么强烈,"反思(reflection)"一词都意味着"镜像映照(mirroring)",同时也意味着一种"重新思考(re-thinking)"。正是通过对前人代表作进行内在的"再创造"和修正,艺术家们才能在艺术创造中清晰地表达出他所见过的最真实和最具直觉性的东西。

戈雅有一幅表现反抗波旁家族和拿破仑统治的马德里起义的画作,画作描绘了起义的狂热暴力。很明显,画作充满了身姿主题以及肖像性和象征性速写之惯例,而这些都是从他自己早期的艺术创作和以田园牧歌和神话学体裁为创作主题的其他艺术家的作品中转化而来的。这绝不是在质疑戈雅进行艺术实践时的热情和正直。这只是显示了艺术家对事件或场景的感知体验之本身在多大程度上也是一种"艺术行为(art-act)"。我从语言哲学中借用了这个术语,因为"言语行为(speech-act)"一词在语言哲学中是很流行的。"艺术行为"这一概念简单直白地展现了艺术家的"生活批判"是多么的自然,其行为也是最生动、最具权威意义上的艺术批评。

此外,正是在艺术最具创新性和最能打破传统观念的宣言和行为中,它对其他艺术的判断也最具说服力。对安格尔(Ingres)来说,没有比达利(Dali)的画作更具有说服力的指导了。评论委拉斯开兹(Velázquez)的最优秀评论家是毕加索(Picasso)。事实上,毕加索的绘画手法变化多端,其所有的手法都可以被看作是对西方历史进行的一系列批判性的重新评价,在某些时刻,也可以被看作是对原始艺术史的批判性重新评价。类似的情形还有,丢勒对弗兰德大师们的再思考,塞尚对皮耶罗·德拉·

弗朗西斯卡（Piero della Francesca）画作中平面感和立体感的静心沉思，马奈（Manet）对戈雅的可行性调查，以及莫奈（Monet）对透纳（Turner）的批判，都是独一无二的付诸于实践的艺术批评和评价，其敏锐性是无与伦比的。

本书讨论的核心问题是，能否通过某些有意义的东西，对艺术的本质和意义予以**讲述**（said）或书写。在我看来，这个问题似乎不仅意味着对语言局限性的基本思考，也把我们带到了理性–逻辑范畴的概念化和其他内在经验模式之间的边界上。能够被人们理解的，也就是说，被转述的事物，与可被人们在某种范畴内被思考和存活的某种存在之间是有区别的，这些范畴都是超越理解，并且经过严格考虑过的，而音乐在这方面蕴含了比其他任何可理解的行为和执行的形式更多的内涵。从更狭隘的角度来说，如果我们无从知晓有关音乐之本质和意义的知识，就不可能有任何认识论和艺术哲学可以宣称其自身具有包容性。克洛德·列维-斯特劳斯（Claude Levi-Strauss）曾宣称，"音律的发明是人类最大的奥秘"。对我来说，这一断言似乎就是一个明证。音乐体验中有序情感的真实性和必要性并非是非理性的，但它们又不可简化为理性或实用性的推论。这种不可约性正是我论证的源泉。或许，人之所以为人，以及人之所以"濒于"独特而又开放的"他者"之极限的边缘，就是因为人能创造音乐，并为音乐所拥有。

说起音乐，语言是蹩脚的。一般而言，音乐寄身于明喻的感染力之中。柏拉图（Plato）、克尔凯郭尔（Kierkegaard）、叔本华（Schopenhauer）、尼采（Nietzsche）和阿多诺（Adorno）都是通过对话性的启发来点燃人们的智慧之火。文艺复兴时期的重要音乐理论家乔塞夫·扎里诺（Gioseffo Zarlino）就音乐提出的定义认为，音乐中存在某种极其罕见的暗示性力量，即音乐会"将理性的非物质能量和身体融合在一起"。人们既明白又不明白叔本华的那句格言，即音乐是"通过将自身呈现为世间万物的形而上之存在来展现自我的……，因此，我们不妨把这个世界称为具身化了的音乐，亦如具身化了的意志一样"。在音乐中，法国诗人、散文家皮埃尔-让·茹弗（Pierre Jean Jouve）将歌曲"神秘园（the Promise）"定义为具有普遍性、挑战性和抚慰性的未实现的具体体验。音乐中往往都有很明显的救世主似的暗示。然而，我们试图用语言来表达音乐中的隐含意义，却因此产生了孱弱无能的隐喻。作为我们这个时代最优秀的音乐导师和音乐分析家之一的汉斯·凯勒(Hans Keller)曾将所有的音乐学和音乐批评解构为赝品。

这一根本问题直接关系到当下的城民。在一个比文学或艺术更激进的层面上，阐释性和批判性的顶级智慧都是音乐性的。曾经有人请求舒曼(Schumann)解释一首难度很大的练习曲，他于是坐下来将那首曲子又弹了一遍。不难发现，最"裸露(exposed)"的和最可靠的音乐阐释就是音乐演奏。与我们在文章、绘画或雕塑中所引用的方法极为相似的是，真正能对音乐的对象予以回应的音乐批评往往只有在音乐的自身中才能找到。主题、变奏、引用和重复的结构都是音乐的有机组成部分，而西方音乐的情形尤其如此。从字面上看，批评是作曲家的工具。

我们可以对比一下音乐的交流价值和语言行为的浪费，这几乎是残忍之举。肖邦(Chopin)作品中对复杂情绪极其简约的表达是对话语的公然挑战。这一点在布索尼(Busoni)的变奏曲中表现明显。不过，这些变奏曲也是最好的音乐审美批评:布索尼变奏曲中的音调强度指出了肖邦作品中的某些不满情绪。想想莫扎特(Mozart)对《弥赛亚》(Messiah)的重组和改编的批判性权威作品;贝多芬基于萨列里(Salieri)的《福斯塔夫》(Falstaff)二重唱所创作的十首变奏曲,是引人注目的批判性权威作品。李斯特(Liszt)从意大利歌剧、古典交响乐、同时代成就卓著的瓦格纳(Wagner)的作品改编而来的钢琴曲始终表明,在西方音乐史上,李斯特的音乐批评是最机智,也是最老练的,这些改编共同构筑了一个批评纲要。在我们这个政治时代中,有关瓦格纳歌剧的音乐-文化文献堆积如山。这些文献是否像肖斯塔科维奇(Shostakovich)的第15交响乐《特里斯坦和伊索尔德》(Tristan und Isolde)中的引证那样,以简洁而富有激情的思想深度来定义和阐述这个问题呢?引证不仅强迫我们重新看待瓦格纳,而且,严苛地批判了肖斯塔科维奇自身及其所处社会的悲剧政治。

最后一例。几乎完全不可能让人用语言满意地解释"现代主义"音乐这一概念。这一转折中最清晰的批评性论述就是勋伯格基于早期大师——诸如巴赫和勃拉姆斯

(Brahms)等人——的作品进行的改编曲和管弦乐编曲。现代主义的争辩既是存在主义的,又是批判性的,在斯特拉文斯基(Stravinsky)根据杰苏阿尔多(Gesualdo)和佩尔戈莱西(Pergolesi)的作品改编的曲子中可窥一斑。这些**乐曲的重奏**(*reprises*),在方法上无法进行语言评论,同时,它们既是对现代主义的讽刺,又是对现代主义的去神话化。这样的重组和创新就批评的功用和正义而言是**最优秀的**(*par excellence*)。此外,它们重组了音乐遗产中的线条和力量场域,并进行"创新"。

因此,结构是对自身的阐释,作曲就是批判。在我们这个文化乌托邦里,批判性和评估性的才智会被任何一个音乐创作人听到,也会被所有选择积极倾听的人听到,并且加以应用。积极沉默和被动沉默之间的区别在此处再一次重现。在我们的城市里,既没有外来的评论家,也没有即时评论家会被授权去包装音乐体验的核心内容和需求。

5

我所描绘的幻想仅限于此。禁止文学和艺术的次级话语需要通过审查,其审查难度令人难以相信。在美学领域中,人们无法规定审美的即时性。在人们的想象中,即使是最基本的文化结构和音乐接受都无法逃脱批判或说教的干预。

此外,还有人反对我的整个研究计划。艺术、音乐和文学的学术研究、阐释和批判,甚至一些评论(虽然很少见)合理地宣称要有创作的尊严,没有任何感性常识会抹杀塞缪尔·约翰逊(Samuel Johnson)或柯勒律治(Coleridge)对莎士比亚的评论;也不会抹杀瓦尔特·本雅明(Walter Benjamin)对歌德(Goethe)的评述,或者抹杀曼德尔施塔姆对但丁的评价。如何区分主要的和次要的呢? 如何区分雷诺兹(Reynolds)《话语》(*Discourses*)中的依附性呢? 如何区分欧文·潘诺夫斯基(Erwin Panofsky)对中世纪和文艺复兴时期的艺术及图像学的解读的依附性呢? 即使是最坚定地相信第一手资料的人,是否也应该把柏辽兹(Berlioz)、阿多诺(作曲家)以及查尔斯·罗森(Charles Rosen)等艺术大师与音乐学家对音乐的分析和批判性唤起排除在法庭之外呢? 尤其是在书信中,边界是不确定的,是动态变化着的。阐释学和评价可以通过风格的对比和富有激情的分类,深入到原文本内部进行审美批评。我们通过戏剧表演来重读黑兹利特(Hazlitt),也可以通过屠格涅夫(Turgenev)或莫泊桑(Maupassant)来重读亨利·詹姆斯。在罕见而又光彩夺目的例子中,即使是充满节日气氛的致辞或学术演讲都具有诗意的可回答的自主性,比如,陀思妥耶夫斯基对普希金(Pushkin),托马斯·曼(Thomas Mann)对席勒(Schiller)。

我在文中所引之例几乎完全来源于艺术家对艺术的批评,作家对文学作品的批评,以及音乐家、作曲家或执行者对音乐的批评。然而,无论是在理论上,还是(罕见的)实践上,那些只作出回应的人都可以进行自由的阐释和持续的评价。如若我们不读埃里希·奥尔巴赫(Erich Auerbach)的《模仿论》(*Mimesis*),或威廉·燕卜荪(William Empson)的《复合词的结构》(*The Structure of Complex Words*)之类的书(当然,燕卜荪虽渺小,但却与众不同),那么,我们对乐趣和精准度的感知力就会稍逊一筹。

我的吹毛求疵的构想在一个更温和的层面上也会受

到指责。有何害处呢?

　　大量的文学新闻评论、文学评论文章以及艺术和音乐评论都是转瞬即逝、朝生暮死的。大量的学术阐述和观点都会绝版,尘封在图书馆中,诸如,弥尔顿的修辞,波德莱尔(Baudelaire)的肉欲、论述莎士比亚早期及中期或后期的机智的语义学、陀思妥耶夫斯基的思想深刻的论述。批判性学派、学术阅读书目、艺术阐释的符号学课程就像满腹牢骚的影子一样来来往往。持续出现的关于作家、画家、雕刻家和作曲家的注解和批判的作品,曾经被分析和归类了上百次,这的确带来了短暂的快乐和意义的良好幻想,如若运气好,还可以为各种各样的次等灵魂提供一定的专业职位和良好的收入(我怎么可能不知道,并且不承认这的确如此呢?)。

　　如果没有评论家,那么,第一个小说家、初出茅庐的表演者和未曾展览过画作的画家会怎么样呢?对许多不确定的读者来说,批判性教育的领军者是无价之宝。为什么要剥夺这种文化支流和文化营养呢?无论多么贫瘠,多么短暂,或许都会掀起创新的伟大潮流。当然,在上帝的庇护之下,平庸之才也会得到照拂。

这一切都是千真万确的。然而,我的弃权幻想的确有自己的目的。我的比喻引发了一个基本问题:就全部意义而言,在场和缺席存在于我们的个人生活和所处的社会政治中,存在于创造(*poiesis*)中,还存在于创新行为和创新的体验行为中。在现在的这个城市里,本体论(这是最精确的称呼)的地位在哪?存在、意义、艺术、音乐、诗歌的地位又在哪?首先,这个问题可以而且也必须用美学、心理学、文化政治的术语来加以阐释。然而,这不可避免要涉及到更深的层面。

6

当今西方消费社会中占主导地位的习俗和价值观与我们想象的现实社会中的正好相反,它们居于次要地位,居于依附性的地位。每天有数以百万计的文字、出版物、广播和影视剧都在呼吁人们进行文化修养,但人们永远不会去看书,永远不会去倾听音乐,也永远不会去欣赏艺术作品。空气中充斥着不绝于耳的美学评论、即时的评价、提前美化了的阐释。估计,绝大多数的艺术演讲、文学报告、音乐评论或芭蕾舞批评,都是被浏览而没有人去阅读,只是被听到而没有人去倾听,其影响与本·琼斯所谓的冲动的个人遭遇和占有恰恰相反。很少有"摄入",普遍存在的都是"消化"。

在批判-学术解释和评价的层面上,次级话语是不容考察的。即使是计算机和电子数据库也应付不了。没有最新的参考书目。在欧洲和美国,每天都会有大量书籍出版、大量评论文章和学术文章发表,每天都会有*学报*(*acta*)和学位论文刊行。在"人文学科"中,我将使用一个宽泛的标题来阐述文学、音乐、艺术及其所引发的阐释和规范论述的总体性思想,涉猎的领域极其宽广,近乎荒诞。

我举出大量的简明扼要之例,也仅仅是因为不从事于学术研究、艺术和音乐研究的读者无法理解这一思想的维度。

人们认为,仅仅在现代文学领域,俄国和西方大学*每年*(*per annum*)都会评审通过大约 3 万份博士毕业论文。一个普通学院或大学会储备大约三四千份人文学科的期刊。其中,包括诗歌、戏剧、小说的批评性学术期刊;音乐学和音乐批评期刊;优秀艺术史及批评的季刊和研究简报。理论美学和形式美学的期刊出版物层出不穷。几千个学术团体,专业学会,由文学历史学家、音乐理论家、**纯文学**(*belles-lettres*)朋友、美术史家、芭蕾舞学生、戏剧学生、研究不同建筑风格的学生、研究联合国教科文组织罗列的电影的历史和符号学的学生们组建的不同组织,都只是冰山一角,他们以或多或少的官方或普通形式发表文章。没有计算机索引时事通讯、年度大事记,以及庆祝这个或那个解释仪式的女巫大聚会的会议记录。

当作品中的主要人物形象或主体受争议时,阐释性或批判性"报道"(隐晦之词)就无法一一进行了。关于歌德的《浮士德》(*Faust*)的相关书籍和文章,我们拥有最完整的 4 本厚重的大部头参考文献。自 18 世纪 80 年代后期,在批评性学术座谈会和博士毕业论文中,大约有 25000 部书籍、评论和文章去阐释《哈姆雷特》的真正意义。据我们所知,关于但丁的评述,关于《神曲》的哲学、结构、情境的评论、注解和批判性观点,没有一个是彻底的,没有一个是详尽的。1985 年,大约有 35 场大型学术会议纪念维克多·雨果(Victor Hugo)逝世 100 周年。他们的学报也在发行中。

然而，一些不太杰出的大师，以及同时代的作家和艺术家，其内在的声望仍然具有争议性，他们成为了学术批评的群集对象。甚至在期刊和时事通讯完全涉猎福克纳的作品之前，已经有 1000 多篇学术文章和论文以福克纳为主题。关于埃兹拉·庞德、赛缪尔·贝克特（Samuel Beckett）的评论铺天盖地而来。第二话语的癫狂影响了学术思想和情感。

"亚历山大体"或"拜占庭体"都是评注和批判占主导。这两个术语指出语法、编辑、说教、字词注解和司法等方面的技巧和理想，其风头盖过了任何在希腊亚历山大和拜占庭帝国后期以及中世纪的实际的诗学-审美创造力。他们讲述了第二、第三级的帝国主义。在我们目前的情境下，没有任何一个大都市之名是可以与亚历山大或拜占庭相提并论的。或许，在市场上，我们的时代被称为牧师时代。

原因何在呢？是谁借用荷马散乱而浪费的神话打开了风神埃俄罗斯（Aeolus）的风袋呢？我不确定是否存在着一个完全满意的答案。

这个时代的天才驰骋于新闻业。因为新闻和媒体远非一种技术工具和商业性企业，所以，新闻在我们的意识中无孔不入。新闻的根源-现象学在一定意义上是形而上学的。它阐明了关于虚假的、暂时性的认识论和伦理学。新闻报道具有一种即时性的暂时性。所有事情都具有不同程度的重要性；日常之事的发生都具有正当性。相应地，新闻播报的信息，其内容和可能意义在第二天就变得"廉价"了。就最大影响力来看，新闻视角的锐化影响了每一个重大事件、每个个体以及社会构型；但是，锐化是同一的。政治的浩劫和马戏团，科学和运动员的飞跃，世界末日和消化不良，都被赋予了相同的优势。矛盾的是，图像单一的紧迫性麻木了。极美或极恶都在一天即将结束之时被抹杀了。我们完好无损，重新再来，满怀期待地等待着晨报的到来。

这些准则和策略对严肃的文学和艺术都是唯信仰论，都是反律法的。诗歌、艺术和音乐的暂时性不仅仅是它们自身所特有的（音乐的确是脱离了暂时性的时间）。文本、绘画和乐曲都把赌注押在了持久性上。它们**渴望持久**（*dur désir de durer*）（对持久强烈而苛刻的渴望）在非常具体的意义上，它们的最后期限未知地延伸到未来。新闻一定感兴趣的，严肃的艺术、音乐和写作在一定意义上并不感兴趣。它对我们的恳请和支配是耐心所需。无论是文本的吸引力，还是艺术或音乐作品的吸引力，都是客观公正的。新闻业促使我们去投资轰动一时的证券交易。这种投资产出了最切实的利益。美学的红利，准确地说，是无趣的，是对机遇的斥责。总之，有意义的艺术、音乐和文学既不是新闻所报道的新事物，也不是其所努力追求的新事物。原创性与新颖性是对立的。词汇的词源学警醒了我们，辨析了"原初"和"复兴"之义，从本质上来说是对开始的回归。审美发明"自古有之"，它们既与其原创性有关，也与其革新的精神力量和形式力量相关。它们承载着源远流长的创新脉搏。

那么，为何新闻工作者要花费精力大肆地报道美学呢？

严格来说，新闻对人类作品和时代的要求是极权主义的。新闻会"报道"所有发生的事件。即使在某种情况下，事件的"发生"非常不合时宜，但是，只要它们确实"发生"了，那么，对艺术、文学、音乐、舞蹈还是多多益善的。

大众媒体聘请婚姻顾问和占星家,为什么不聘请艺术批评家和音乐评论家呢?

审美消费和政治-社会权力之间,以及休闲和工业化之间的多重空间都具有重大的关系,无论如何,这都不是上述问题的最完整答案。19世纪30、40年代,受过教育的资产阶级所控制的议会和官僚机构将文学、艺术、音乐的大部分赞助从旧贵族和旧政权(*ancien régime*)的教会精英中分离了出来。现在,艺术、文学和音乐必须在中产阶级的大商场里竞争响应。这种竞争迫使学者去关注,去宣传。巴尔扎克(Balzac)是最早分析和掌握新工具的人,他在其长篇小说《幻灭》(*Illusions perdues*)中,对这一变化进行了经典描述。新闻广告和宣传渗透到了美学的各个方面。

结果就是对虚假的即时性产生了奇怪的逻辑辩证。每天,新型消费者,诸如中产阶级读者、观察者、音乐会的听众、艺术展览的参观者等,都被引导着去感知和评估可能对象。同时,新型消费者与展览物之间保持了一定的"距离"。新型消费者对文学文本、绘画和交响乐的参与,对意识风险进行的潜在投资,都被世俗地衡量着。现如今，上层社会中，人们对音乐、艺术和文学的鉴赏已经普遍成为了一种引人注目的闲情逸致的标识。值得注意的是，"鉴赏"一词具有增长的价值、具有心理和物质利益等相关内涵，但是，却有一个关键的介质。新闻或期刊的评论者和批评家既是中间人和批发商，又是无政府主义、反功利主义主张以及美学颠覆和公民想象中的审慎自由之间保持一定有益距离的守护者。尽管他们在很多方面都被鄙视，然而，在彼此需要的价值领域内，他们充当着拥有特权的信使，艺术的确有益于填补个人空虚而险恶的空间，但是，彼此的目的是完全不同的。媒体的确使诗人和艺术家得以宣示自己的存在，得以在竞争的喧嚣声中传播自己的作品。反过来，媒体对艺术和文学的处理要让那些必要的大众了解，让他们安心。书评或音乐评论所造成的空白，赞助人可以去弥补。

人们可以试探性地进行进一步探究。同样，19 世纪上半叶的资产阶级革命、政治革命和工业革命的意义深远。资产阶级革命期间及之后，每日和每周的新闻报道对文学、音乐和艺术进行评论，进行学术化和粉饰化，使其成为了某些政治行为模式的部分代理。柏拉图认为，真正的成年人,是其话语对其所处城市的法律和政治产生影响的人。现代工业社会中,有文化的中产阶级,其生活中的举止行为的确是制度化的,习俗化的(在竞选公职的选票以及候选资格上一目了然)。但是,这种制度化和习俗化也是时断时续,只是偶尔出现。随着公共职能的指数匿名性和技术性,个人对政治的承诺或多或少已成为一种陈旧的委托策略。谈论文化,有教养地进行谈论,以及谈论这样的对话,诸如,"你读了今早的书评了吗"、"你看到专家们对天才培根(Bacon)的世界以及亨利·摩尔(Henry Moore)的衰老的评论了吗"等等,都填补了一定的政治空白。谈论内容和谈论方式的转向,既有政治偏转的意义,也有娱乐的意义。

然而,在人文社科领域,新闻并不是严格意义上的第二发电机。尽管其形式复杂,但却是具有学术性、极具影响力的学术新闻学。大学、研究所、学术出版社才是我们的拜占庭。

学者们对现存的艺术和文学进行的兼并是一个引人入胜的现象。学者们将诗学文本化,也就是说,将一部文学作品进行词汇和语法分析,并将这种分析运用到修辞和公民道德教育上，这种诗学文本化与对古希腊的荷马进行的评论一样历史悠久。我们的阐释性批评方法本质上几乎都被古代学院和亚历山大学派所采用，诸如，注解、脚注、校勘，各种解读以及批评性解释的修订等等。在西方，西塞罗（Cicero）对希腊传承下来的思想的探索、模仿和批判形成了人文学科学术研究的固有模式。拜占庭的语法学家和教会元老们继承并强化了理论和语用学的正确解读、阐释学解释和社论的话语批评，制定了沿用至今的正典概念和教学大纲。

我们在文学、音乐和艺术方面的教育中，在学术讲座、学术研讨会中，几乎没有与圣杰罗姆（St. Jerome）或圣奥古斯丁（St. Augustine）的思想格格不入的。在 17、18 世纪，以及 19 世纪早期，中世纪的古典研究方法演化为现代语言学和现代阐释学，其过程具有紧密的连续性。从斯宾诺莎（Spinoza）的《神学政治论》（*Tractatus theo-logico-politicus*），到施莱尔马赫（Schleiermacher）的阐释学方法论，文本探究的深化总是如此。缪斯女神在学术界总有一席之地。

然而，在现代语境之下，这个端口已经出现了问题。

我们看到，审美批评的第二话语，无论是阐释性的，还是批判性的，都取代了圣经或神学注解，成为基本的方法论和实践工具。与此同时，现代解释评论家转向对世俗、世俗文本、艺术、乐曲进行阐释和评价，例如，希腊古典语法学家、教员和注释者所作的研究。神学的直接传承和美学的回归引发了最不透明却又最重要的含糊不清。关于这些，我以后会考虑研究。

目前，学者们争论的焦点是，学术批评视野的扩张主义，以及其从正典到当代的领域扩张。

在文艺复兴时期、启蒙时期以及几乎整个 19 世纪，学术著作的文本评论，除极少数外，都是关于古希腊-罗马的天才之作的。语言学和"高等批评"是圣经和古典研究共有的，其暗含了对经典著作的编辑、教学和比较解释。还有对同时代的艺术、音乐和文学的批评。但是，即使在塞缪尔·约翰逊的《诗人传》(Lives of the Poets)，以及莱辛 (Lessing) 的《汉堡剧评》(Hamburgische Dramaturgie)中，这种批评仍然把自己定位在期刊新闻的领域之内。它不仅不追求学术，还蔑视学术。

最近，这种巨大的区别消失了。它引导着我们走向现代主义结构的深层次变化以及现代主义的美国化力量之中。在世纪之交,美国高等教育引入了教育学课程、研究生学习理念和博士研究理念、定位中学书目,并且引入德国的大学教育体制,德国的大学教育体制被德国柏林的威廉·冯·洪堡,以及勒拿和哥廷根的有魅力的官员制订,并且制度化。不过,通过进行规模宏大、史无前例的慷慨资助和招聘,美国大学研讨会,人文研究机构和学术刊物的整合标准,成为了 19 世纪德国学术人文主义理想的典范。

但是,也存在差异。德国模式是经典的,分层制定教学大纲。民主与圣典,在根本上是格格不入的。两个主要的冲动激发了美国精神:含蓄和平等主义。美国时代的关键就是现在。鉴于其实用性,过去既对现在产生了重大影响,过去的重要性也取决于现在。美国人的情感并非倾向于历史记忆,而是倾向于乌托邦记忆。超越思想其本身是务实的;什么是明天? 明天就是真正梦想的经验性实现。没有任何一种文化如此尊崇内在性。

与此同时,平等主义者追求卓越。欧洲人的正统思想是垂直排列的,将智力和情感划分了不同的等级,其策略是排外的。帕纳索斯山,官方尊崇的万神殿,是欧洲人文学科不可缺少的一部分,但美国人从情感上却怀疑它。美国精神会民主化永恒。因此,当代艺术、文学、音乐和舞蹈在学院阐释性批评职责中享有充分的公民权利。学术与新闻之间的界限、商业与日常之间的界限以及权威和权威之间的界限被抹杀了,权威阐明了先例的主权以及经验性和短暂性。与美国的生活基调一样,相同的评论技巧,自身越来越标准化和"科学化",既应用于古代,也应用于现代,既应用于既定之事上,也应用于稍纵即逝之事上。

为了满足无比包容的多元化社会的需求,不辜负其期望,美国大学宣称,大学要向新闻业一样包罗万象。没有文本、没有艺术形式、没有文学蜉蝣,也没有音乐或物质发明是先天被排除在外的。美国大学的领头羊转向了"基础课程",也就是说,针对读写的最低要求,开设了一门关于 20 世纪 80 年代早期黑人女性小说家的课程。研讨会和学位论文,本科生讲座和博士后研究计划把诗人、小说家、舞蹈编排家、画家作为谈论或研究对象。我在文章中试图要阐明的艺术理解和评价的超验公理,一下子被迅速构建了出来。

接着，在世的作家、作曲家、舞蹈编排家或雕刻家，电影制作者或陶瓷制作者，就被邀请进入了学院。美国大学不仅仅研究和教授活着的艺术：把它们安置在"创造性写作"之中，安置在工作坊和独奏室中。就像伦勃朗(Rembrandt)对诗学模式和哲学-批判模式之间的关系所作的寓言一样，亚里士多德(Aristotle)并不只是关注荷马的半身像，他现在既是诗人，又是雕刻家。

有两个概念需要学者们反思。一个是人文"研究"概念；另一个是生活艺术和阐释学-艺术的共存概念。

文本批判的目的，就其历史意义而言，是直截了当的。启示和经典文本的语料库必须经过适当的编辑。正是为了这一目的，人文主义学术研究，发展并培养了着力于校勘、修订、词法注解的语言学学科。在这一语境之下，"研究"具有了精确的含义。它是对手抄本、手稿和先前版本的起源、地位、相对价值和相互关系的系统探究。如今，情况如何呢？

关于乐谱，仍然有很多地方需要进行权威地编辑、标注日期以及正式分析。艺术史和图像学也为历史和技术调研提供了进一步的理由,为文档归属和"理性的出版"提供了进一步的理由,"理性的出版"一词被那些首次严谨描述以前不为人知的或被误解的艺术品的人所使用。

文学研究是第二话语的权力室,不同的研究其地位是不同的。毫无疑问,在某种意义上,无论学者的学识多么渊博,治学多么严谨,没有一个文学研究版本是完美的。不可置否,这个或那个零散的文本或传记依然可以纳入已完成的重构之中,但是,这些都是奢侈品。大体上来说,正典中,西方诗歌、戏剧和小说文本,从《伊利亚特》和《奥德赛》,到《尤利西斯》(一个令人质疑的例子)或《魔法山》(*The Magic Mountain*)都曾经被充分地、或更加充分地编辑过。集注本中丰富多样的细节渗入到普鲁斯特和里尔克(Rilke)的作品之中。随着更多的作品扎根于不可或缺的教学大纲中,它们将被语言学家和文本批评家(豪斯曼[A. E. Housman]说,这种情况比诗人或主要批评家更罕见)批判性地"文本化",这些语言学家和文本批评家使用了这一紧要的技巧。

目前,"研究"已经抢占先机,开辟了一个更广阔的领域。在人文学科的研究中,五十分之一的文章说,司各特·菲茨杰拉德(Scott Fitzgerald)的隐喻、乔叟(Chaucer)的叙事之美、福斯特(E. M. Forster)的悲剧逃避都将在研究中得到资助，并且得以呈现和分类。这同样适用于那些已经被埋葬在释义和观点金字塔中的作家的论文。实际上，这些书籍、文章和论文都是陈述个人直觉、个人品味的，其中的争辩或多或少地会带有新奇性、独创性和丰富性。尽管他们表现出了极其精准的感觉，优雅地提出了建议，但是，这些"第二话语"的行为不属于"研究"。此外，值得注意的是，这种精准和优雅只属于少数人。人们认为，只要是关于莎士比亚、济慈和福楼拜的，成千上万的男女都会有新的研究，显而易见，这种理所当然的假设是错误的，现代文学的整个研究概念都被这一假设给玷污了。大多数博士或博士后对文学的"研究"，以及相关的出版物，都只不过是一片灰色的沼泽而已。

有两个因素导致人文学科研究中概念的淡化和庸俗化及其依附我们文化所表现出来的养尊处优化。第一个原因是学术追求的专业化和人文学科的专业化。由欧洲环境转向美国环境时，企业就呈现出蓬勃向上的发展生机。当不再有足够经典、足够杰出的文本需要编辑时，总是有文本需要充分地被"重新评估"。希腊和拉丁文化衰退之时,古老的伊丽莎白英语衰落之时,总会有当代作家可供学术研究。

第二个原因是对人文科学的模仿。我们大学和高等研究机构的人文学科,在其官僚化的规模、资金投入、对理论严谨性和累积发现的热切伪装下,执迷于与精确科学和应用科学的高财富相媲美。这种追求及其所包含的虚假概念本身就是建立在 19 世纪的实证主义和"科学主义"的思想之中的。正如我们在孔德(Comte)、兰克(Ranke)那里所发现的一样,他们效仿这种欲望,以获取精确的知识和智慧:"科学即知识"、"科学假说具有可验证的洞察力"。数学和自然科学的巨大成功,其声望以及社会经济优先权,都令人文主义者和文人们痴迷向往。

科学始于研究。在科学研究中,最重要的工作,其性质具有集体性和累积性。科技论文的确引发了一些可论证、可辩驳的认知和方法。具有感知性和操纵性的核心技术可以在实验室和数学研讨会上被传授。除了在最正式的语篇层面之外,这三种形式没有一种真正适用于美学研究和宣告。关于画家、诗人和作曲家的相关假说是不可证伪的。在人文学科中,集体公式几乎总是微不足道(在摩西五经之后,有什么有价值的书是由某个委员会书写的?)。除了在定义最严格的文本语言学、图像学和音乐学领域,洞察力既不具有累积性,也不具有自我改正性。后来出现的最优秀的文学阐释和评论并没有取代亚里士多德对欧里庇得斯(Euripides)的评论、塞缪尔·约翰逊对《李尔王》(*King Lear*)的评论(我们的阐释也许与那令人不安的解读大相径庭,但我们却无法驳斥或取代它),也没有取代圣-伯夫(Sainte-Beuve)对拉辛的评论。在审美的思辨直觉中,精神运动不是一种狭隘运动,而是像蒙田(Montaigne)图书馆的楼梯一样,是一种曲折迂回的螺旋运动。

第三,批判性机智是对诗学和艺术塑造的一种回应,可以被例举,但不可以被教授。它们无法像科学技术和科学成果那样,系统性地代代相传。

因此,除了严格意义上的语文学史之外,所有人文"研究"的虚假性都不过如此。因错觉而成立学院是具有灾难性的。

将艺术和在世艺术家纳入大学内部这一问题不是很明晰。

对学术奖励的接受者来说,物质利益是显而易见的。诗人、戏剧家、作曲家以及电影制作者获得了食宿,拥有了工作室,征服了忠实的观众。就其本身而言,学术研究受益于创新、无政府主义的活力和坏习惯的助推。它见证了工作的进展。雕刻家的存在挑战了艺术部的石膏模型。校园诗歌也许会间接地引发人们有益地去怀疑过去大师的高尚和利他主义。

负面影响则更加微妙。创造过程和分析-发散的反射过程之间的亲密关系并非与生俱来。学术的热情氛围影响了自我意识和自我解释的刻意训练,因此,住校画家、研讨会上的诗人、讲坛上的作曲家,都将发现自身被驱逐出了紧急隔离,被自己早期不明朗的职业动态给驱逐了出去。他所受到的热情审视可能会让他变得虚伪透明。

如今的诗人、艺术家或作曲家尽管不是学校的座上宾,但是,他们面临着前所未有的学术关注,承受着前所未有的学术压力。大量的诗人,自觉或不自觉地开始创造一些诗歌,这些诗歌将会对学院和大学课堂的结构分析有所裨益,奥登(Auden)将是首批登记并探索破坏性悖论的诗人。小说家的创作模式具有模棱两可性,也具有被解释者珍视和教授的多义维度性。大学里的艺术系和文学系保留着精神分析的残余思想,他们寄希望于弗洛伊德学派和荣格学派对绘画和诗歌的屈从。造物主自觉或不自觉地都在施恩于民众。艺术家和解说者之间的接受礼仪遭到了曲解。在某种程度上,很难确定的是,20世纪的音乐、文学和艺术中的深奥冲动反应了某种推测。这种深奥的冲动受到了学术界和阐释学的推崇。反过来,学术似乎转向了那些需要它解经、需要密码技能的领域。本文被大学教学大纲和阅读书目所"采纳"。"采纳"一词具有启迪作用;因为这样获取的父权的确是虚假的。

解释之神吞噬了它所接受的一切,抑或更准确地说,它卑躬屈膝地接受一切。在这一时期的西方文化中,在我们周围的任何地方,美学都显露出了"学术"迹象,也不仅仅是迹象而已。"学术"一词曾经富含贬义的灵韵,现在却具有双重意义。越来越多的衡量我们审美创造和反应的标准恰恰都具有学术性,因为它们既属于学术,也为了学术而出现。

在拜占庭式的主流思想支配下,次要的、寄生性话语凌驾于即时性话语之上,批判性话语凌驾于创造性话语之上,这本身就是一种征兆。对介入的焦灼欲望,对在自身和原主之间的解释-评价进行调停的焦灼欲望,渗透在我们的身体里。援引拜伦的区别性讽刺,我们更喜欢的是评论家,而不是诗人;或者,更确切地说,我们培养那些最具有评论价值的诗人,培养那些可以"被教授"的诗人。看一看语义的表里不一吧:可以教授的诗人也是具有可教性的。次要成功的核心关键因素就是论点。

我想论说的是,我们面临着"真实的临在"或"临在的真实缺席"这两种境遇,我们渴望从中获得解脱,这两种现象相互独立,彼此毫无牵连,它们是审美的可回应性经验必须强加到我们身上的两种现象。我们寻求方向上的豁免权。在批评家、评论家和政界评论员的相关机构中,我们欢迎那些能够驯化的人,能够将创作的神秘和召唤进行世俗化的人。我们需要阐明与这些概念相关的可理解意义。在进入决定性而又最具有抗辩性的阶段之前,我要考虑的是创造和论述之间的形式和历史关系。次级的无限增值过程难道就没有必然性吗?我是庸人自扰吗?

7

评论是无止境的。在解释性和批判性的话语世界里,我们已然看到,书籍衍生了书籍,随笔孕育了随笔,文章典当了文章。没完没了的机制就是蝗虫机制。专著以专著为基础,愿景都是修订出来的。原始文本只是自主解释扩散的远程文本。于我而言,Z 的真正原始资料是 X 和 Y 源于同一主题的作品。无论是从修辞习惯还是从本质上看,次级文本都是关于次级文本的文本。文学阐释和批评、艺术批评以及音乐美学的书籍,都是关于同一个或有着紧密同源关系主题的前作。在没完没了的抱怨声中,随笔对话随笔,文章对话文章。事实上,目前,学术新闻界在人文学科上所投入的主要精力,所持的基本态度都是第三级的。我们拥有关于前二级文本的可能性和认识论的文本,比如华兹华斯(Wordsworth)。关于华兹华斯的评论后来铺天盖地而来。今天,学者们热情高涨地去研究华兹华斯作品中语义的可能性和不可能性。我们的谈话仅仅是谈话,而波洛涅斯(Polonius)的谈话就是大师之谈。

个人情感如何溯流而上而融入"第一存在"的生命源泉之中呢？这种原始想象有任何的合法性吗？这个问题,从根本上说,在西方传统中有三个时期。

在犹太教中,基本上都是无休止的评论以及对评论的评论。《塔木德》的注释演变为对《塔木德》(Talmudic)的不间断的研究和评论。桌前的讲解之灯必定永不熄灭。我相信,阐释学中的永恒和流亡中的生存是血脉相通的。《摩西五经》(Torah)的文本、圣经正典文本以及关于这些文本的同心文本取代了被毁的寺庙。辩证运动是深远的。一方面,所有的评论本身在某种意义上都是一种放逐行为。所有的解经和注释都是对文本的一种远程放逐。原始文本隐藏在分析和变相的阐释之中,因此,它不再直接回溯它的本源。另一方面,评论保证了原始话语的持久权威和生存,这是一个关键的习语。它将生命的意义从历史-地理的偶然性中解放出来。在离散中,文本就是故乡。

《哥马拉》(Gemara)以及《密西拿》(Mishna)的评论、口头律法和命令的收集和整理共同构成了《塔木德》一书;《米德拉什》(*Midrash*)是专门研究经文解读的阐释性评论书卷,它在形式和内容上都是冗长的。《米德拉什》的阅读方法就是对神圣文本和以前的解读进行辩论、修正、修订注释和旁注。阐释性研究具有各种各样可能的意义:语义意义、语法意义和词法意义。经过严格训练的记忆和精湛的语言学技巧,在半封闭但光芒四射的方舟前表演了一场精神之舞。

这种无止境的解读承保了犹太人最重要的身份。面对其他仪式和责任,犹太人都坚持不懈地对《塔木德》进行细致入微的研究。高深莫测的文本对话散发着犹太人的历史气息和存在气息。它已经被证实为一种不可思议的生存之法。与此同时,犹太法典的天赋和方法很可能由于犹太人的敏感而具有了某种语言-法律的严肃性和循环性。舞蹈永不停息。不仅摩西禁止想象,远古的犹太人对创造也缺乏自信,直到最近,创造才使犹太人成为学者式的评论家,而不是审美的塑造者(当诗篇、雅歌、约伯记、传道书诞生时,犹太人是无可比拟的)。这是启示话语中内在的次级理想和实践。最重要的是,现代最伟大的犹太作家和想象家卡夫卡(Kafka),

在他的小说里进行注解和探究,并且加入了令人迷惑的旁注,赋予了小说深邃的意义。

对无休止的评论困境进行拉比式的回应是一种道德行为和开明行为。阐释学的解释本身并不是目的。它旨在将相应的文本翻译成规范的指示性意义,并将其内嵌在各种各样神圣的预言信息之中。几个世纪以来,摩西五经不仅从字面上得以保存下来,它也不受过去时的影响。不断展开的评注为正在审查的段落中规范性的、纪念性的、隐喻的、深奥难懂的一部分以及未有定论的单词和字母给予了明显的存在感。评注坚守的是当下的相关性。同时,阐明和推测为将来的收获做好了准备。由于解释的不断更新,同样的圣经经文,同样的寓言,将会在未知之时和必要之地,引发启迪,进行尚未察觉的实际应用。

与卡巴拉式(Kabbalistic)的解读进行对比是有益的。卡巴拉学派会把理解最终转化为启迪,而不是行动。他寻求基石。七乘七是字里行间的意义层级。冥想的终结和对黑暗的狂喜,也许会企及感官的最后秘密,以及白色火焰的字母,这些字母诉说了意义之意义。这种认知是独立的。它既不需要也不可能转化为个人或群体的不严密的概要。解读是至关重要的行为,卡巴拉派在沉默中保持着无限度的默许。

这两种对意义的解释性经验模式,即回应能力和引人注目的行动模式,以及纯粹的接受模式,都将对与在场的相遇这一概念产生影响。

第二个时期是经院哲学时期,在这一时期,学者们深入探讨了主要和次要之间的关系,启发和论述之间的关系。学术评论的自我复制、变异和螺旋发展仅仅围绕着圣经和圣典的主干来进行。我们整个的主题是由一系列著名的标题象征着:安塞姆拉翁(Anselm of Laon)对诗篇(Psalms)和保罗书信(Pauline Epistles)的通用注释,紧随其后的是,吉尔伯特·德拉·波雷里(Gilbert de la Porrée)的《平凡的光辉》(*Media glossatura*);接着,是由《平凡的光辉》引出的彼得·伦巴德(Peter Lombard)的《伟大的光辉》(*Magna glossatura*)。形式分析的精细严谨,以及中世纪学派阅读艺术的语法-语义分支的细微差别的探究,已经不再是一般文化的一部分,甚至不是特权文化的一部分。如果它们是,那么,最近的符号学和语法学似乎是从早期的现象学和方法论的极端顾忌中衍生出来的。具体来说,如今,人们对"信息"盲目崇拜、对分类物流和数据存储盲目崇拜,我们从中会看到,这几乎是对中世纪精神中百科全书式的欲望的讽刺性满足,这种欲望渴望总论和概述全世界的注释和注解。

这种欲望,连同四重假说,无论是从字面和道德层面,还是从寓言或神秘的或纯粹的精神层面,都具有不断向上发展起来的理解规模,也引发了无休止的评论,如果没有这种规模,但丁《神曲》中的戏剧组织将是无法想象的。学术和宗教权威们都敏锐地意识到了这一困境。在不断增加的阐释、解释和词汇精化的重压之下,他们观察到了文本的扭曲。深海潜水者告诉我们,在一定的深度,人类大脑会产生错觉,认为自然呼吸再次成为可能。一旦产生这种错觉,潜水者就会摘下头盔,导致溺水而亡。他沉迷于一种致命的魔法,叫深海的倾倒(*le vertige des grandes profondeurs*),即"深海眩晕"。经院解读和解释的大师们很清楚这种眩晕。

因此,学者们系统地、立法地试图达成协议的最终结果。初级的必须受到保护,以防次级的疯狂发展。教皇和议会努力确定启示的真理和永恒意义。他们注意到天主教文本和犹太文本之间的根本差异。在犹太教意义上，法律的创造，接受和传播，不存在时间的奇点和历史之谜（"为什么在此地，为什么在彼时"）。基督降临和事奉的过程有着严格而完全神秘的时间性。有些费解的是，如此自然地沉浸在实际的时间里，那么，未来的意义，基督的语录和使徒著作的规范结果，可以说，必须在永恒中稳定下来。摩西五经与所有个体和集体生活都具有不确定的共时性。然而，福音书，书信和使徒行传却不是这样的。

为了获取终极语义，我们必须加标点（这个术语就是"句号"）。我们必须阻止那些具有扩散性质的阐释和再阐释。罗马和中世纪时期，巴黎正统的守护者颁布的解释性和立法性法令、阿奎那（Aquinas）《总论》（*Summa*）中的教义-形而上学的封闭性，都可以理解为一系列"终结"阐释学的尝试。他们宣称，主要文本从本质上可以具有这个意义，但不能具有那个意义。把理性理解和解释权威与启示相联系的形势太过复杂，但是，最终复杂的形势也是可以解决的。因此，教条可以被定义为阐释学的标点符号,宣布语义的停止。正统的永恒恰恰与无穷无尽的解释性修订和评论背道而驰。在学术信仰、逻辑学和语法学中(正如在后来黑格尔[Hegel]的著作中),永恒是一种法令和封闭形式。无穷无尽是撒旦的喧嚣。

由此可见,异端学说被定义为"无休止的重读"和重估。异端学说排斥终极解释。没有文本是不可更改的。异教徒是喋喋不休的说教者。即使他们宣称,在战略上要真正回归到原文本,宣称主文本将更加明晰地切合不稳定世界的需求,但重新解释和修订以及创新翻译也生成了一个开放而广泛传播的阐释学。罗马天主教(Roman Catholic)的警告在逻辑上和历史上都是有效的,其警告说,无休止的解释,即使其声称是"原教旨主义"和文本还原,也首先将被调变成历史批评,然后,进入或多或少带有隐喻性的自然神论中,最后,进入不可知论中。哪里没有有限性,哪里就有次级话语的分裂。

就《塔木德》和经院哲学中的揭示和启发的意义来说,启示假说本身就是超验性的。反对次级的斗争将会抑制绝对的相对化。第三次试验方法,以及应用于发音和感受形式的初级和次级秩序之间的关系的洞察力都具有绝对的世俗性。

精神分析理论和实践所依赖的逻辑，是自由联想的运动原理，是无穷级数的逻辑。联想链中的每一个单元不仅与下一个单元水平而线性地连接，而且它本身也可以成为一组新的、具有无限隐含意义以及关联和回忆的起点。分析师决定中断正在开展的进程，比如，在 60 分钟结束时或暑假前，决定中断一个完全没完没了的短语，分析师的这一决定是武断的。下一个关联，现在是无声的，下一个意像群，事实上可能已被证明是至关重要的，是更深层次发现的关键。正是这种偶然的、纯粹传统的中断实践，使维特根斯坦(Wittgenstein)对整个精神分析事业感到焦虑不安。

弗洛伊德(Freud)在 1937 年的《论终结与无尽的分析》一文中试图直面这一困境。弗洛伊德承认，神经症的症状和表现在治疗结束后很长一段时间后还会复发。他承认，语言联想的精神分析过程的终结概念没有理论基础。因此，唯一合理的解决办法就是务实和专业。"我认为，分析的终结是一个实践问题。"当解读意义和记忆的数量与假定的中心地位允许更好地整合说话者的自我时，分析会议可能已经完成了(允许更有序、更包容地解码文本或绘画)。弗洛伊德表现出的至高无上的漠然特质是语言本身的本质问题，语言一度是弗洛伊德所有精神分析的原始材料和唯一工具，他既没有观察，也没有试图去阐明语义无限性的根本问题。维特根斯坦的谈话在其死后发表了出来，他认为，"这种自由联想的过程很快就会变得很奇怪，因为弗洛伊德从来没有告诉我们如何才能知道在哪里停下来"。弗洛伊德无法证明这一点。联想一致性、闭塞、隐蔽或公开的暗示都是无限的。句子的生成也是如此。相应地，精神分析的解码和深入阅读的过程可能没有内在的或可证实的终点。无论是诗歌，还是绘画，抑或是乐曲隐藏的意图和自我背叛，总有更多的东西值得我们去探讨(虽然精神分析在音乐方面几乎无能为力，但我想回到这一点上)。总有更深的层次要挖掘，更深的竖井要扎进潜意识的多重层次之中。感觉考古学是垂直的，它既直面《深奥论》(*de profundis*)，又直面犹太法典的注释，犹太法典的注释是弗洛伊德阐释学的灵魂之源。由于不知道教条的终结，学者们对文学和艺术的精神分析的评论，对精神分析解读的重新诠释，都是没有止境的,看看弗洛伊德对莎士比亚、米开朗琪罗(Michelangelo)、达·芬奇(da Vinci)、陀思妥耶夫斯基或坡(Poe)的解释的第三级文献吧,这些文献都是明证。

第二和第三话语的自动性,以及我们在精神分析上对意义的追求中所看到的形式和经验上的无能,是以一种最生动的方式,例证了所有美学的解释和批判。从版本的辩证逻辑来看(这里的"辩证"是一个棘手而又不可避免的术语),正是那些方法和技巧使我们恢复本源的存在,原初的存在,它们围绕在我们周围,又以其自身的自主性遏制了这种存在。饥饿的藤蔓压死树。

8

我们体验 20 世纪文化审美的惯常方式,并用语言表达这种体验的惯常方式,与我一开始就概述的即时性、个人参与和可回答性的理想背道而驰,我也在努力明晰语言和体验之间的相关性。次级和其客体之间的不平衡,"文本"之间的不平衡,几乎都是怪诞可笑的,这里的"文本",在我看来,包含艺术、音乐创作、舞蹈以及由此引发的解释-评价性评论。依附性话语依存于现存的话语;就像微生物的食物链一样,寄生物反而以自己为食。批评、元批评、酒神批评、批评之批评都是发展出来的。

通货膨胀的机制在我们这个世纪的政治历史、社会危机和企业活力中起着重大作用,决定性地左右着人文学科以及我们个人与艺术、音乐和文学的关系。或许,拜占庭(Byzantium)和亚历山大里亚(Alexandria)并不能像20世纪20年代的魏玛(Weimar)那样,更好地代表我们的处境。潜在的隐喻值得细细探究。

每一天,内在的价值、生产力和创造性货币中的储蓄,也即审美活力,都被新闻和新闻学术给贬值了。《第二话语的利维坦》(Leviathan of secondary talk)这篇论文不仅仅吞下了预言(在所有的严肃诗歌和艺术创作中都有预言和记忆预言):它喷涌得越来越小,越来越碎。审查员对话审查员以及关键条款对话关键条款都是伪造的交换模式,担保人的缺席使得这些模式无休止地循环下去。这并非如《传道书》(Ecclesiastes)中所言,"书的创造是没有穷尽的",而是"以书造书,以书之书造书是没有穷尽的"。

我已经暗示过,琐事,无论多么庞大,其本身都被认为是微不足道的。语义批评术语的混乱,结构主义者、后结构主义者、元结构主义者以及解构-结构主义者之间的争论,美学史上的理论家和传播学家在学术和媒体上受到的关注,所有这些,在熙熙攘攘的伪装下,都或多或少地携带着正在腐烂的细菌。"时尚是死亡之母"(莱奥帕尔迪[Leopardi]如是说)。可以说,萦绕在主要文本周围的注解和批判就是一座坟茔,这座坟茔由易损耗、转瞬即逝的灰泥建造而成。当虚假的构想自身崩溃时,当信任和感觉意义的零点来临时,寄生性膨胀就停止了。马克思主义和精神分析解码方法的衰落似乎指向了这一方向。莫里哀(Molière)模仿拉伯雷(Rabelais)的词法和语法而创作了《可笑的女才子》(*Precieuses ridicules*),这部著作随着阵阵笑声泯然众矣,在关键时刻,笑声是严肃的良好感觉,修辞学、光谱系统和普通话安息日,就像现在国外的节日一样,预示着真正创造的来临。诗歌、音乐、绘画和雕塑的精髓在于生存。

我对这个令人宽慰的论点提出质疑。因为,我认为,人文学科在今天的文化和社会中,其基本意义和现实性已经黯然失色,这就意味着人文学科也黯然失色。

我们逃避诗歌中神秘的直接压力,逃避美学创作行为,就像我们意识到人性的退化,从而逃避这个时代的残忍和机械装置的残忍。第二话语就是我们的麻醉剂。就像梦游者一样,我们被新闻记者和理论界麻木不堪的嗡嗡声所保护,远离纯粹存在中的严酷而专横的光辉。如济慈所言,美,确实可以"可怕地诞生"。在里尔克的《杜伊诺哀歌》(*Duino Elegies*)中,天使的哭喊令人难以忍受。天使传报的消息不仅是新的,也可能因模棱两可而无法忍受。于是,我们越过了歌唱的岩石,它们的歌声被世俗的注释和批评所欺骗,或被扼杀。

我觉得,面对政治野蛮主义和技术统治论的奴役浪潮,如果不重新定义、重新体验文本、音乐和艺术的生命意义,那么我们就将无法回到联合国大家庭中,将会从人类中心主义中被驱逐出去。我们必须逐渐认知,并且着重于重新认识一种意义,一种超越内在限制的自由所给予和接受的意义。

为了证明这一点,并使严重的分歧有价值,我必须既要坚持观察语言与语言边界之间的关系,又要坚持观察美学陈述和体验的本质。即使只是暂时性的，我也必须在阅读的真实行为、对音乐和艺术的真实反应能力、人类隐私权以及我们对自己的死亡所怀有的热情之间考虑到这种密切的互补性。

推论和感觉可解性的相关范畴是神学和形而上学的。但是，他们生来就在语言之中。只有当我能对语言和意义的观点，以及语言的局限性提出貌似合理的看法时，我的论点才能成立，这些观点与目前最普遍接受和实践的观点是不同的。我们的内在和社会存在的论证，特别是关于美学的直接性和超越性的论述，必然是关于*逻各斯*（*Logos*）和话语的论证。

第二章　未履行的契约

1

任何事都可以被谈论，因此，任何事也都可以被写下来。我们几乎不曾驻足评论或赞同这一老生常谈。然而，它却蕴藏着一股巨大的神秘力量。

其他任何人类工具和表演能力都有其局限性。可以想象，在未来的某一天，1 英里将在 3 分钟内跑完。基于人类动物的神经生理学来说，如果在 45 秒内跑完，这是不可思议的。物种的每一项物质能力都是有机组合起来的。这个边界条件对生命本身至关重要。这个人或那个人的长寿都有记录;但死亡是在一个相当有限的上限上的终结。因此,就个人存在和个人意识而言,至少目前我们可以证明,时间和存在,以及作为经验的时间的总和,都是有限的。

只有语言没有概念性,也没有投射的终结。我们可以自由谈论任何事,想谈论什么就谈论什么(后者是一种极其引人注目的形而上学的许可证)。如果真能证明不存在深层次的语法限制,那么也就不存在可能话语的无政府主义的普遍性,也不存在实用主义的不切实际,或者更准确地说,不存在"没完没了的句子"产生的机械尴尬。在聋哑人与自闭症患者无声的内心独白中,也许确实存在这样的句子。写作也为无止境的不可能几乎提供了一个反证:在 18 世纪法国作家萨德(Sade)的散文《性欲》(*libido scribendi*)中,标点符号在语言行为中被鄙视地认为是一种喘口气的停顿而已,其目的是耗尽和贪婪地利用隐藏在想象中的全部感觉、序列和组合。当维特根斯坦在《逻辑哲学论》(*Tractatus*)中宣称语言界限就是我们的世界界限时,他重复使用了"界限"一词。语言不需要任何边界,甚至在概念和叙事结构上,它也不需要任何死亡边界。

习语的翻译概念——翻译的概念和某些预先表述的状态都具有最大的不确定性——形成过程和想象的行为可以废除、逆转或混淆所有的同一性和时间性的范畴(这些范畴本身就嵌在语言中)。言语可以在其运行过程中改变其运行规则,使绿色变为红色。也就是说,它可以重新起草每一个定义程序和关系程序,使自己成为语言学家所说的"个人习语"。然后,它就变成了一种单一的、不可重复的信息,既不容易被重复使用,也不容易被演示破译。这是在外交或军事密码学所使用的"单 pad"代码的运作方式,但也是一种走向完美唯一性的运动,是在所有严肃诗歌的词汇和句法中,形式和内容要素之间走向绝对的、严丝合缝的、不可分割的运动。"自治"一词,非常严谨地说,指的是法律适用于并仅适用于自身,严格意义上来说,哪里实现了自治,哪里的话语和文本就只有通过它的发出者才能进行理解。然而,这一事实并不会使它的交流像它的社会性或功利性那样具有完整性。此外,在所有的语义规范中,语言是最重要的,这种自我转变的自由,是一切哲学怀疑主义的基础,也是一切关于话语和

73

世界之间关系的无知的认识论批判的基础。

在语法中,将来时、希求词、条件句是无边无界的概念和想象的现象性的形式表达。逻辑学和语法学所定义的"反事实"讲述了一种对人类而言绝对重要且特殊的能力(这种能力不应该让我们充满恐惧吗)。在人类语言范围内,人们假设存在着无限的意志和梦想(意志就是白日梦)连词 if 可以改变、重组、完全怀疑整个宇宙,甚至否定整个宇宙,正如我们会去感知宇宙一样。我已经提到了不可解决性,这种不可解决性引出而不是阻碍形而上学的探究,即语言的这种无限性是否导致了人类"思维"和想象表征的一种预先生成的无限性,我们不知道。除了隐喻外,我们无法用言语去询问可能存在于言语之前的事物。尽管某些意义在形而上学上具有抵制性和决断性,比如音乐就是这样,但很明显的是,语言、句法和文字的形式和执行潜力,无论是通过自己,还是通过构成意识的不加标点的无声话语,都可以用来交流任何一个人想要的东西。也许我们没有注意到这一事实,因为当我们深思时,它变得如此势不可挡。

我们可以说出任何真话或谎言。我们可以既肯定,又否定。我们可以随意地解释物质的不可能性;在黑格尔的辩证法中,人是"失败"的。因此,语言本身具有小说的动态性,也被小说的动态性所拥有。无论是对自己,还是对别人说话,都是对那种深不可测的平庸最赤裸、最严格的感知,是对存在和世界的创造和再创造。从本体论和逻辑上来说,表达出来的真理都是"真实的虚构"。"虚构"的词源直接把我们引向了"制造"的词源。语言是这样创造的:就像亚当(Adam)一样,通过任命,为一切形式和存在命名而创造语言;通过形容词的限定来创造语言,没有这种限定,就没有善或恶的概念化;它通过预测和选择性记忆来创造语言(所有的"历史"都栖居在过去式的语法之中)。最重要的是,语言是明天的创造者和信使,在根与叶的区别,以及与运物的区别中,只有人类才能构建和解析希望语法。他既能说,也能写他葬礼后第二天的晨光,还能写星球灭绝 10 亿光年之后星系有序的步调。我相信,这种说一切和不说一切的能力,这种构建和解构空间与时间的能力,产生和述说反事实的能力——'拿破仑(Napoleon)如果在越南发号施令'——造就了人类。更特别的是,在所有为了生存而进化的工具中,使用动词的将来时是一种能力——心灵何时并且如何获得这种可怕的自由力量——这是我以前最喜欢探讨的。没有它,男人和女人就好比"陨落的石头"一样(斯宾诺莎)。

我们无法想象存在,想象是一种直接的语义移动,没有漫无边际的开放性,甚至没有质疑死亡的可能性。在最低的生存层面上,我们的生活取决于我们表达希望的能力,取决于我们对变化、进步和解脱的积极梦想托付给假设和未来的能力。对于这样的梦想,即复活的概念,正如它是神话和宗教的中心一样,是语法的自然扩充。也许,正如我在其他地方试图展示的那样,人类语言的惊人浪费,以及巴别塔(Babel)之谜,都指向了人类生死攸关的自由。每一种语言都有自己的表达方式。每一种都以自己的模式塑造世界以及反世界。通晓多种语言的人更自由。

不过,话语潜力的无界性也有其消极的一面。可想象的命题和陈述的未被限制的无限,必然是无效和虚无主义的逻辑。就它们作为语言而言,也就是说,对于上帝存在或不存在的一切,无论是口头上,还是书面上进行肯定和"证明",我们都是可以否定的。在文字之城中,同样具有正当性的是这样一种信念：上帝存在的预言是人类语言的源头，也是人类语言最终尊严（*dignitas*）的来源；逻辑实证主义者认为，这样的预测与毫无意义的押韵具有相同的地位。语法假设以及对上帝的存在进行证明，只有在封闭的言语系统中才具有有效性。这些假定与我们在诗歌中形成意义的经验之间的关系是本文的主旨。出于这个迫切的原因，宗教仪式和宗教法典，正如在祈祷中，在圣礼的规定中，以及在神圣或启示的文本中一样，通过禁忌、重申和启示的有限性，努力接近和限制语言与世界。每一次的亵渎神明，反过来又肯定了语言开放的不确定性。

这里蕴含着犹太教对名字的禁止阐明，或者更严格地说，是对上帝之名的禁止阐明。一旦被提及，无论是修辞的、隐喻的，还是解构的，这个名字就具有了语言游戏偶然的无限性。在毫无边界的自然话语中，上帝的栖身之所无法证明。这是康德的警示性形而上学的核心难题。否定神学，也就是假定上帝不存在的设想，在字句和命题方面，就像他在场的教条一样，是合法的。因此，在真正的信仰和真正的否认中有对称的深渊；也因此，在言论自由的两边,都存在着精神上潜在的无政府状态。

这种无政府状态具有内在的存在性,进入了文字有声和无声的编织之中,书写和抹杀之中,我们在其中行动,并通过语言实现我们的日常生活。话语的不可逆性,一旦被说出来,就困扰着许多文化和情感。正如神话和童话告诉我们,愚蠢的愿望,漫不经心的承诺(在德语中,"承诺",允诺[*versprechen*],也意味着"语无伦次"),错误的判断,徒劳无用的通行证密码,谁都无法保持沉默,也无法去回忆。也许,每一个言语,每一个写作行为,都遵循物理学中普遍存在的能量守恒原则。拉伯雷是个惯于说话的人,他认为自人类诞生以来所有说过或写下的句子,都被完整地保存在某种中间的环境中,在这种环境中,回忆、需要和痛苦的热度可以把这些句子融化。语言从沉默中被驱逐出来,做着无法弥补的工作。提修斯(Theseus)对他儿子发出的毫无根据的杀人诅咒,已无法回到他那被吓呆了的嘴唇和喉咙之中。

在文字中,就像在粒子物理学中一样,存在着物质和反物质,以及建构与毁灭。父母和孩子,男人和女人,当面对面交流时,都面临着极大的危险。言语可以摧毁人际关系,也可以抹黑希望。言语的伤害是最深的。然而,词汇、语法和语义上的同样工具,都是富有启示的,狂喜的,都是心灵相通的理解的奇妙之处。反过来,可以阐明苏格拉底(Socrates)的伦理学、基督(Christ)的寓言、莎士比亚或荷尔德林(Hölderlin)的大师之作的建构的演讲,完全可以凭借无拘无束的潜力,为死亡集中营绘制蓝图并制定法律,并且详实记载酷刑室的刑法。江湖艺人运用希特勒(Hitler)语言的精湛技艺是反物质的,它实现了一种反逻各斯的概念,是对人性的解构。

无论多么直接,多么虚构或虚幻,我既强调了可能话语的神秘整体性,又强调了所有使事实成为事实的话语的内在力量,还强调了语言叙述所有经验的能力。人类在希伯来语和希腊语中被定义为"语言动物",我已经强调了人类所拥有的这个巨大许可证,迫使他们发问和追寻意义。更特殊的是,我已经暗示过,任何对这个张狂放肆的语言天赋的认真思考,任何严肃的文法和语义映射,无论是积极的,还是消极的,都将对神学的价值进行调查。符号链是无限的。一个人对无限的本性和状态的感知,无论是超然的,还是最严厉而又最好玩层面上,都是

79

毫无意义的,都将决定一个人对理解和判断的运用。解释的行为和评估的行为以及阐释学和批评都栖居于语言之中,并且影响着语言和语法意义,就像它们在绘画、建筑设计或音乐作品中发挥着重要作用一样,都不可避免地陷入形而上学的、神学的或反神学的无限话语的问题之中。"在我看来,"本·尼科尔森(Ben Nicholson)在引用乔治·德拉图尔(Georges de La Tour)的作品时写道(这些将成为我的论证的典范),"绘画和宗教经验是相同的,我们都在追寻的是对无限的理解和实现。"的确如此,但是,是哪个无限呢? 混沌也是无限自由的。

2

因为语义的表达方式是不受约束的,任何其他的语义行为、表达意义的结构或形式都可以被说或被写。对每一篇文章、每一幅画、每一尊雕像、每一段音乐都有无限可能的陈述,自然地,它们产生了每一个第二或第三级的评论或解释。即使是在我们的发音生理器官中,在词汇和言语规则中,都没有任何东西能阻止我们说出无法弥补的和不真实的东西,因此,除非是完全偶然的审查或禁忌,否则,没有任何可以想象的限制,没有内在或外在的禁令来阻止表达任何美学主张。

巴尔扎克可以宣称安·雷德克里夫(Ann Radcliffe)的小说优于他所仰慕的司汤达(Stendhal)的小说,托尔斯泰可以认为《李尔王》"不值得严肃批评",尼采也可以把比才(Bizet)评价为一个比瓦格纳更好的音乐家,这些在历史上都不是稀奇事(*curiosa*)。这些,以及无数类似的口头经验和判断行为,无论它们是肯定的、否定的,还是未有决断的,都是语义场的未限定性和人类心灵未映射的多样性的完全合法的产物。既没有任何东西能使我们的声带窒息、口齿不清,我们也无法在词汇或语法上脱离正常的状态,从而来抑制大量的、具有雄辩性的重复断言,如果我们这样做,那么,莫扎特就不能创作出一个差强人意的曲调,塞尚就是一个拙劣的画匠,当然,在这平凡的事物中,隐现着一种令人眩晕的感觉。

事实就是这样简单:由于所有解释和价值判断的产生和交际化都是基于语言的秩序,因此,所有对文学、音乐和艺术的阐释和批评都必须在无限的符号系统的不可判定的范围内运作。在话语之外,审美知觉是不知道阿基米德(Archimedean)的所指的。所有谈话的本质都是谈话。

谈话,严格意义上,既不能被证实,也不能被证伪。从亚里士多德到克罗齐(Croce),阐释学和美学都在努力驱除或隐瞒他们自己和他们的当事人,这是一个公开的秘密。这种本体论的,也可以说是根深蒂固而又不可判定性的原初而本质的公理(或老生常谈)仍然需要进行严密的论证。

证实和证伪是同一枚硬币不可分割的两面。我们该如何反驳和证明托尔斯泰对李尔王的判断是错误的?这个判断本身内化了一种阐释性的解读。惯常的指责既是心理上的,又是传记性的。我们在引证人们为列夫·托尔斯泰的丑闻作解释和*书面辩解*(*apologia*)时发现,那些个人环境,那些神经和精神风暴,那些神秘的嫉妒,都是李尔王的形象和寓言的写照,它们以某种神秘的方式,既预示了《战争与和平》(*War and Peace*)的年迈作者的悲惨遭遇,也引发了托尔斯泰对莎士比亚的批判。这种诊断性的解释可能正确,也可能不正确。这可能会,也可能不会揭示托尔斯泰对戏剧进行的延展争论,由于他是一个剧作家因而使这场争论更加成为一团迷雾。但是,无论在逻辑上,还是在实质上,这种动机分析都无法证明托尔斯泰所说的,即莎士比亚的《李尔王》在道德上的令人厌恶,在技巧上的幼稚。尼采从拜罗伊特(Bayreuth)的逃离以及他的深邃所透露出的魅力,虽然有时是讽刺的,但是,通过节奏更加轻快、旋律更加优美的音乐,诸如歌剧《卡门》(Carmen)中的音乐,并在他的助手彼得·加斯特(Peter Gast)的帮助下,也许的确可以促使我们找到理性的旁证,从而对瓦格纳进行严厉的攻击。然而,这样的定位对于他所批判的真理和真理价值的证明或反驳都没有验证力。

那些宣称莫扎特在音乐上无能的人,我们可能会认为他们自身精神错乱,是无足轻重的怪人,认为他们在进行自我宣传(大多数学术注释、评论和专业的批评都是如此),或是音盲。我们也许会把那些一度令人敬畏的文人、艺术和音乐评论家置于被嘲笑的边缘,诸如诅咒华兹华斯、济慈和雪莱等的学者,或者认为印象主义是愚蠢的昙花一现的学者,或者把《特里斯坦和伊索尔德》

(*Tristan und Isolde*)归为"令人作呕的、完全不合音律的,肯定很快就会被人遗忘的歇斯底里之作"的学者。但是,对我们现在所认为的这种古老的失态而言,我们的嘲笑以及多少带点自鸣得意的乐趣,与它们内在的真假并无任何关系。

在这些不可接受的"命题"中,表达方法,句法和语义连贯的力量,以及有说服力的可理解性,都与它们的反命题具有完全相同的地位。愤怒的源头使愤怒更加棘手。没有一个热爱《李尔王》的人,没有一个莎士比亚作品的杰出翻译家或评论家,能像托尔斯泰那样,在语言和创作上如此深刻、如此至高无上。还有哪位司汤达的批评家能与巴尔扎克与生俱来的敏锐洞察力相媲美呢?尼采对瓦格纳的反对(*contra*),无论是在听觉的敏感性上,还是解释的辉煌性上,都让完美的瓦格纳主义者黯然失色。无论是信念的哪一方,都是语不惊人死不休。

在实践中,我们该如何进行呢?通过或多或少地公开呼吁流行的观点,呼吁随着时间流逝而演变的文化和制度共识。我们数人头和年头。在西方几千年的接受、模仿和主题变化以及教育学中,荷马和维吉尔被认为是典范。在我们的**普通民众**(*civilitas*)中,但丁、莎士比亚和歌德是文化认同、灵感和享受的核心(即使在第三点上,偶尔也会有不敬的怀疑)。当我们说意大利语、英语或德语时,当我们使用能够使这些语言成为西方后古典主义和基督教社区的外部分支的更广泛的通用语时,我们常常在不知不觉中,肆意地求助于《神曲》、《哈姆雷特》或《浮士德》中更特殊的语言、更正式的字体。他们从西方语言的字母表中被遗漏,它们的缺失使论述匮乏。

米开朗琪罗的雕塑,维梅尔(Vermeer)的室内画,伦勃朗的自画像,以及塞尚的关于地球和天空的形状冥想,起初可能都是对目光短浅、冷漠,甚至强烈厌恶的挑衅。几个世纪以来,它们已经或正在成为我们西方居住空间、体积、色彩和光线的标志。它们是我们有组织的、具有通感性的、可以参考的"构成要素"(杰拉尔德·曼利·霍普金斯的术语)。维梅尔对织物的处理已经训练了我们的指尖。我们有充分的理由认为,对于许多男人和女人来说,如果没有严肃的音乐,他们的生活将会呈现一种无法慰藉的凄凉。巴赫、海顿(Haydn)、莫扎特、贝多芬这些音乐大师和歌剧大师,是无数的表演者(尽管是业余爱好者)和听众的守护神。他们是进入开阔视野的感觉暗示的守护者和发起者,是狭隘而疲惫的人类恢复元气和超越自我的源泉。我相信,音乐从本质上调节我们对死亡的恐惧和忍受。如果没有音乐的真谛,在一天结束的时候,我们的精神会有何不足呢?

这些认识和需要,及其不断递归的系统阐释和执行,就是经典。从我们有护身符般的生命活动中,从我们所经历并且生活的主要文本、杰出的绘画、雕塑、必要的音乐之中,教学大纲制定了出来。何以会存在文化,何以会存在价值观的传播?何以会使创造投资的利息和持续收益增加呢?鉴于个人存在和机构权威的有限性,社会中必然存在着协商一致的经济体。次要而短暂的东西必须搁置一边。为了把我们的时间和情感引向那些被认证为平凡而伟大的作品之中,标准和教学大纲都经过了过滤和筛选。那些否认者,那些出于古怪的反传统或反边缘性的人,那些谴责我们高深莫测的文化的人,都是浪费者:浪费我们有限的接受能力,浪费我们已然经过测试和认可的具有魅力的资产。

准则不是一成不变的。与这个问题确切对应的,是基督教神学和历史中深刻而棘手的"发展"问题:对于已经被揭示和赋予具有教规(经典)地位的东西,如何进行重新评估和补充?在西方人文主义中,有些作品即使在最明显的维度上也不容易跨越语言文化的边界。拉辛的戏剧,既是高耸的,又是令人不安的。解释性学术和普通评价的判断也不具有灵活性。某一时刻的经典可以退回到纯粹的历史和专门的关注之中。尽管绝非不可能,但是,我们很难相信,塞涅卡(Seneca)的《道德论丛》(*Moralia*)和他的演讲悲剧,将永远从中世纪早期以及蒙田和启蒙运动中的欧洲文学和哲学生活中恢复其核心地位。如今,有谁真正熟悉意大利英雄史诗和讽刺史诗(博亚尔多[Boiardo]、阿里奥斯托[Ariosto]和塔索[Tasso]的)?它们的音调和叙事方式不仅是巴洛克风格的基础,也是大部分浪漫主义运动的基础。19世纪早期,人们毫不犹豫地将克洛卜施托克(Klopstock)的《救世主》与但丁和弥尔顿相提并论。可是,人们对却克莱斯特(Kleist)知之甚少,对毕希纳(Büchner)更是一无所知。

相应地,曾经神秘而深奥的东西可以恢复成为一般的教学大纲。浪漫主义和现代主义都以这种"通过仪式"为特征,从晦涩或批判的学术性排斥进入到既定的光明之中。人们会想到济慈、兰波(Rimbaud)、印象派或维也纳第一音乐学派(勋伯格、贝格[Berg]、韦伯恩[Webern]等)。删除和重新发现总是存在,不确定或相互冲突的评估区域也总是存在。品味本身是一个极其难以捉摸的、复杂的范畴,它是建立在那些语言和散文元素的基础之上的,这些元素是最具个人化的、最"特有的"。在不可调和的美学分歧之中,在非交流性的情感说服之间,我们最能明显地感受到所有的言论对隐私的绝对自由和吸引力。

然而,经典的力量是巨大的。它在我们的早期和中学教育中逐渐发挥作用,并在世界各地的博物馆和音乐厅呈现出展示的一致性。几乎每一个晚上,莫扎特或贝多芬的作品都在这个星球上的很多地方被演奏和听到。没有哪家博物馆或画廊会把伦勃朗或华托(Watteau)的作品放在储藏室里。我们的文字交流密码和推论的识别密码,就像术语自身受过教育一样,渗透在了庄严的意蕴和经典之中。

这种普遍性是随着现代传播和复制技术在文化企业

中的应用而增长起来的。正如瓦尔特·本雅明所见,唱片、磁带和盒式磁带以及多少有点廉价的文学(平装书)出版和营销模式,充当了经典和谐的代理人。这个问题充满着矛盾,需要仔细阐述。马尔罗(Malraux)的宣称是对的,他认为,通过复制和更方便的世界旅行,所有艺术和音乐无论在时间或空间上多么遥远,都能获得新的可用性。海洋雕塑、高棉浮雕、爱斯基摩雕刻、中世纪早期的复调,只要按下按钮,就能进入我们的家中。然而,在更深层次和相反的层面上,民主化经济学和市场已经证明了显而易见的准则。"伟大"的画作被无休止地复制;贝多芬或柴可夫斯基的作品有多达30张唱片;"经典"以多种形式出现。

矛盾在加剧。从文化上和教育上来说,协议霸权的包装和高度定义产生了一种彻底的表里不一。"伟大的书籍"、音乐和艺术大师的杰出作品,都是可以接近的,并且都进行了空前的广泛传播。然而,正是这种可接近性和共识,减少了作品与审美体验进行直接接触的可能性,减少了绝对自由的可能性,如果没有这种自由,这种直接接触仍然是虚假的。我将试图精确地定义"直接性"和"自由"

这两个概念。也许在我们之前的文明中,除了拜占庭教会之外,没有哪一种文明像现在的文明高度渴望创新一样,对备受推崇和启发的过去具有支配作用。最近的评估显示,在西方公开演出、录制和广播播放的所有"古典"音乐中,有将近90%的音乐是在1900年之前录制的。

在这篇文章的后半部分,我想问,这种悖论,一方面在文本和美学上完全可用,另一方面又在缩小共识,它是否反映了我们现代性条件下的心理和形而上学的情感危机?

简单地说,我将把注意力引向第二个悖论,即口是心非。经典被认为是一种动态的、逐渐一致的感觉真理过程的结果。具有正常(规范的)接受和反应能力的男性和女性见证了一种跨越时间的卓越共享感。每一代都在重新证明。慢慢地,在最终的分析中,一种共同价值观和精神需求的构建肯定会出现。这种建构有分歧之处,也有残存的怀疑之处,但是,总体的轴线是清晰的。

这种自由而进化的模型符合现实吗?

在任何特定的时刻和特定的社会,深切关心文学、音乐和艺术的人很少,而且,这种关心是一种真正的个人投资和自我开放。或者,更准确地说,这里的准确性是最重要的:普通博物馆参观者,断断续续的诗歌读者和苛刻的散文读者,演奏、广播和录制的古典音乐与现代主义音乐的听众,都参与到一种仪式的相遇和回应之中,这种相遇和回应在经历中等教育之后,可能具有了高等教育性,而在高等教育中,这种相遇可能又被赋予其文化和社会功能,与其说它属于承诺的范畴,不如说它属于礼仪的范畴。此外,在许多社会中,即使是这种参与也只有特权阶层参与。如果可以自由投票,大部分人类将会选择足球、肥皂剧或宾果游戏而不是选择埃斯库罗斯(Aeschylus)的作品。假若不这样的话,源于大众教育的改善而启发的高度人文主义文明的项目是不可能的,这种说教式的投射在杰斐逊主义(Jeffersonian)或阿诺德自由主义(Arnoldian liberalism)中很活跃,不亚于在马克思-列宁主义(Leninism)中。事实上,那些编制教学大纲的人,那些承认、阐明和传播文学遗产的人,在文本、艺术和音乐创作方面,一直都是少数。

因此,关于日益成熟的多元性假设,感知和选择的广泛普遍性的假设,很大程度上都是错误的。同时,这些感知和选择,为价值观的确定和确认建构了自由性和一致性。文化产品扩散的统计数据掩盖了少数人的极度简化和专业化的地位,这些人才是真正发起和编码主流潮流和标准的人。所有的估价,所有的"圣徒化"(注意那些持久的神学类比)都是品味的政治。这些政治本质上是寡头政治。

我试图说明两点。首先,在美学中,解释和价值判断的本体论语言学性质的话语阐述实质,使得证实和证伪在逻辑上和实用上都不可能。严格意义上,任何诗学和美学的命题都不能被驳倒。约束的缺失栖居于言语的核心之中,栖居于"人之所以成为人"与言语的基本关系中。

其次,我认为,通过唤起各个时代制度上和社会上的共识,指出几个世纪以来大多数人为某些著作和文本投下的选票,人们试图减弱或完全逃避自由的深渊,这种做法既没有形式上的终结性,也没有证据上的终结性。如果在美学上有任何这样的假设,那么,真理既不能被证明,也不能在统计上被推翻。我还进一步提出,无论是历史事实,还是社会学事实,都不能真正支持通过进化一致性来解释的模式和批判性判断的模式。准则是由少数人编造和延续的。因此，康德通过"主观普遍性"的共识机制，对正确的理解和品味的验证的假设，从个人的直觉发现到公众和教廷的波澜不惊的有序发展过程的假设，要么是一厢情愿的想法，要么就是对一个多少有点开明的改良主义社区的政治品味的经验观察。

如果这些观点是有实质意义的，那么诉诸于文学、音乐和艺术方面的批评理论和理论权威的概念，就需要仔细审视了。

3

"理论"一词已经失去了其与生俱来的权利。从源头上看，该词既有世俗的意义，也有仪式的内涵，它讲述了一种专注的洞察力，一种耐心地专注于其对象的沉思行为。然而，"理论"一词也适用于庄严的大使馆中使节们所执行的见证，即派遣来的使节们观察神圣的阁楼游戏中所说的神谕或执行仪式。"理论家(theorist or theoretician)"是严格遵守规则的人，这个术语本身就被赋予了双重意义：智力-感官知觉和宗教或仪式行为。原初的视觉力量以及隐含在这个词中的伴随视觉,出现在托马斯·布朗爵士(Sir Thomas Browne)的书中:"当我凝视一个头骨,或注视一具可以在我们身上投射那些庸俗想象的骷髅时,我就有了关于死亡的真实理论。"因此,当理论毫不动摇地注视着它的对象时,理论就具有了真理性,并且,在这种沉思式的观察过程中,当它看见并抓住客体所引起的那些常常混乱而又偶然的(粗俗的)形象、联想、暗示,甚至可能是错误时,理论也具有了真理性。直到 16 世纪后半叶,"理论(theory)"和"理论的(theoretical)"的概念才有了现代的面貌。在 17 世纪 40 年代之后,"理论家"似乎就是那些设计并接受各种推测假设的人。

从那以后,"理论"一词就表现出了一种独特的历史双重性,甚至达到了自相矛盾的程度。随着认识向自我的内在进行转移和置换,理论的源泉成为主观的思辨脉动。笛卡尔和牛顿(Newton)构建并提出的原子运动理论或天体力学理论,都以他们自己的名字命名。然而,与此同时,理论的验证又位于世界之外,存在于客观领域之内。理论的动力来源于个人意识;但是,只有当理论被相应的事实以及经验现实的镜像证据所检验和证明时,它才会超越个人猜想。

正是这种具有创造性而又有序的假设以及随后的实验验证或证伪范式，保证了纯（"理论的"）科学和应用科学在全球范围内的成功，这种范式是由笛卡尔、康德和最近的胡塞尔(Husserl)提出的认识论，我们把这一成功归功于我们在精确的自然科学以及技术中对理性的核心要求。

尽管笛卡尔-康德的范式具有很高的声望和成就，但它一直处于临界压力之下。不仅仅是像海德格尔(Heidegger)和舍斯托夫(Shestov，我们这个时代最令人不安、最执着于人道主义的思想家之一)那样的哲学家和思想家质疑其破坏性后果，而且，一些科学家也看到了科学理论及其实际应用误解了人类在自然世界中的地位。压力来自于科学本身。数学体系貌似组织或反映了世界，这一数学体系和世界之间的本质和哲学-心理关系已为激烈辩论奠定了基础。原子和亚原子之间相互作用的"不确定性"概念，使确定性的经典证明条件以及实验验证条件遭到了批判性质疑。"互补"的原则(我们在这里直接针对的是审美体验的问题)有更广泛的含义：它认为，相同的现象,既容易受不同理论解释的影响,也容易受不同理论约束下的描述的影响。同时,借助观察者和观察过程,不确定性和互补性共同假定了对现象物质的干涉。仔细观察世界就是改变世界(费希特[Fichte]在 18 世纪90 年代为绝对主观性提出严格的逻辑论证时就知道了这一点)。

正如我们将要看到的,这些对实验验证理论的实证主义计划的批判性颠覆,对美学和对理解的理解有着极大的暗示。科学实践证明,它们只是小麻烦而已。科学家们继续对物理学、分子生物学、天体物理学进行研究,仿佛理论和试验(卡尔·波普尔[Karl Popper]的"可证伪性标准")之间的笛卡尔-康德式的契约继续具有有效性和普遍性。此外,除了在宇宙学的极端边缘或新物理学的"奇点"半影之外,事实似乎都是这样的。我们的核物理学家、遗传学家和工程师继续从事于他们的研究假设和应用工作。他们用数学方法将实践理论和反理论进行系统化和形式化。他们对这个世界的问题作出了明显的让步。放弃"理论"这个概念以及放弃理论和事实之间的相互作用的假设,都可以被视为理性的终结。

这份契约的最终依据仍然是个谜。没有人知道，为什么外部世界在天真和显性意义上应该与规则假设以及调查性理性主义的数学和规则约束的期望保持一致。培根有一个著名的比喻：自然是"被人质疑的"，也被人的疑问专横地折磨着，而自然却又对这些问题给出了令人满意而又富有成效的答案。显然，培根的这一比喻确实能够使人释然。笛卡尔和牛顿诉诸于某种神圣的开端和神灵保证。就语言和艺术的意义而言，这种诉诸正是我想要阐明的。爱因斯坦（Einstein）所坚信的是一种具有更高秩序并且拒绝冒险的信念，它使宇宙充满了活力。这样的推论可能是空洞无物的，或者纯粹是精神上的。但是，这些科学家的成功是显而易见的。现代科学技术史表明（考虑到我们被殖民的星球），培根、笛卡尔和飞机设计师等人的*测量求积法*（*tempora spatiis mensura mundae*）是行之有效的。

我现在要说明的是，将这种帝国主义模式延伸到对文学、音乐和艺术的诠释和判断上是做作的。在这里，理论概念和理论，在任何负责任的意义上，要么是自我吹捧的错觉，要么就是科学领域的挪用。它代表了一种基本的混乱,一种古典逻辑和形而上学意义上的"范畴错误"。艺术家并非用最严谨的隐喻或模仿的方式,而是就文本和审美的意义形式而引用并提出某种"批评理论"、"理论诗学和阐释学",往往以某种可疑而又极其滑稽的模式在艺术生产中进行转化加工,在《仲夏夜之梦》(*A Midsummer Night's Dream*)中,博顿(Bottom)这一人物就是如此被化用而成的。显然,莎士比亚和戈雅已向我们展现了其文本和审美效果。

我的论点将主要取自于文学和语言。但是,它却寻求向现象学领域扩展。这一现象学将可解性和代表性形式作为一个整体。

作家、哲学家、心理学家、文化和情感史学家对诗歌的内在起源、功能和性质有各自不同的观点。这些观点连同它们所引发的争论和反建议,构成了大量的次级话语语料库。这种话语可以是一种非系统的印象主义基调,就像保罗·克利的笔记本中或卡夫卡的日记中的一样。它可以针对特定的审美体验对象,如莱辛的《剧评》(*Dramaturgie*)或圣-伯夫的评析性评论和历史编年史。另一方面,它可以是一种高度抽象的、普遍的模式,就像亚里士多德的《诗学》(*Poetics*)或康德和伯克(Burke)的美学那样。这千年来争论的观点，无论是规范性的，还是实用性的，无论是约定俗成的，还是描述性的，几乎都无一例外地伴随和围绕着文学和艺术而展开，并为其提供一个散漫的背景，就像低音提琴在前古典音乐和声中所做的那样。这一观点，无论是经过严格分析了的，还是经过强烈唤起了的，本身都是完全包含在生活和语言的限制之中的。

反过来，这种诠释性和批判性话语的语料库有它的历史，它的启发性修辞学，就像文学、绘画和音乐本身一样。例如，在法国和意大利的新古典主义中，或者在俄罗斯的未来主义中，主文本和次级文本之间的对话，诗意表达和程序性批判之间的对话，其互惠是特别亲密的。形式结构似乎直接编码某些抽象的程序化方案。又如，在浪漫主义或印象主义兴起之时，新美学，因为是在艺术作品或宣言中进行表现，它们与主流的解释性和批评性习语争论不休，或彼此完全背离。此外，诠释不仅仅有自己的历史。确切地说，它们拥有自己的认知记录和语言学。因此，关于意义和形式价值认识论和语义地位的命题，

99

关于某个诗歌、绘画和音乐作品的意图和优缺点的认识论和语义地位的命题，通常都是一个完全合法并且频繁被丰富调查的对象（康德、谢林［Schelling］和维特根斯坦对审美话语都有实质性的见解）。文学、艺术和音乐批评的词汇史和语义史，无论是分析性的，还是描述性的，都是很有趣味的。想想说话习惯的转变吧，比如，塞缪尔·约翰逊和柯勒律治对莎士比亚的洞见，瓦萨里（Vasari）和隆吉对中世纪绘画的见解。

反之，文学和艺术也可以归入更寻常的范畴之中。亚里士多德和托马斯（Thomas）关于人的意义的解剖学将其归类为欲望或直观模仿智力的具体表现。马克思主义将诗歌和审美形式的生产和分配纳入其历史社会决定论、表征性反思和商业消费的包容性情景中。弗洛伊德精神分析在这一点上几乎是 19 世纪科学主义的天真继承人，它认为，在审美冲动和实现中，存在着一种或多或少有点幼稚的升华机制。白日做梦的诗人（弗洛伊德的类型学）和艺术家寻求在具有神经质的治疗中升华，或者寻求减弱和推迟成熟的心灵与"现实原则"的对抗。阐释学与评价实践的多元融合，包括哲学系统、意识形态以及社会或心理学的建构，他们自身也容易被研究和批评。我们在分析亚里士多德对索福克勒斯(Sophocles)的评价、或吉尔森(Gilson)对但丁的评价中受益颇多。

然而，重点是，无论他们如何优越地宣称抽象的普遍性，无论他们对科学理论和至关重要的实验如何**模仿**(*imitatio*)，这些假设的建构都精确地限定在语言圈内。他们不能超越他们自己的语言。

这种说法既不构成一种**诠释论**(*theory of interpretation*)，也不构成一种**批判论**(*theory of criticism*)，因为我们已经看到，这两者是密不可分的。关于文本、雕像、交响乐的说明和判断性的论述，无论如何抽象，都不能使我们援引"理论"概念和"理论上存在的"概念，因为这些概念基本都应用于精确科学和应用科学(音乐显然是复杂的中介)中。那些宣扬并应用于诗歌作品的"批评理论"、"理论阐释学"的人，如今是学院的大师，是艺术和文学的流言蜚语的典范。他们的确已经宣告了"理论的胜利"。然而，事实上，他们要么是在欺骗自己，要么就是从科学和技术的巨大威望和信心中窃取一种在本体论上并不适用于他们自己材料的工具。显然，他们是竹篮打水一场空。

理论必须满足两个不可缺少的标准,即具有通过实验和预测应用的可验证性或可证伪性。在艺术和诗学中,既没有决定性的实验,也没有石蕊试纸实验。就科学理论具有具体的预测性来说,不可能有任何可证实或可证伪的推论导致可预测的结果。我们对此必须十分清楚。

有人认为,亚里士多德《诗学》中的悲剧分析范式仿照了索福克勒斯的《俄狄浦斯王》(*Oedipus Rex*),但这一说法并没有得到证实。个中区别是至关重要的,并没有由于外来的滑稽史料侵入《哈姆雷特》而被证伪。在亚里士多德的蓝图中,形式分析在其思想发展中明显十分优越,但却没有什么能预测毕希纳的《沃采克》(*Wozzeck*),也没有什么可以断言说不清的下层生活在悲剧戏剧中的应用。布瓦洛(Boileau)的新古典主义规范和最经济的行为方式,透露着拉辛戏剧中的启发式图解。但是,《费德尔》(*Phèdre*)并没有指责《麦克白》(*Macbeth*)的挥霍无度和悲喜剧的结构,它既没有证明也没有反驳布瓦洛对审美价值的分类和排名。亨利·詹姆斯对小说的艺术研究是他自己对小说所选择的精辟阐述。他们既不能断言和否定卡夫卡的寓言，也不能断言和否定《芬尼根守灵夜》(Finnegans Wake)中的夜曲。

下面是同样重要的第二点。在美学话语中，诠释-批判性分析、学说或计划都被后来的建构所取代或抹去。哥白尼学说(Copernican theory)的确纠正并且取代了托勒密(Ptolemy)的理论。拉瓦锡的化学性质使早期的燃素理论(phlogiston theory)站不住脚。亚里士多德关于模仿(mimesis)和感伤(pathos)的论述并没有被莱辛或伯格森(Bergson)所取代。布列东(Breton)的超现实主义宣言也不能抵消蒲伯的《论批评》(Essay on Criticism)，尽管它们很可能与之对立。古典主义和新古典主义在文学语言和体裁上未能预见散文小说的演变发展，这种失败虽然反复出现在华兹华斯的《抒情歌谣》(Lyrical Ballads)的序言和柯勒律治的文学理论中，但并没有证伪这些学说告诉了我们这些史诗或颂歌是什么。除了严格的装饰性之外，康定斯基(Kandinsky)既不能取代，也不能根除所有先前的美学课程中所隐含的表象公理。

粒子物理学中提到的不确定性和互补性这两个原

则,是文学和艺术中所有解释性与批判性过程及言语行为的核心。每一部文学作品和文本、每一幅绘画或雕塑,无论多么传统,多么模仿它的前身,都是一个"奇点"。这是一种偶然的现象,要么可以形成可察觉的形式,要么无法形成可察觉的形式。毫无疑问,它受到某种语义和材料的限制("没完没了的句子",普拉克西特列斯[Prax-iteles]不可能用铝雕刻),但它不是由理论假设或逻辑限定的可预测的事实。尽管诗歌、图画或奏鸣曲确实可以在更大的历史和正式的秩序中进行分类,但它的"神圣"就像布莱克(Blake)所说的,是存在和在场的单一行为,是"非常特殊的"。

因为审美判断和审美解读既是个体思维过程的产物,也是接受过程和表述风格的产物,所以它们必然会干扰并且主观地对文本以及表达自我的艺术作品进行重组。就像有索福克勒斯的俄狄浦斯,同样存在着亚里士多德式的俄狄浦斯和弗洛伊德式的俄狄浦斯。圣伯夫的巴尔扎克不是乔治·卢卡奇(Georg Lukács)的巴尔扎克。在什么意义上,雷诺兹和德拉克鲁瓦、瓦萨里和罗斯金看到的是一模一样的意大利大师呢?让我来强调一下这一点。我们不去论说史密斯(Smith)或布朗(Brown)的热力学第二定律(second law of thermodynamics),但是,我们确实有充分的理由去论说"教皇的《伊利亚特》"。隐含的区别就是本质性的。

那么,什么是所谓的"诠释理论"、"批评理论"呢?这些高傲的幽灵现在不仅萦绕在人们的脑海中,而且还主导着公认的感知和对既定形式的反应,它们是什么呢?我相信,任何答案都需要极其谨慎地推敲,需要一定的迂回或探索。然而,问题在于资本。

4

在整个西方历史上,关于美学的批判理论一直都是描述性的。一般来说,这些都是事后之事。它们传达了技术手段、形式目标、社会或政治目标,分析者或评论家认为,这些手段和目标在特定的作品中总体上来说都是值得称赞的。这种理想化的规范性描述,支持了亚里士多德的系统诗学和修辞学,就像马修·阿诺德在其《诗歌研究》(*The Study of Poetry*)中对诗歌的准则所作的坦率直观的表述一样。正是由于柯勒律治对莎士比亚和华兹华斯的抒情诗的卓越之处富有感情的理解,他的《文学传记》(*Biographia Literaria*)才既提出了规范性的建议,又提出了愿景(*desiderata*)。现如今,众所周知,**接受理论**(*Rezeptionstheorie*)或"接受理论(Theory of Reception)",事实上是一个通用的描述,既用来描述文本和读者之间在历史上的互动动力是什么,也用来描述历史上的文学和艺术在不同的相应时代和氛围下的传播和接受过程中所经历的意义和情感基调的变化。

的确,已经有人试图研究一首诗歌或不同的诗歌对不同读者群体所产生的实验性和预测性的影响,也有人曾经尝试将心理测试和统计符号的技术应用于我们对文本和艺术作品的感觉和暗示的感知之中。有人回忆理查兹(I. A. Richards)的"协议"和"实验室情况"。但是,无论是文学,还是艺术,这样的方法都被证明是徒劳无益的,既没有心理图式,也没有分布曲线,更不具有实验性或预测力。理论和理论性,无论其历史如何反复无常,也无论其起源在伽利略(Galileo)或牛顿对个体的感性推测中多么不透明,都具有可量化的推理性。将观察到的有待拯救的现象加以数学化,是受人尊崇的理论的目的和工具。也许(尽管我发现很难赞扬),理论和理论性模式在人口、经济和社会历史领域中确实有效,这些领域易受某种程度上的量化所影响,并且,这些量化总是有问题。"社会科学"一词,本身就是一种急于求成的花招,但在一般历史和"社会科学"中,这些领域的产出是幼稚的。观察历史学家或社会学家求助于方程式时,你几乎总是会看到思想的倒退。

可以确定的是,量化、符号化和形式化的标准和实践是理论的生命气息,它们不适用,也无法适用于文学或艺术的诠释和评估。

在这里,就像在所有其他方面一样,音乐是最费力和最难以捉摸的,自中国宇宙学和前苏格拉底学派开始,我们就知道音乐和数学之间的亲缘关系。自毕达哥拉斯(Pythagoras)和柏拉图以来,数学在西方音乐中占据了中心位置,犹如戴着面具在舞蹈中舞动一样(即使舞蹈是无声的表演)。尽管到目前为止,音乐分析还没有产生可实验验证的见解,更不用说具有预见性的见解——为什么G小调应该是"悲伤之调"?——但是,音乐分析的确处理了可量化的单位以及可用代数表达的关系和进展。在节奏、音高、音色、谐音或不和谐音与情感反应的本质，与想象相关的概念-情感的本质之间，可能存在可量化的可验证的相关性，这种观点不具有可以驳斥的先验性。在既定的"音色"中，振动的数量和数学级数是功能性的，也与我们的反应是"相对的"，而在维梅尔（Vermeer）色彩或色调的调变中则不是这样的。音乐结构上的数学和我们听觉器官的神经生理学或许是相互作用的，也许，在实验中以一种容易被理论化的方式显示出相互作用。我们虽然对音乐形式已经有了理论分析，但是在某种意义上，这种分析并不适用于诗歌、绘画、雕像或小说。音乐的音调是最形而上的，能深入心灵的光明之夜，同时，音乐也是最具有肉欲的，也是最可以从肉体上追溯的象征行为。

我再次发问：我们到底能赋予"阐释学理论"和"批评理论"什么意义呢？像卢卡奇这样严肃的思想家，当他为一本几乎引人入胜的书《小说理论》（*The Theory of the Novel*）命名时，他在做什么呢？

正如我所指出的，在绝大多数情况下，我们都是在对文本或艺术文集进行优先或辩论性的选择和描述。亚里士多德式的戏剧剖析以及詹姆斯式的散文小说写作程序都是赞扬某些文本,并且给予其他文本低等或外在的地位。通常情况下,对文学或艺术的"理论化"注释,既是对道德的论证,又是对道德在政治行为领域的实施的论证。在席勒的美学中,在"试金石"的宣言中,在"经典的"宣言中,在阿诺德、艾略特(T. S. Eliot)和利维斯(F. R. Leavis)所说的"伟大传统"的宣言中,真正利害攸关的问题是道德教育和政治价值观。马修·阿诺德向往"心灵与精神的宁静生活",他为此作了诗性解读,明确了整个系统和政治的权力关系。卢卡奇的赞美与诅咒是一种精炼的马克思主义。

对反理论更具挑战性的是,符号学家最近提出了关于整体美学的主张,以及由语言学家提出的关于所有文学作品的文本性的主张。

如果可以简化这些主张的演变,那么,我们可以说它们是基于这样的一种对语言本身的理解,即在索绪尔(Saussure)之后,在莫斯科和布拉格语言圈之后,语言本身就是一种形式上具有差异的游戏,它既受到规则的约束,又受到非常重要而又正式的统计调查方法的制约。

同时,现代符号学学者和语言学家将关系微分符号系统定义为"语言",如果这一系统受制于语言学法则,例如印日耳曼语音学(Indo-Germanic phonetics)中的元音音变,那么文本的正确意义为什么就不能被诠释和批判的"理论化"所影响呢?既然在精确科学和应用科学中有可量化而又受规则约束的证据,为什么文本就不能有可验证和可证伪的解读呢?

这一论点需要谨慎待之。

毫无疑问,既然在语音和写作的系统语言学研究中存在着精确而形式上的断言,那么这一研究理论上也存在着可以处理的方面,以及对句法结构进行分类和规范转录的形式方法。一个既定文本,由于它的要素在历时性和共时性的关注中,既是音位的、语音的,又是语法的、词汇的,同时,也由于这些要素(或多或少)是按照规则序列组织起来的,因此,它是可以分析和统计研究的。言语或写作行为可以合法地被看作为一种编码,它的表现要素受制于形式,并且在一定的范围内又受制于系统的解读。简而言之,我们可以用数学或元数学(逻辑形式)的方法去构建文本的模块和构造。在此,某种程度上的理论是必要的。

但是,方法是什么呢?

当方法试图将意义(meaning)形式化时,当它从语音、词汇和语法发展到语义和美学时,就会出现绝对决定性的失败。正是由于这一发展进程缺乏分析语言的技巧,因此,无论它的装饰多么系统化,它的愿望多么深奥,都无法取得令人信服的进展。人们为此曾经付出了经年累月的努力。在雄辩的古典研究较为正式的分支中,在古代的修辞学分类和手册中,我们发现了它。它表现在经院哲学精妙的语法之中。在 19 世纪实证主义哲学更天真的版本中,或者在列宁主义和认知心理学盛行早期很流行的极端唯物主义主张中,我们再次见到了它,意义最终转变成了一个神经生理学的甚至是化学的量子。

这些提案都没有说服力。没有任何解释方法能够弥合语言学分析和正确定义的语言学理论与语言理解过程之间的鸿沟。没有任何形式化或者原初描述,可以明确而无可否认地将一个句子中离散的语音–词汇–句法成分与该句子的意义和生命(整体语义)联系起来。

从直观上看,原因是不言而喻的,但是,又很难清楚地表达出来。

一句话总是意义众多。即使是一个单一的词汇，在不可通约的内涵中，也可以具有不同的意义，而且通常都是如此。甚至，一个基本上由字面——字面(literal)意思是什么？——意义上的命题构建而成的信息矩阵或语境，也会在不断扩大的同心圆和重叠的圆圈内从特定的话语或符号中向外移动。这些包括个人潜意识中活跃的语言习惯和特定说话者或书写者的联想场域映射，它们以难以系统统计的密度包含了既定语言和邻近语言的历史。社会的、地区的、时间的和专业的特性是最密切相关的。随着涟漪效应和闪光干涉效应向外扩散，它们变得具有不可通约的包容性和复杂性。没有任何形式化的秩序能够合乎文化的语义量和运动，以及丰富的外延、内涵、内隐指称、省略和音调域(这些涵盖了一个人要表达的意义，即一个人说了什么，或没说什么)。这是一种可感知的感觉，人们在其中可以看到，总体的解释语境，即围绕着任何口头或书面话语意义的相关价值的总体视域，是把宇宙作为人类的语境和视域，人类是语言的存在体，他们栖居在语言之中。因此，在我们语言的有限性和我们所居住的世界的有限性之间,《逻辑哲学论》的复杂问题几乎是平庸的。它重申了语义的不可通约性。

就形式表达方式而言,我认为,文学(艺术和音乐)在语义上具有最大化的不可通约性。在此,一个对象,其形式组成部分的描述是有限的,却要求产生无限的响应。诗歌中的每一个正式单位,音素,单词,语法连接或省略,韵律安排,以及与同一历史背景或家族的其他诗歌相联系的文体惯例,都被赋予潜在的语义创新和无穷无尽的潜力。可能意义(意义的范畴应用于诗歌时,过于静态化)的多样化,是所有可能的意义世界或无意义世界的指数产物,因为这两种世界是通过两种自由的相互作用而被理解、想象、检测和存在的,这两种自由分别是穿越时间的文本自由和接受者的自由。相互交流和暗示的内在化能量和相遇中的"量子跳跃"都完全超出了计算分析,更不用说可预测性了。如若认真对待这些高级的概念,就没有意义科学论,也没有意义和效果论。阐释性命题和评价性命题并不像逻辑学家所说的那样是真理价值的候选者。

语言在某种意义上是有机的,而不是隐喻的或图像的。没有枚举,就没有句子单位的分析排序产生的相关意义的总和。为了阐明意义,我们采取意译和直译,更新不确定的符号序列。正如布莱克所教导的,在能指之外,总是有所指的"过剩"。在诗歌中,这种"剩余价值"是最明显的。正如利维斯所言,这是否意味着"语言学对于理解文学毫无帮助"呢? 绝对不会。对文本中的语音、词汇和语法工具的信息警觉,培养并丰富了人们对解释性和批判性反应的素养。罗曼·雅各布森(Roman Jakobson)的格言至关重要:诗歌语法是诗歌音乐性的意义源泉,要了解诗歌语法,就必须了解并且响应语法的诗意。威廉·燕卜荪《复合词的结构》一书中的策略及其在书中运用的词汇史知识,还有肯尼斯·伯克(Kenneth Burke)在解读中对句法和修辞之间相互渗透的接受性,都具有非凡而权威的见解。任何读者都不可能知道太多关于语言的骨骼结构和神经系统,但这些渗透手段一直以来都是语文学的重要组成部分。正是他们对科学理论地位的更新颖的主张引起了人们的怀疑。在语文学中,语言作为工具的作用是确定的,这是我想定义为本质的一种感知模式。

语言的"科学"观和科学剖析,无法信服地告诉我们人类语言的起源以及语言在人性中的绝对中心地位,也无法为我们阐明语言对诗歌的体验。对科学观点的必要坚持——认为这些问题要么是无用的,要么是无法回答的,因此不要提问——无论如何都至关重要。把语言纯粹看作相互关系之间的差异性游戏,把人类的言语生活看作一种多样性的语言游戏,除了语用之外,没有任何必要的参考,在科学观和科学剖析下,这种观点根本上来说是不足的。我相信,正是这种不足引起了学者们重新评估某些"过时的"而又非系统性的反理论直觉,或者,正如我想说的那样,引起了学者们的强迫性猜测。我们的意识经验和诗意的事实比语言和逻辑实证主义和"博弈论"更合理,正是因为品达和奥古斯丁以及但丁和柯勒律治讲述语言的方式与我们的意识经验和诗意的事实相一致,所以"他者性"推论和超验性的推论仍然值得注意,并具有暂时性,在"暂时性"一词中,尝试性和幻想性如此巧妙地结合在了一起。

总而言之,所有的阐释学理论和"互文性"理论——"互文性"是当前的一个典型术语,它表明了一个显而易见的事实,即在西方文学中,大多数严肃的作品都包含、引用、否定或参考以前的作品——都是废物吗? 当然不是。正如我们所见,主要的解释-批判性回应,无论是柏拉图,还是塞缪尔·约翰逊,抑或是莱辛或马修·阿诺德,都以一种独特而至关重要的方式与主文本合作。当前的阐释学和语法学推测可能是诙谐的,同时又是具有挑战性的。新的符号学和解构技巧帮助召唤智慧,同时唤起激情,这在许多文学和艺术的研究中是惰性的,是程式化的。当他们意识到自己本质上的还原性时(在开放的形式中,还有什么比马克思主义或弗洛伊德的解读更还原、更缩小了不可通约的自由呢?),解释性和批判性的评论就具有了明显的价值。如果他们不把人为的主张强加于理论,并在他们自己次要的、主观的和直觉的本质(三个限定词都是最重要的)中清晰地工作,解释性和评价性的"元文本"既是必要的,也是卓有成效的。

但是,我们不应该像"意义论"或"判断论"那样去思考从亚里士多德到现在的阐释学批判话语中最具启发性的是什么。这些围绕着争论的行为都是最好的叙述。在形式上多少带点秩序的系统伪装下,他们都会或多或少地抽象性地叙述智慧和创造形式之间的相遇,这种相遇的源头及其第一次引起的注意总是具有直觉性。如果我们愿意承认的话,它们都是形式经验的叙事。他们讲述思想的故事。朗吉努斯(Longinus)的《论崇高》,柯勒律治的《传记》(*Biographia*),罗斯金的《现代画家》(*Modern Painters*),普鲁斯特早期创作的小说,罗兰·巴特(Roland Barthes)对巴尔扎克的解读,哈罗德·布鲁姆(Harold Bloom)对叶芝(Yeats)的叙述,都阐明了这种叙事的展开。我们可以把某些解释技巧既想象成戏剧化的神话或可解性的神话,又想象成可理解的寓言。狄德罗的美学批评、阿多诺的音乐批评和德里达(Derrida)的《格拉斯》(*Glas*)(还有索福克勒斯和黑格尔的老派场景)中都有生动的风景和神话元素。叙述和神话是诗歌的体裁,而不是理论。

在诗歌、音乐和绘画中,面对那些不可通约而又不可还原的形式分析或系统释义,诠释-批判的冲动就变得不耐烦而又急躁。我认为,人文学科的理论具有系统化的急躁性。自犹太教开始对弥赛亚人的不断拖延感到不耐烦时,奇异果就出现了。今天,这种不耐烦已经表现出极端虚无主义的紧迫性。它质疑意义和形式的概念,以及话语与世界之间任何重要关系的可能性,并将理论的神话高举在创造的事实之上。需要清楚地看到这一挑战的历史和心理根源。同样的,最后的赌注是神学上的。

5

在人类感知史上,根本的突破非常罕见。如果不是这样,过去富有想象力和智慧的形式,无论它多么不完美,多么可疑地被挪用,我们都无法将其转化为自己的参照系。我们引用古代神话作为自己意识星座的基本元素。写作稳定了连续性的假设。借着现在的文字力量,我们重新认识我们所认为的过去的精神。思想史学家、社会制度史学家和艺术史学家不断提醒我们,教科书和博物馆中新纪元的断代、中世纪和文艺复兴之间的分歧以及启蒙运动和浪漫主义之间的断层,在很大程度上都是武断的。它们割裂了更为重要的恒常性。而且,即使在人们感觉到彻底分裂的地方,这种直觉也是最难证明的。情感的内在力量是如此复杂,我们自身对材料的参与又是如此具有选择性和嵌入性，以至于我们几乎不可能对自己的发现有信心。

然而，许多深层次和多层次的因果关系证明了基因术语"突变"是合理的。一些断层线——此处的类比是地质学上的——打破了之前的认同建构。我相信，我们现在正处于一个变革而质变的进程当中，这一进程于19世纪70年代在西欧和俄罗斯就已骤然开始。

我们不可避免地要一概而论。但是，这种概括和我们的主张所依据的再保险逻辑，是遗留下来的最尖锐的问题。

古代地中海世界的文化传播不仅决定了我们对自我和社会的历史假设的经验和记录的可理解性，还产生并影响了我们的宗教、神话、哲学探究、文学和艺术。直到最近，即使是西方的非语言艺术，也使用了一种本质上合乎语法和表现逻辑的方案。我们的法律，我们的社会关系，都与语言化以及与话语和句法密切相关的价值功能密不可分。对我们来说，"读写能力"承载着一种含义，这种含义远远超出任何技术定义的延伸。最重要的是，我们城市的文明和社会是由话语构建的；句子发现了我们的城市并栖居于此。从本质上说，我们的历史，只要它不是私人记忆所能得到的，就是内在和外在话语所构建的（一段引人入胜的、也许是决定性的历史有待书写，这段历史是由男性和女性在无声但有组织的语言中自言自语时使用的各种各样的修辞和不同层次的习语所构建的，这些修辞和习语构成了外部交流的基础和内容）。因此，一种凄凉感油然而生：在我们的集体历史脉搏中，只有聋哑人才享有治外法权。

在西方，上帝的概念化从一开始就通过言语行为和语法绝对地体现在上帝自我定义的同义重复中。只有死亡是在话语之外的，就我们所能理解的意义而言，"严格来说，无法言说的"才是它的意义。仅就死亡而言，礼拜的、神学的、形而上学的和诗性的比喻或隐喻的巨大预燃室——"回归"、"复活"、"救赎"、"最后之眠"——都毫无归属（这并不意味着一路的行程是徒劳无益的）。在其他任何领域，自苏美尔和前苏格拉底学派以来，现象学的言说一直都是与存在以及世界的存在和他者性不可分割的。在不可或缺的情况下，**逻各斯**的概念和隐喻的意义，在宗教、哲学和诗学中，在法律的援引和辩论中，都是具有核心代表性的。在人类最初完全理性的层面上，具体的意义取决于词汇，或者更确切地说，取决于句子。哲学人类学和批判思维的开端，始于古希腊人把人定义为"语言动物"和一种存在，在这种存在里，言语的分离特权(就其有机的本性的其余部分而言，是分离的)是确定的。由此可见，在人类历史上，历史就是意义的历史。

这是司空见惯的。

人们很少注意到的是行为，即信任的宗旨，它保证了我们希伯来式经验的语言−话语的实质。信任的核心存在于逻辑自身内部，因为它明显地反对形式化，所以通常不被重视，其中"逻辑"就是*逻各斯*−衍生词和构想。

没有最初的信任和推心置腹，没有比任何"社会契约"或与神的假设有关的契约都更加根本而又更加不证自明的原初行为，就不会有我们所知道的历史，也不会有我们曾经经历过的宗教、元物理、政治或美学。这种信任的恢复，即人进入人类之城的入口，就在话语与世界之间。只有在这种信任的基础上，才存在有意义的历史，而这种有意义的历史又恰恰精准地对应了历史的意义。从吉尔伽美什(Gilgamesh)对他死去的同伴所作的反叛性悲痛之歌到阿那克西曼德（Anaximander）就宇宙和人类合法生活中平等的秘密所作的谜一样的格言，几乎（这是我试图定位和定义的"几乎"）到现在，话语与世界之间的关系，内在和外在的关系，一直都被"信任"着。也就是说，它被认为是一种责任关系，并且作为一种责任关系而存在着。

如前所述，"trust"一词包含了"response"的基本概念，即可应答性。正如我要强调的，尽管处在一个几乎矛盾的自由中，但对语义信任的主要提议就是完全接受回应的义务。这就是回应。负责任的回应以及回应可应答性就是理解道德行为的过程。这就是我试图要说的来源和意图。

在我想分析的价值观发生突变之前，逻各斯和秩序相遇了，尽管在它们的相遇中总是存在着关于"倒退"或者根本立不住脚的挑衅。但是，通过句法的词根和分支，即指称和断言，话语在很大程度上被认为与其推理和指定的对象相对应。只要人们认为真理可以用有限的手段来获得极端的假设，就可以解释世界的意义。

话语和客体之间的契约，既设想"存在"具有可行性的"可言说性"，也设想存在性的原始材料在叙事结构上有其相似之处——我们重新述说生活，也为自己重新述说生活——这些契约和假想都通过不同的表达方式表述着。每个故事都有不同的叙事。在亚当的话语中，这种契合是完美的：万物皆如亚当所称。语言和本质无缝吻合。在西方主要的形而上学和认识论一直所依赖的柏拉图唯心主义思想中，辩证话语，如果批判性地严格追踪的话，将会把人类的智力提升到纯粹的原型上，其中言语可以说是透明的。对于理性思维和社会模式的可能性来说，清晰的意识与我们的感知和思维之间的对应关系是必不可少的，这一对应关系是笛卡尔在《第三次沉思》(Third Meditation)中提出的假设。除此之外，笛卡尔还问道：我们还能栖居于理性之中吗？在黑格尔的《现象学》(Phenomenology)中，"精神"（感性[Geist]）的自我实现是一场意识的奥德赛，是人类通过连续的概念化理解和自我理解的奥德赛。这是一次话语航行。历史上有意义的东西都集中在理性语句的动态而阐述性的监护之中。

　　怀疑论者对语义信任提出了质疑。怀疑主义哲学讽刺并且试图完全否定人类话语和"现实"之间的对应，抑或和世界之间的对应。假象和不可知的面纱切断了我们对任何可能的认知，更不用说正确地阐明客观的真理和关系了，即使后者确实存在也不行。事实上，这层面纱是由语言、不精确性、错觉、多元性、不可译性和虚假反复编织而成的，无论是有意，还是无意，这些都不可避免地存在于人类语言的每一个行为和时刻之中。完全由此产生的怀疑主义会把语言变成一种主要内在化而又传统的影子系统，它自闭的规则和形象与"外面的世界"毫无关系（这本身就是一个幼稚而毫无意义的短语）。像蒙田这样有资质的怀疑论者既认为错误和渎职泛滥，也认为语言网络中有无数的缺口和裂缝，并且后者努力把难以捕捉的存在源泉带到感官验证和可理解性上来。

在修辞和诗学层面上，语义缺失是一个古老的母题。诗人和哲学家的语言，无论多么巧妙，多么有灵感，都无法达到感觉存在的某些现象和状态的精神强度。某些背景的内在灵韵和个人的某些欲望或痛苦的灵韵无法通过语言来进行交流。对于海伦神秘的美丽和她脚步中所涌动的汹涌澎湃的情欲，唯一恰当的回应是沉默而不是言语。卡夫卡说,带来真正的启迪和威胁的是塞壬(Sirens)的沉默而非他们的歌声。即使是最纯粹的重言者(*极端的[extremis]词典编纂者*),也从未认为所有的本质可以转换为话语和句子的交流。

然而,决定性的一点是,直到 19 世纪后期产生意义之意义的危机之时,即使是最严厉的怀疑主义、最具颠覆性的反修辞学,仍然致力于语言。它们认为,自己要"听命于"语言。绝对怀疑主义是西方怀疑论的经典和范式,它并不质疑自己以清晰的语法来有序组织命题从而去论述观点的权利和能力。蒙田和休谟(Hume)都是重要的文体学家,他们在语言的殿堂里非常得心应手,他们没有任何证据证明任何的真实性,因此,当语言工具被用来强调怀疑和限制,强调未经检验而又颠覆了人们与他所认为的事实之间的喋喋不休的交易妄想时,他们就开始质疑其合法性了。

有一点需要强调。传统的怀疑主义对世界的"可言说性"的诗意挑战,本身就是语言行为和言语构建。它们充分假定了可理解性、连贯性(叙事)、说服手段、词汇、语法和语义工具的方法,以此表达它们的怀疑和否定。正是这一假定证实了另一种肤浅的反对意见,即任何怀疑论者,诸如皮洛(Pyrrho)或他之后的人,都无法将他的弃权和反驳运用到日常生活中。怀疑主义尽管在追寻表达上与自身不一致,但是它却接受了语言的契约。

我认为,在19世纪70年代至20世纪30年代的几十年间,在欧洲、中欧和俄罗斯的文化和投机意识中,这一契约首次顺理成章地被彻底打破。**正是这种打破话语与世界之间的契约,构成了西方历史上为数不多的真正的精神革命之一,也定义了现代性本身。**

感知和自我感知的代码定位了我们与他人和"世界"之间的可理解性关系,因此,我们的文化新结构,以及在这个结构中起重要作用的意义方式(尽管任何此类定义的可能性恰恰处于危险之中)通过言说这种感知和自我感知的代码和我们内心的历史,能够最好地被表达出来,并且已经进入了第二个主要阶段。简而言之,第一阶段:自有记录的历史和命题话语的开端(前苏格拉底学派)一直到19世纪后期,是**逻各斯和存在**的论说阶段。第二阶段是之后的阶段。在我们的道德、哲学、心理状态和美学中,在意识和前意识形成的相互作用中,在需要和欲望经济学与社会约束之间的关系中，至关重要的布局和操作模式现在都必须被理解为是"后语言"(after the Word)。在后辈之中，"上帝之死"这一陈词滥调是一个重要的、但只是部分的表达。

本文所涉及的价值和解释、文本和可应答性等具体问题，都直接源于这一突破。自始至终，我的问题是，在"后语言"(after-Word)时代，交流形式和意义的地位和意义是什么？我将这一时期定义为**后记**(*epilogue*，同样，这个术语也包含了**逻各斯**)的那段时期。我之所以问这个问题，是因为我充分认识到，"后语言"也是序言和新的开端。

6

这场革命的深层原因超出了我们的充分理解。意识的历史性具有浪漫主义的特征，是值得骄傲的体系，也是黑格尔、谢林和孔德为发现和阐明人类意识发展规律而进行的尝试，但是，在如今看来，却是虚幻的。与他们的文学同行的作品——诸如乔伊斯的《尤利西斯》或庞德的

《诗章》等——相似的是,他们代表了对整体、对所有文化-历史价值和遗产的控制性集约的最后冲刺。即使他们的运动是最权威而又最前锋的,也同样有一种特殊的悲伤笼罩着他们。这种悲伤既来自即将来临的危机暗示,也来自对衰落形式的洞察。

但是,如果我们不能自信地确定导致话语危机的深层力量,那么,我相信,我们可以识别某些真实的时刻和声明、某些看法以及文本或艺术作品,此时此地,危机就转化为了意识。我认为,我们可以无可挽回地引用某些说过或没说过的话语和思想,在这些引用中,西方意识,就其素养及其对"反思人生"(苏格拉底的基本规则)的承诺而言,会迁居他处。

这一迁居之举首先体现在马拉美(Mallarmé)对语言与外部所指的分离,以及兰波对第一人称单数的解构中。这种分离和解构及其所包含的一切都瓦解了希伯来-希腊-笛卡尔大厦的基础,而这个大厦正是西方交往传统的**比例**(*ratio*)和心理所赖以存在的。我敢说,与这种瓦解相比,欧洲近代史上的政治革命和大战也只是表面现象而已。

"玫瑰(*rose*)"一词既没有茎，也没有叶，更没有刺。它既不是粉红色和红色，也不是黄色，更没有气味。它本身(*per se*)是一个完全随意的语音标记，也是一个毫无意义的符号。在词源学历史或语法功能中，无论是它的(最小的)声音，还是它的图形外观，抑或是它的音位要素，都没有任何与我们所相信或想象的纯粹传统指称的对象相对应的东西。对于这个对象自身真正的存在或本质，正如康德所说的，我们完全是一无所知的。更不用说(*A forti-ori*)，"rose"这个词无法指导我们了。我们的感官组织以及产生思维和表达的结构，要么超出了我们的认知，要么超出了自我参照，要么两者都被超出了。语言嵌入到这些组织和结构中。没有外部的阿基米德点(Archimedean point)赋予它参照的自主权和权威。我们已经认识到，语言概念是怀疑主义所固有的，它早在文艺复兴时期语言思辨的某些元素中就有预兆。索绪尔赋予它系统化的形式，但马拉美走得更远，他的语言观是本体论批判的步伐。

把言语与"外在的事物"相对应，把它们看作世界上"现实"的某种表征，这不仅是一种庸俗的错觉，还使语言变成了谎言。不管怎样，如果我们认为"rose"一词就像某种植物现象,同时,把"rose"一词视为某种替代,去追寻它可以替代的任意词汇,以此来代替完全无法企及的实体的"真理",那么,我们就等于滥用和贬低了它,是在用虚假(falsehood,马拉美更喜欢用"不纯洁[impure]"这个词)包裹语言。

马拉美说,"rose"一词是由两个元音和两个辅音任意组合而成的,唯一具有合法性和生命力的是"*玫瑰的缺席*"(*l'absence de toute rose*)。除非我弄错了,否则,我们现在就站在哲学和审美现代性的确切源头之上,也站在*逻各斯-秩序*的断点上,西方的思想和情感至少自*燃烧的荆棘*(*Burning Bush*)中的同义重复出现以来就已经领略到了这一断点。我们现在正处于语义方式的精确分离时期,这将导致物理学话语的现代性,也将导致海森堡(Heisenberg)的假设"关系只能通过图像和类比来表达"的诞生。

正如我想阐明的那样,*逻各斯-秩序*需要"真实的存在"这一中心假设。马拉美对指称契约的否定,以及他对非指称构成语言的真正精髓和精粹的坚持,涵盖了"真实的缺席"这一核心假设,其结果就严格的哲学-语义意义

(哲学和语义的可能性都存在疑问)而言,是一种本体论的虚无主义,例如,海德格尔在他对"虚无"或空无(*Nichtigkeit*)的论述中进行的探索。特定的语言游戏,对象具有相关的合法性(它与其他语言和图形标记有关),如今,语言游戏的句法规则与假定的花之间,以及构成("构成"一词有其完全虚构的内涵)语言或图形对象的"rose"一词的四个任意符号之间,都存在着严格考量的间隙,并且这个间隙是无限的。话语的真理就是世界的缺席。

在托勒密的地心天文学被推翻很久之后,我们日常的隐喻和日常话语中仍然会说"日出"和"日落"。在分子化学和粒子物理学建立很久以后,我们仍然坚持想象,说到我们周围的桌椅,我们就会想象它们似乎是按照亚里士多德式的秩序形成的固态物质。因此,马拉美的"真实的缺席"这一革命性认识论和语言学也是如此。在我们的说话习惯中,一切都反对马拉美的发现。

但是,这恰恰是他的出发点。语言作为某种表征"真实"的体系或摹本而使用(误用),确实已经沦落为呆板而又无聊的陈词滥调。原本被用来代表难以接近的现象之词已沦为堕落的奴役。它们不再适合诗人或严谨的思想家使用(诗歌是最严谨的思想)。只有当我们意识到言语所指的是其他语言,意识到任何与经验相关的言语行为总是一种"换句话说"的说法时,我们才能回归到真正的自由。仅仅在语言系统中,我们才能自由地建构和解构过去和未来,这种建构和解构是如此无限、如此活跃、如此符合人类思想和想象的独特之处,以至于相比之下,外部现实,无论它可能是什么或不可能是什么,无论如何都是难以驾驭、难以被剥夺的对象。

因此,这个自我参照、自我调节和变革的话语宇宙既不像世界,也像世界(我们怎么知道?)。它并不像新柏拉图主义和浪漫主义所认为的那样是一层明亮的面纱,在它的后面,我们能看到一种更高、更美同时又更令人欣慰的秩序面貌。我们不能通过语言去超越真实,走向更真实。话语既不述说,也不撤销物质领域、偶有尘俗气的领域以及"他者"的领域。语言自说自话,或者,正如海德格尔在直接再现马拉美时所说的,"语言会说话"(*Die Sprache spricht*)(但是,正如我们将要看到的,这正是海德格尔走出虚无主义,走向反马拉美存在本体论的首要一步)。

从代表性的奴役中解放出来,除去奴役所带来的谎言、模棱两可和功利主义的糟粕,"文字世界"就可以通过诗歌和哲学诗学恢复其魔力及其在形式上的绝对无限性。请亚当见谅,"狮子(lion)"既不吼叫,也不排便。从代表这些功能的任何表征义务中解放出来,"lion"一词现在就可以进入其词汇-语法网格的无界性之中。在这里,该词要么就像玛丽安·摩尔(Marianne Moore)的著名比喻一样可以"成为"菊花之头,要么可以成为黄道十二宫图的线性构造,当然,"成为"既不意味着它"就是",也不意味着它"代表着"。在这样的变形、蜕变和拒绝经验的对应中,"lion"一词会与别的词语产生互动,并加快它们产生新生命,这些词语中,花或星团就像恶臭熏天的黄褐色四足动物不存在一样,也是不存在的,并且又是缺席的。诗歌和形而上学体系都不是由"思想"或由语言化的外部数据构成的,而是由文字组成的。德加(Degas)一直认为,绘画是由颜料和内部相关空间构成的。音乐在传统上是由有组织的声音构成的。它只代表它自己。此外,对于马拉美和现代主义来说,语言越接近音乐状态和音乐代码的独立自主性,它就越回归到它的精神自由中,从而也会越从早期被遗弃的世界结构中剥离出来。

这种彻底的剥离可以恢复话语的魔力,唤醒它们失去的祝福或诅咒的潜能,激发它们失去的符咒和发现的潜能(马拉美的继承人瓦雷里的重要用语)。只有如此彻底地打破哲学上虚假的功利主义契约才能恢复人类话语的"灵韵"(aura)和隐喻的无限创造力,而隐喻恰恰植根于所有语言的起源之中。

兰波的假设同样具有革命性,但是,它却更容易被直接理解。"我是另一个人"(*Je est un autre*)。英语对精确的换位嗤之以鼻。为了渲染兰波严谨的反句法的意图,"I is another"应当被调整为"I is an/other"。但是,其主旨是明确的。自我不再是自我本身。更确切地说,它不再是它自己,不再具有整体的可用性。兰波解构了所有动词的第一人称单数;他颠覆了"I"的传统家庭生活。这种挑衅必然是故意地反对神学,正如在兰波的思想中,目标总是上帝,但这一目标并非出于个人癖好或偶然的修辞。在西方的意识语境之中,任何对人类演讲者或人物角色进行合乎逻辑的个性化解构,既是对神学可能性的否定,也是对这种可能性中关键的**逻各斯概念**的否定。

"我是另一个人"既是对至高无上的同义重复的毫不妥协的否定，也是对上帝的"我就是我"中自我定义的语法行为的坚决否定。兰波的解构引入了自我的破碎容器，这个自我不仅是"他者"、诺斯替教（Gnostic）和摩尼教（Manichéan）的二元论的对立面，而且还具有无限的多元化。马拉美将"真实的存在"（神学基础）这一认识论更改为"真实的缺席"，兰波则在现有空虚的意识中心设想了他者和短暂的"自我"分裂的形象。他这样做的方式和语境导致了几乎不可避免的直觉，即这些他者的自我不是某些中立或平行的另类，而是戏仿的、虚无主义的反物质，并且从根本上颠覆了秩序和创造。

我们注意到，马拉美和兰波的建议与现代科学中方法和隐喻的基本危机之间具有令人折服的一致性。"真实的缺席"这一语言学认识论与"黑洞"物理学一致。兰波将精神凝聚力粉碎成离心的带电碎片和具有瞬态能量的带电碎片，这不仅与粒子物理学的现代性进程相吻合，更严格地说，也与反物质的推想相吻合。我认为，这种在感知和探究层面上的回应不可能完全是偶然的。此外，我们将看到，在艺术和科学中，不确定性原则如何变得至关重要。在每一种方法论和隐喻的密切关系中——方法作为隐喻起着重要作用——我们都能在*后语言*中体会到思想和感情的基调。

缺席的语义学和"黑洞"物理学以及反物质的物理学都同样让笛卡尔感到厌恶。同时,兰波对自我的解构否定了形式逻辑的建构和笛卡尔"我思故我在"的重要设定。当然,这些都取决于第一人称单数在本质和存在性上的统一性。兰波的无政府的多元主义使笛卡尔对存在的证明,以及意识与世界之间的理性关系的公理成为空洞的吹嘘。如果用兰波的反语法来解释,笛卡尔的假设可以这样解读:我想(我感觉),所以,我不是我。这正是他者从分裂意识的阴暗反叛中涌现出来。

在这项研究的当前环境之下,兰波的解离公理具有最尖锐的针对性。它不仅产生了侵蚀,还证明了侵蚀,同时,也最直接地废除了"作者"。我们又在神学-形而上学和美学-阐释学的质疑之间观察到了二者的紧密重叠。对两者来说,主张或消除作者身份都是最基本的原则。当"我"不是"我",而是始终处于裂变过程中具有瞬间能量的麦哲伦星云时,不可能有任何单一而稳定的作者身份。创作者——诗人、画家、作曲家——的意志和意图在其作品中没有固定的轨迹，成了逻辑和心理上的一个虚构。这是一种借助镜子来表演的把戏，也就是说，不过是借助镜子注视他者的面具并将其反射出来的把戏。逻各斯美学和阐释学既是对作者身份的一种参考，也是对包含在话语和概念中的潜在的"权威"的参考。所有的模仿（*mimesis*）、主题变化、引用和目的意义的归属都源于创造性存在的假设。正如我们在过去几十年所知道的，语义形式的解构和意义的不稳定都源于兰波对自我的消解。

但是，很少有人注意到的是，对接受美学和认知过程的否定在任何古典意义上也都是如此。当碎片在不稳定的阅读空间、图像视觉空间和听觉体验空间中碰撞时，"他者"和"他者"的相遇无论如何都不可能以笛卡尔的方式或康德的方式给出回应。对"我"和作者身份的解构将审美和伦理分离开来。责任在哪儿？负责任的回应在哪儿？这种分离在西方现代主义的艺术和文化中尤为突出，就像在马拉美的自闭诗学和兰波的自我毁灭美学中一样，自我毁灭美学在近来的绘画和雕塑的某些运动中本身就是一种实践和理想。

"后语言"这一巨大潮流涌入了我所宣称的直觉之中,并且出于可见性目的,栖居在马拉美和兰波的思想中,同时,它又步入了不同的(虽然最终是相关的)方向。我将简要地引述我所认为的情感和争论的四大革命。然而,不可避免的是,这样的阐述不仅仅是一种速写。

早在柏拉图的《克拉底洛篇》(*Cratylus*)和亚里士多德的《论理解》(*On Understanding*)之前,哲学和逻辑学自身就已经开始关注语言了。这两者无论如何都是紧密不可分割的。但是,在弗雷格(Frege)、罗素(Russell)和维特根斯坦之后,在语言学哲学(linguistic philosophy)和语言哲学(*Sprachphilosophie*/philosophy of language)中,这种关注具有完全不同的秩序。然而,随着分析和逻辑实证主义对意义进行探究,并且对句子有何意义以及如何理解这个意义进行探究,人们开始对极端激进主义进行怀疑,批评和重塑。当人类的话语因为局限于逻辑分析和逻辑符号的形式化而脱离了它们的心理和社会背景,脱离了它们的偶然历史,脱离了实用主义直觉的内省时,他们就失去了传统的纯真。现代分析的形式化其久远的前身见诸于莱布尼茨

(Leibniz)的语言思想中,而语言在现代分析的形式化之前一直都是亚当式的和人类堕落前的,这比寓言更有意义。现在,无论是逻辑上,还是语法上,指涉、命名、谓词和相互依存的概念和可实现性都受到了质疑。正如我所指出的,这种质疑的力量,在本质上甚至与先前哲学所检验的最尖锐的怀疑主义也有所不同。人们所质疑的并不是说了什么:无论是形式上,还是实质上,这都是把意义即可理解的意义赋予言说的行为和媒介的一种本质。如果可以的话,那么,什么情况下才能使最极端的怀疑论者相信,他可以向我们传达他对信仰的怀疑或拒绝呢?

最具挑战性的是,他们对话语天真性的批判和废除都是源于维特根斯坦对语言的反思和反对。《逻辑哲学论》的结尾虽然不属于演讲,也不具有可论证性、可理解性而又可证伪性的传统风格,但是它区别性地定位了宗教、道德、审美体验和反应的领域。这些领域对于逻辑实证主义者来说都是毫无意义的,而这些领域在技术上与他们又保持了一致,维特根斯坦在与逻辑实证主义者激烈的伦理矛盾对立中,极大地缩小了那些可以有意义地

(在"成人法典"中)被言说的界限。在维特根斯坦的早期愿景中("愿景"是最准确的术语),"在语言的另一边"的存在领域以及只有沉默(或音乐)才能触及的感觉存在的范畴,既不是虚构的,也不是微不足道的。恰恰相反,它们确实是人类最重要的,并且能够改变生命的可想象范畴(但如何改变呢?),它们定义了人性。《逻辑哲学论》的结尾毫无疑问具有某种含蓄的神秘主义,维特根斯坦凭直觉在其结尾对人作了定义:人被给予了说话的命令,为了实现他的人性而"不得不说话",这一观点与希伯来-希腊对人的定义背道而驰。《逻辑哲学论》认为,真正的"人",是最愿意接受道德和精神规劝的男人或女人,是那些在本质面前保持沉默的人(或者,真正的"人",其言词即行为,这是维特根斯坦从托尔斯泰那里借鉴的格言)。我们内在人性中比较美好的部分就是'缄默不语'(一个生动的习语)。

在他们看来,《哲学研究》(*Philosophical Investigations*)包含了对语言的任何"自然"模式的完全怀疑的要素和煽动。维特根斯坦的许多质疑和思想实验都得到了强烈的阐释,这些质疑和思想实验认为:"语言意义"是永远都无法被证明的。索尔·克里普克(Saul Kripke)曾做过细致而透彻的评论：

> 任何话语都无法表达任何意义。我们的每一次新运用都是一次冒险；当前，任何的意图都可以被解释为符合我们可能选择做的任何事情。因此，既不可能达成一致，也不可能发生冲突。

严格地说，根据其评论，像《哲学研究》中 201 和 202 这样的命题是无法从完全消除语言本身内部的意图性和可验证性意义的逻辑中脱离出去的。

既没有"真理条件"，也没有相应的事实存在于世界中去从外部确定和稳定语言意义。在任何特定的语言游戏或言语行为中，规则的说明具有内在性和自我参照性。严格来说，任何话语都可能会是一个语义奇点，其执行规则中止或取代词汇定义、语法形式和假定内容之间的所有先前的契约。我不清楚维特根斯坦是否想把他的假设延伸到虚无主义的终结。这样的延伸很难与某种情感相一致，这种情感被转录成朗费罗(Longfellow)的诗节

("这一诗节可以作为我的座右铭"):

> 在那艺术的往昔时代，
>
> 巨匠们尤为谨慎地留心
>
> 每一个微小而内隐的存在，
>
> 因为神灵无处不在。

但是，这不是问题的关键所在。关键的一点是，论证在逻辑上合理地因果演变和部署，正如克里普克所总结的那样，存在于现代性中和"后语言"的整体复杂性中。

马拉美打破了(决裂[rupture]变成了一个基本术语)话语与世界之间的契约和连续性。正如在《哲学研究》中被探索的一样，这一举动反过来在话语和它前后的用法之间产生了潜在的不连续性。我们对此茫然不知所措。

现代**语言哲学**(塔尔斯基[Tarski]、维特根斯坦、弗雷格、奎因[Quine]、克里普克)对语言的可能性和语言的本质性进行形式逻辑研究，现代语言学对话语更具有局限性的意义进行研究，两者之间的分界线很难界定。逻辑学家和语言学家，认识论家和语法学家，在密切的相互认知中工作,当然,这些是自索绪尔开始的。但是,语言学本身就是一种信号,它既存在于精神革命之中,也存在于我正在概述的以逻各斯为中心的秩序的解构之中。此处存在着一个极大的悖论。

现代语言学通常是高度形式化和系统化地对词汇、句法和语义代码进行研究,它和语言哲学都把语言置于认识论、社会人类学、认知心理学和诗学的中心。对语言进行的系统探究需要相当高的智力水平并承受相当大的智力压力,这在思想史上是前所未有的。那么,我们如何能说现代语言学是逻各斯的颠覆和传播的中介之一呢?

答案是,继索绪尔之后,占主导地位的系统语言模式以及应用这些模式的主要技术,无论是在术语的专有意义上,还是在词源意义上,对语文学来说,都是反律法的。在词源意义上,"爱"和"话语"之间的相互作用,是我一直在争论并试图要阐明的。

现代语言科学从指称语义学到内部关系语义学的根本转变,铲除了柏拉图在《克拉底洛篇》中争论的异端邪说的最后残余。这种异端邪说在浪漫主义运动中仍然是至关重要的,它栖居在每个诗人的心中,关乎着梦想。但是,在现代语言学家看来,这种异端学说却是一派胡言。单词和句子与物体之间没有预先建立起来的亲和力,也不存在与世界和谐一致的奥秘。事物的*形象*(*figura*),无论是已被感知的,还是尚待揭示的,都不存在于(纯粹任意的)语法表达中。语音符号除了对基本的、严格来说是对语言出现之前的声音进行模拟(拟声)之外,它与传统上和世俗上所指定的事物没有任何实质的关系或联系。语言标记像代数符号一样是"编码"的。马拉美认为任何关于外部参照的假设都是虚构的,兰波在对元音的颜色和内涵的探索中也同样如此认为。但是,在语言的世界里,文字仍然葆有其显著的魔力、特定的密度和调用的活力。然而,作为更普通的符号学分支或"声音和标记"科学的科学语言学却不这样认为。我们称之为和体验到的人类语言中的任意一组变音符和符号是受规则支配的,也容易受到符号和数学逻辑模型的形式化影响,无论这些变音符和符号的联结所指称的意义多么粗糙,它们可能会"像",也可能不会"像"真实的世界现象学。这种像或不像并不是话语的主要属性和旨趣。这正如我们证实或证伪因不确定的感觉和偶然的需求而构建的空间——我们在这个空间中过着未经检验的生活——同样不是欧几里德几何学（Eucidean）和非欧几里德几何学（non-Euclidean，这一几何学最真实）的主要属性和旨趣一样。

转换生成语法强化了语言与经验主义、历史主义，以及促进所有诗学发展的克拉蒂尔（Cratylean）偏见的分离或疏远。这些分离和疏远假定了自主的"深层结构"（神经生理学的?），这些结构潜藏在所有话语形式之下，并且具有几乎不可想象的抽象性和普遍性的秩序（语文学坚持特殊的神圣性）。也许，在某种意义上表现出来的具有语言可能性和限制性的神经化学编码类似于遗传字母表和代码本身。我们对这些毫无所知。至关重要的是整个系统(即"布线")的形式化本质和严格的内部化。话语既不是从世界中来的，也不是对世界的历史性回应。

并不是所有的后索绪尔语言学学派都放弃了语用语境和历史社会语境，也不是所有人都摒弃了几乎带有轻蔑意味的"自然语言"。尽管如此，从对应语义学和"外在"指称语义学而来的转变是剧烈的。对"后语言"中语言的分析和结构研究一直都是*抽象的*。语言已经从经验主义的经验和天真而直觉的无政府状态的交织中(奎因委婉地称这种直觉是"无可指责的")被收回和分离出来。人类的语言-行为脱离了它们先验而神秘的诗意主张,现已被确定为传统算法中的单元。关键的是,该算法只是众多符号谱系中的一个。其中,数学、符号逻辑或计算机的模拟或数字代码在执行某些任务时比语言更清晰且更经济,或许还更具创造性。因此——我们回到最初的矛盾上来——索绪尔之后的语言学将语言置于人类现象学的中心的同时,又使这个中心成为了一种"形式"。"抹除规则"不是爱的对象。

对语言的冲动是精神分析的结果,这种冲动既具有类似的二元性,又在某些方面具有矛盾性。

任何概括性评述都无法企及这个主题的范围和重要性。**总体上来说(*in toto*)**,精神分析既是一门语言艺术,也是一种语言**实践(*praxis*)**。既不可能有聋哑病人,也不可能有聋哑分析师。精神分析之于词汇和句法就像采矿之于大地一样。弗洛伊德对个人心理和文明的映射,以及弗洛伊德的解释和由此产生的治疗,都完全依赖于希伯来-希腊的假设及其话语和文本。人类的意识是"照本宣科式的",通过语义的解读使之变得容易理解。正如我试图描述的那样,精神分析运动由于起源于中欧灾难前夕的一个问题频出的犹太教,所以其本身就是词语和意义出现更大危机的症状。精神分析将权力和自发行为之间的冲突,以及处方(先于自我之前的脚本)和自由之间的冲突戏剧化,并且寻求以理性和治疗的方式解决这些冲突,因为这些冲突在**逻各斯**-价值观的崩溃中变得激烈起来。充满嫉妒而又过时的专制主义权威话语体系不可避免地植根于语言之中,我们生来就身处其中,别无选择。我们在它的规则、法令和先例(那些马赛克式的赘述和"修订"的陈词滥调)的重压下辛苦劳作。俄狄浦斯情结既是生物-文化的,又是语言的,两者同生共存:我们的语言传承了先辈的修辞,这是一种具有遗传优势的修辞格,它可能会吞噬我们的感情、思想和欲望所努力追求的自主性、创新性和即时性(独特性)。欲望的心理向话语的无政府主义和创造性的自我主义奋力前进。它常常在梦中或通过梦境锤炼出一种完全适合自身的词汇、语法和联想域,并宣告它不可重复的存在(马拉美语言的"纯洁性"没有被"这一群体的用法"所玷污)。因此,存在着一种感觉,而且是一种主要的感觉,在这种感觉中,弗洛伊德诗意地表达心灵的范式,这种范式是一种潜在的自我创造和世界创造。因此,弗洛伊德不断地诉诸文学,不仅是为了例证,更重要的也是为了证明。

但是,剥去洋葱皮,精神分析这种不可靠的积淀扼制了至关重要的表达欲望的内核,并且从根本上削弱了话语的地位。当精神分析师和病人走下那个伤痕累累而又口吃的自我这一阴暗的螺旋形楼梯时,他们希望能够带来可理解和可接纳的治愈方案——这些也是语言的构建——去承载言语的发起和心理阴影,在这种心理阴影中,心理的前意识和潜意识的涌动必须穿越遗传的公共语言代码这扇狭窄之门。这一强制的穿越(乔姆斯基式的"约束")既"造就了人类",又阉割了人类,因为它既剥夺了人类原始的独特性本意,又剥夺了与人类唯一的欲望和想象相契合的本意。只有梦想和癫狂以及部分地将"原初材料"向伟大的艺术和诗歌的转化才能绕过这一通道。因此,弗洛伊德所倡导的思想中隐含着一种矛盾的运动(我个人认为,他所倡导的这个思想与16、17世纪欧洲历史上对鬼神学和驱魔的信仰一样深刻和巧妙,同时又具有隐喻暗示性）。

如果弗洛伊德的思想确实是精神分析学的辩证部分，并且与马拉美追求净化相关——陶冶（katharsis）也是一种治疗——那么，它与兰波的自我解构的思想相关联的部分就更为明显了。弗洛伊德的人格结构三层论（它本身就是对地窖、生活区以及充满回忆的阁楼的美丽比喻）、吕瑞德（Rreudian）的多层假设和只有部分可定义的意识系统论述了兰波的自我与他者，以及自我与存在于活动中的他者们的分离。当精神分析分解了意图时，当它把公开的动机分解为充满着隐秘的逃避、压制和虚构的冰山用于遮蔽自我也在自我中遮蔽自己时，它既发展了兰波的直觉观，又发展了尼采的反叛思想——尼采反对将人类话语天真地视为一种传递既定真理的载体。话语和具有叠加可能性的重写本的阐释和治疗，颠覆了它之上的东西，同时改变了它之下的东西，这一观点对弗洛伊德解读话语与自我之间的关系至关重要，这种关系总是既真又假，或者假中有真。在兰波看来，"我"不仅是另一个人。双方（或多方）所讲的语言可能会不同到彼此无法理解的程度。因此，精神分析性诠释没有定义：它可以转变成另一种瞬时的翻译。

走向后记(epilogue)的第四次主要运动自身既包括逻辑实证主义和分析语言哲学,也包括索绪尔之后的语言学和精神分析学。再重申一遍,简明扼要的概述是不够的,同时,综合性的术语也不容易翻译。正如康德所说,"*Sprachkritk*"一词暗示了"批判"的两种含义:理想和实践。它既是对理想语言的根本性批判,也是对实践语言的激进性批判。这一语言批判在形而上学、道德、政治和美学上是具有代表性的,它也很可能是 19 世纪末、20 世纪上半叶的欧洲(特别是中欧)文化中最卓越的精神行为和知识。对语言的这种控诉多种多样而又无处不在,它使我们的现代性暴露无遗。

上述语言批判的思想(programme)及其在实践中的许多分支,在德国哲学家弗里茨·毛特纳(Fritz Mauthner)的著作《语言批判论稿》(*Berträge zu einer Kritik der Sprache*)中得到了阐述,这本著作现在几乎无人阅读,但是却影响深远,其前三部分出现在具有象征意义的 1899 年。同时,这本著作对语言批判所做的诸多贡献的概述都是根本性的。现代西方社会中流行的口语和写作的用法极其脆弱,不堪一击。构建社会制度、法典、政治辩论、哲学论证和文学建构的话语以及公共媒体的宏大修辞,全都因充斥着毫无生气的陈词滥调、毫无意义的行话以及有意或无意的谎言而成了笑话。这已经蔓延到私人言论的神经中枢之中。在一种具有影响力的互惠辩证法中,公共语言的病态,尤其是新闻、小说、议会修辞和国际关系中的病态进一步削弱和歪曲了个人心灵交流的真实性和自发性的意图。在毛特纳看来,随着西方跟跟跄跄地走向战争和野蛮所带来的无声无息的灾难之中时,语言已经成为西方世界衰弱的原因和症状。维特根斯坦试图用轻蔑的暗示来掩饰毛特纳的论点对他的《逻辑哲学论》所产生的影响。我们发现,1930 年,贝克特正在阅读毛纳特和乔伊斯的选集。《语言批判论稿》的潜在影响似乎无处不在。

我曾援引过维特根斯坦早期以及整个逻辑实证主义时期从形而上学、宗教和美学经验来划分可理解性语言的界限。霍夫曼斯塔尔(Hofmannsthal)在世纪之交写了著名的《尚多斯勋爵的信》(*Letter of Lord Chandos*)一书,此书尤为引人注目的是对语言的绝望。在书中,主人公是一位幻想家,他放弃了自己的诗歌创作,对此,我们可以理解为他放弃了一切,除了必须要进一步说话之外。他逐渐意识到,人类的词汇和句法,无论多么精确,其意图无论多么诚实,其隐喻和呈现的无论多么具有暗示性,都极度讽刺性地无法描绘抵抗性实在,以及世界和我们内心生活所需的存在性问题。语言既不能清晰地表达更深层次的意识真理,也不能表达花儿、光线和黎明时分鸟鸣在感官上的自主证据(正是这种无能为力使马拉美确立了话语自闭的主权)。语言无法揭示这些:它努力这样做以此去更接近它们,去证伪和腐化那些沉默(《逻辑哲学论》的结语)和无法言说的自由,而神秘的存在——用乔伊斯的术语来说就是"顿悟(epiphany)",用瓦尔特·本雅明的术语来说就是"灵韵(*aura*)"——的造访也许会在特殊的时刻传达给我们。与语言相比,先验的直觉拥有更深层次的源头,并且,它们如果要保有自己的真理主张,就必须保持沉默。

霍夫曼斯塔尔的《尚多斯勋爵》中的话语朝着明确的神学-形而上学的范畴发展,尚多斯勋爵的沉默最终通过勋伯格的歌剧《摩西与亚伦》(*Moses and Aron*)中摩西的最后呐喊达到了高潮:"哦,言语,你这言语,我缺少你(或"我对你很失望")。正是因为巧舌如簧的亚伦可以如此雄辩地谈论上帝和人类的命运,所以他也默许具有代表性和象征意义的金牛犊的谎言以及以色列虚假的喧嚣骚乱。苦难已成为历史,对于口吃的摩西来说,没有任何语言能够论述苦难的本质和对苦难的遴选,同时也没有任何语言可以表达上帝的真实存在,这一存在就是上帝在燃烧的荆棘中对摩西反复指示的那样。那里的火是唯一真实的语言。人类说谎言。

与毛特纳、维特根斯坦、霍夫曼斯塔尔和勋伯格同时期的卡尔·克劳斯(karl kraus)的语言讽刺作品最能说明我们的问题。奥威尔(Orwell)的语言讽刺在某些方面更具有教育性、更有效,但是这种讽刺完全缺乏克劳斯的哲学视野和诗歌启示性。大学的野蛮行为加剧了文学、新闻、政治和法律的话语在词汇和语法上的衰退,克劳斯狂热地观察这种衰退现象,之后,他开始展示一个文明如何与卑鄙的死神"对话"(罗伯特·洛厄尔[Robert Lowell]"我和死神谈论灭绝")。他的耳朵是如此机敏,以至于能够在虚假的抒情诗和伪科学(尤其是医学方面的行话)中捕捉到两次世界大战之前和之间的维也纳和德国柏林的浮夸与媚俗（*kitsch*），以及灾难即将濒临的前兆。在卡尔·克劳斯看来，**语言批判**（*Sprachkritik*）变成了绝对的洞察力。听着交易所（*bourse*）里的嘈杂声（Babel），听着专家和政客们的谎言，克劳斯认为，在西方文化和文学发展水平较高的中心区域，人类用人皮做手套的时代很快就要到来了，甚至在 1914 年之前。

克劳斯解读了卡夫卡罕见的著作之后看到了他的天才之处。人们几乎不需要去强调卡夫卡的语言真实性和无处安放的深度。他的作品和情感对于我们这个时代就像但丁和莎士比亚对于他们那个时代（奥登［W. H. Auden］）一样。但是，这样的作品和情感几乎无法接受语言，这种语言就像父亲对儿子所说的，男人对心爱之人所说的，也像人们试图用来描述那些"从地底下吹来的狂风"所使用的。当人类只能表达罪恶、软弱和虚伪时，他还有什么权利使用语言？在卡夫卡的散文中，有一种其他作家无法企及的亚当式的一目了然。卡夫卡作品中的德语语言具有光的直接性，符号的发明、思想和偶发事件的开启贯穿于卡夫卡所使用的德语语言的必然性和经济性之中。但是，在某种意义上，它们也贯穿并且超越于读者之上。它们所具有的可能性实证也许就是它们的真值条件，这些实证就像透视艺术中的灭点一样是确定的。它们躺在弥赛亚空间中的某个地方，也就是说，它们躺在文字与世界之间的关系之中，这个关系如此不言而喻，以至于使我们所知道的演讲和写作显得很多余。

如果我正确解读了卡夫卡关于法律、塞壬的沉默以及帝国信使的寓言（在这一点上，自信是不合时宜的），那么，这些寓言告诉我们的是，语言不可避免地要穿越我们的意识和行为，堕落的人使用谎言、虚伪、残忍和官僚主义的空虚"扭曲了光明"，这些影响了语言，并且使弥赛亚的降临变得不可思议或难以察觉（更糟的意外）。沉默更真实，虽然其中也有绝望。

在卡内蒂（Canetti）的《迷惘》（*Auto-da-fé*）中，那个真正执行卡夫卡的意志和愿景的执行者，即话语、表意符号以及在语言的圣殿这座伟大图书馆里的浩瀚文字的真正执行者，在熊熊烈火中激愤而亡。如今，人类话语在自我消耗中再一次回到了荆棘的燃烧中。

我认为，就我们目前的情况而言，语言批判（*Sprach-*

kritik)是精神的核心"动力"和运动,它阐发了话语的普遍退却,并且伴随着话语的退却而出现。支配 20 世纪西方文明的科学和技术已经具有了"现代性",并且,在其数学形式化中的精确比例中占据了主导地位。在一些领域,越来越宏大的发现、科学理论和生产技术应用已经超出了语言表达和字母符号的范畴。现代生物学、遗传学、物理学、化学、现代工程学和宇宙学的猜想再也不能用非数学的语言提出或辩论(伽利略是一位伟大的作家)。更重要的是,体验现实的原子和亚原子状态,诸如椅子、桌子、分子生物动力学以及星系结构和奇点存在的时空条件,不是只有识字的人才能读懂,而是只有会算术的人才能读懂。就科学和工程学所理解的世界存在的物质而言,日常用语是托勒密式的和炼金术式的晦涩隐喻。

我前面已经提到过,计算机的使用呈指数级增长,这已经无法预见地深化和加速了我们的工作、社交以及很快就会到来的私人生活的数字化,并且使它们无处不在。计算机不仅是实用的工具,它们开动并发展非语言的思维和决策,甚至是人们所怀疑的审美意识的方式和结构。计算机领域的知识分子都是新型的知识分子,这些年轻和非常年轻的知识分子都拥有超前或同等的文化,同时头脑又很灵活。屏幕不是书籍;形式算法的"叙述"也不是不着边际的叙述。因此,它既不是任何超越内涵的**逻各斯**,也不是词汇语法表达和书写的世俗的经验主义体系,世俗的经验主义体系现在既是思辨的卓越载体,也是具有可验证性和可应用性的发现和信息的卓越载体,或者,用更生动的法语来说,这一体系就是**计算机科学**(*in-formatique*)的重要载体。它是代数函数(the algebraic function)、线性和非线性方程(the linear and non-linear equation)以及二进制代码(the binary code)。未来的核心是"字节"和数字。

在这个涵盖了话语危机和意义丧失的大背景下,我相信,我们可以中肯地理解消极符号学和解构主义的脉动,在过去几十年里,它们在意义哲学和解读艺术方面都非常突出,并具有后语言的虚无主义逻辑和必然的极端化。它们认为,文字与世界之间的关系同伟大的变革有关,就像萨堤尔–戏剧(satyr-play)与悲剧以及紧随其后的预言性戏剧有关联一样。

高雅喜剧可能是最具搜索性和挑战性的形式之一,

在其最杰出的作品中(例如,巴特的某些文本),新符号学是一种"嘲弄"——黑格尔的*扬弃*(*Aufhebung*)拘泥于文字——不仅"嘲弄"他们所声称的对象,而且也"嘲弄"他们自己。解构的农神节(saturnalia)、混乱的狂欢以及毫无意义的假面具都需要被严肃对待,因为它们可以被看作是娱乐的变体。

我不打算对"解构"进行详细的阐述(这一点别人已经明晰地做过了),更不打算把时间浪费在往往是两败俱伤的争辩上。让我在这里最后一次提提那些经常令人反感的行话、做作的蒙昧主义以及对技术华而不实的自命不凡吧,它们使大部分的后结构主义和解构主义的理论和实践——尤其是在学术拥护者中——难以被读懂。这种对哲学-文学话语的滥用和风格的野蛮化都是有症状的,它们也讲述了因缺席而产生的仇恨和困惑(*逻各斯*是缺席的)。但是,这些症状并不是最重要的。在完全意识到其中所涉及的各种思潮之时——马克思主义、弗洛伊德主义、海德格尔主义、荒诞主义——我想要阐明的是对神学和形而上学的否定,这是整个解构主义的核心。对可解性的不正当解构是建立在一个超越的维度或范畴之上的，就后结构主义和这种不正当的解构，我想探讨一下理论对诗歌权威的颠覆（更确切地说，理论自身就是可疑的）。黑格尔把哲学比作密涅瓦的猫头鹰，这种激进的挑衅也像黑格尔的那只猫头鹰一样，在薄暮降临时分，在后记（epilogue）的半影中，已经悄然无声地展翅飞翔。

7

解构主义是理论性的。确切地说，它是一种元理论，也就是对所有可用的意义理论和理解理论进行研究和批判。它旨在从天真或自欺欺人的话语外壳中梳理出阅读或者感知和解读绘画的行为。在审美价值判断和意义诠释中，它将隐性或显性的认识论假设外化，并且将其推翻。解构主义本身从根本上批判了意义解读和阐释学所具有的可能性，讽刺了（尽管这只适用于最严格的实践者）它自身的消极评价方式，消除了理论和碎片的不安，并且凌驾于栖居在传统诗学中未经检验的修辞学的自鸣得意和繁文缛节之上。

与此同时，解构主义质疑理论与行为以及批判与所谓的创造之间的传统等级差别。它们不仅在形式和实质上均由语言构成(艺术和音乐对这一等同看待尤为抗拒),而且解构主义理论家使用和生成的是与诗人、剧作家或小说家所使用的具有相同内在地位(或缺席地位)的词汇和语法序列。正是它所追求的"创造"和交际效果本身都有意识或无意识地——本身具有简单而层次分明的垂直性,这种垂直性需要加以反讽和阐明——充斥着理论假设和自我辩护。创造(*poiesis*)中不存在纯粹性。形而上学的、政治上的和社会上的利益和遮蔽一直在起作用。解构主义认为,理论,无论是可见的还是幽灵似地不可见的,无论是充满活力的还是退化的,都困扰着自以为是的即时性天真。

由此可见,在认知美学运动和阐释策略中,解构主义几乎是独一无二的,它既不拥护任何过往的文学或艺术,也不充当任何当代或早期流派的先锋或倡导者。新批评派和艾略特都在为形而上学诗歌的重估而努力,进而为现代性的某些策略提供支撑。亚里士多德是索福克勒斯的支持者。在所有有品位的历史和创新宣言中,解构主义都有意地处于边缘地带(一个关键的比喻)。解构主义者认为,运动,无论是古典的还是浪漫的,无论是象征主义的还是后现代主义的,都没有任何特定的典范性和影响力。这种说法可能是一种带有政治、意识形态或广泛的机会主义动机的虚夸姿态。文本和艺术作品,只不过是在穿越时间的螺旋式上升的网状连续体中转化其他文本和艺术作品。对所有人来说,传播信息的结构就是媒介和可用的习俗。个人富有诗意的"天资"或历史的奇点在很大程度上都是虚幻的图腾性概念。

这种弃绝偏好的做法不仅有其方法上的理由,也表明了我正试图描绘的更严峻的情况。萨堤尔-戏剧接踵而来。解构主义行为具有禁欲主义的不偏不倚,它确实不同于现在与未来的发明和人工制品(克利的解构主义绘画或萨蒂[Satie]的音乐都表明了禁欲主义者不需要弃绝玩乐)。在无限可替换的文本结构中,一切都已经被述说过,并且,被认为已经确切述说过了。正如罗兰·巴特所宣称的那样,文本(图片、雕像、奏鸣曲)在形式上就是无限的引语组织,而这些引语又是从不可胜数的先前文化和周围文化中摘录的。我们没有理由去假设产生这些有意识和无意识的引用模式的修辞-语法操作——语言游戏——会因为某个审美活动或人物角色(个人天赋)的改变而改变。在某种意义上,新诗只不过是暂时被遗忘的旧诗,而遗忘和回忆("重新收集[re-collection]"一词更加形象化,更具有自我背叛性)本身才是一种策略。有些怪异的是,解构主义思想正是在这个时刻附和了某些卡巴拉主义的沉思——但是,不是所有的争论都附和吗?据卡巴拉式的沉思来看,在最初的**逻各斯**-行为之后,在第一个词和完全属于创造的词之后,所有的演讲和写作或多或少都是多余的重复或是后记。

然而,解构主义既不可能存在基本的言语行为,也不可能有说不出来的话语。这就是症结所在。

解构主义发展了尼采的哲学直觉,并且使其发生根本性的变化,他们知道,在文字与世界之间的每一种对应假设中(尽管存在怀疑和认识论的质疑),在之前的每一种直接或间接交流以及说话者、作者和读者之间相互理解的修辞中,存在着一种公开或不公开的妄想,这是一种天真或政治美学上的狡诈。这种妄想,无论是天真,还是狡诈,其终极基础和验证都是神学的。因此,解构主义顺理成章地规定,意义的概念以及在能指和所指之间甚至是有问题的一致性概念,都是神学或者本体论-神学的(onto-theological,海德格尔的这一术语毫无吸引力,但却在实质意义的认识论和存在主义假设与神学的保证之间与众不同地引出了必然的统一)。所有肯定意义和丰富性——词的丰富意义——的原型范式都是**逻各斯**模式(*Logos*-model)。

德里达的论述非常精辟:"符号可理解的一面仍然转向了话语和上帝。"具有可解性的通信诗学跨越时间达成共识,并且富有真理价值,这一诗学和语义学同神学-形而上学的超验主义假设密不可分。因此,意义公理的起源和上帝概念的起源是相同的。语义符号具有意义,它和神学"同时同地诞生"(德里达)。他们构成了希伯来-希腊的联结体,我们的逻各斯史(*Logos*-history)和实践都建立在这个联结体之上。德里达说:"符号化的时代本质上是神学的。"

实际上,这个时代可能会持续下去,因为前伽利略派(pre-Galilean)和前爱因斯坦派(pre-Einsteinian)关于物质宇宙的叙述和感知或多或少会持续存在于我们的日常生活中。但是,解构主义则试图在这种坚持中表现出有意的懒惰。它试图展示内隐在这种坚持中的心理逃避、隐秘的政治和说教式的权力关系(power-relations)。因此,解构主义不是可替代或可戏仿的美学和接受美学认识论。它是或者应该是一种对意义和形式的毫不妥协的否定,因为这些意义和形式都是("虚构的")对象,既是诠释性认可的对象,也是共识性或"客观性"评价的对象。那些认可和评估的必然支撑,只不过是神担保的神话,它们现在显然是站不住脚的。在后记(epilogue)和后语言时代,像解构主义这样的批判思想必然会被认真阐述。传统和争辩包含并延续了那些将要被驱除的幽灵,德里达的优势在于,他清楚地看到,这个议题,无论从传统意义上来看,还是从有争辩的意义上来看,都既不是语言学-美学的,也不是哲学的。这个议题因为被上帝存在的假设重新担保,所以它非常简单,就是关于意义之意义的议题。"太初有道(In the beginning was the Word)。"解构主义认为,根本没有这样的太初;只有声音和标记在时间的变化中发挥作用。

巴特告诉我们,文本不是用以阐明或传达任何单一而确定的意义（甚至意义的组合）的单词和句法序列，此时，他是以准确无误的术语表达他的否定。任何话语主体都没有"单一的理论意义"。没有人能够传达"作者-上帝"(an Author-God)的"信息"。既不可能有任何真正意义上的福音，也不可能有福音所遵循的福音真理。我们的文明在语言习惯和审美形态上如此具有具象性，如果不是在无意识中违反了禁止塑造形象的戒律，如果不是不断地运用话语摹仿(mimesis)和"塑造"上帝和世界的形象，那么我们的文明很可能就不会得到进化。但是，正是解构主义的净化功能论证了这种逾越。通过对意义的模仿(*imitatio*)和宣扬，对"想象"的原始禁止的突破无疑是令人欣慰的，甚至是有益的（它确实孕育了我们的文化）。不过，这是一种从根本上逾越的幻觉。现在，我们必须足够真诚、足够敏锐地去确立意义(*significance*)的变质性和意义(meaning)的任意性，随时接受延迟或虚空来反对逻各斯的僵化权威和解构主义称之的'认逻各斯中心主义为秩序'的僵化权威。

虚空的概念需要仔细界定。西方神学和形而上学以及认识论和美学都是'逻各斯中心主义'，它们一直都是虚空的主要脚注。也就是说，它们将"存在"作为基本而卓越的概念进行。虚空既可以是上帝的存在(最终，它必须是)，也可以是柏拉图"理念"(Ideas)的存在，同时还可以是亚里士多德和托马斯式的本质(essence)的存在。它也可以是笛卡尔的自我意识的存在，抑或是康德的先验逻辑或海德格尔的"存在"(Being)的存在。意义的辐条最终指向这些枢轴，它们承保了意义的丰富性。这种存在，无论是神学的，还是本体论的，或是形而上学的，都使"我们所说的确有其事"的论断可信。

解构主义质疑这种被承保的主题的假设和认知的假设。解构可以被定义为对格特鲁特·斯坦因(Gertrude Stein)理念(*boutade*)的详细阐述："无中生有。"任何偶像崇拜和神学哲学的万物有灵论，无论在何等有意义的伪装下都必然会暴露出来。符号不传播存在的意义。从某种意义上来说，它们的缺席比马拉美的**玫瑰的缺席**(*l'absence de toute rose*)更加激进。正是符号所代表的缺席使符号发挥了功用。恰如索绪尔所说，符号媒介就是具有"差异"性的媒介：符号之所以具有可识别性并且意义重大，完全是由于它们与其他符号存在差异，也就是所谓的"变音符"。"差异"(Difference)也是区分(diffe-ring)行为:符号并不"像"(like)它们所指的,或者传统意义上被认为所指的。第三个要说的是"延迟"(deferral),延迟已确定的意义,保持忽隐忽现的运动,这一运动推迟了幻想,并中止了定义的刻板稳定性。德里达著名的新词"延异"(*la differance*),本身就是对黑格尔的"*扬弃*"(*Aufhebung* or sublation)的回应,它对解构主义和后结构主义的反神学缺席(counter-theology of absence)是至关重要的。甚至,正如我们将要看到的,"否定神学"(negative theology,对上帝缺席的一种体认)或者海德格尔对虚无的神秘推测,既不是虚无主义,也不是解构主义的"零度化"(zeroing,巴特的一个重要概念)。

因此,角色在解构主义者关于空间的争辩中出现了空隙、裂缝和断裂。同样的,马拉美在字体排版时进行的**空白**(*les blancs*)实验——书页上的空白和字里行间无声无息而虚无的白色深渊——对现代主义文学产生了重大影响,就像马列维奇(Malevich)的空白(blanks)和《白色上的白色》(white on white)对现代主义艺术产生了重大影响一样。所有这些措辞和技巧都是缺席的象征。他们分裂和传播任何天真的宇宙观,这个宇宙观是有意的连续体和清晰的"世界文本",在这个"世界文本"中,语法和逻辑,以及隐含在语法和逻辑中固有的因果关系定理为话语和对象之间、过去和现在之间,以及讲话者、作者和接受者之间架起了一座安全桥梁。解构主义翩跹起舞于古代方舟之前,其舞蹈就像萨堤尔剧中的舞蹈一样很有乐趣,同时,在其微妙的实践者(例如,保罗·德曼[Paul De Man])身上,这种舞蹈又本能地流露出悲伤,因为舞者知道方舟是空的。

解构主义思想(programme)遵循这种缺席的假设。无论是在词汇或语法要素中,还是在它们所构建的体系里,诸如法典、修辞学、正式惯例之类,都没有什么意义可以最终得以确定。正如特里·伊格尔顿(Terry Eagleton)所说:

意义就是一种既存在又缺席的永恒闪烁。阅读文本更像追踪这个不断闪烁的过程,而不像数项链上的珠子。另外,我们对意义绝对不能握紧拳头,这源于语言是一个时间性过程。当我读句子的时候,它的意义总是不知何故被搁置，被推迟，或即将到来……虽然句子可能会结束，但语言自身的进程却不会结束。

悖论的字面意思是"不可逾越之道"，这一论述本身就是对激进的**悖论**（*aporia*）所持的一种温和看法，这是德里达在所有的意义追寻中所假定的。任何真理主张，无论是哲学上的，还是伦理上的，抑或是政治上的和美学上的，尤其是（above all，"above"一词应使我们警惕其中所牵涉的毫无根据的借口）神学上的，总是会被它固有的文本性所消解。也就是说，语言不可避免地消解了在表达过程中出现的可能的瞬间感觉，这些感觉就像短暂而虚假的泡沫一样。

为了阐明和固化可能的意义而去援引传记、历史或文化的语境是一种幼稚的托词。文本不可能通过语境来确定。从解构主义的角度来看，语境本身是由语言建构而来的，它既是无限的，也是不确定的。不可能存在"饱和"（saturation）。总是有更多的话要说，总是有新的或矛盾的东西要补充。在每一项解释性的提议中都存在着无限回归的可能性,以此启发类比,在对潜意识动机或意图的任何诉求中,也同样存在着无限回归的可能性。游戏的新要求和新规则——我们回想起了克里普克对维特根斯坦的看法——无论它们是语法性的,还是语义性的,或是历史性的,都能够改变或质疑我们瞬间所赋予的意义,"把绿色的变成红色的"。

"意义"一词应该被诸如"无限可能性"或"轨迹"之类的词所取代,因为在弗洛伊德对无意识的追寻中,以及物理学家对亚原子粒子通过云室的瞬间所采集的图像中,这些术语都被援引过。

因此,试图将审美判断的不可判定性(早期哲学体系常常承认这一点)和语言学家、语法学家、题词者和文本批评家所使用的所谓的决策程序区分开来是完全不切实际的。对文章、绘画和音乐作品的解释并不比对审美价值和偏好的断言更开放、更容易受到修辞上的暗示和消解的影响。就像普通读者或批评-评论家一样,语言-语法学家、图像学家和音乐学家都在"把玩"他们的材料。他们都属于*游戏者*(*Homo ludens*)。长久以来,我们一直梦想着具有坚实基础的懒梦,梦想着神学-形而上学的担保人和仲裁者的懒梦。疏远的祖先(从未有过)已经离开了我们。事实上,我们现在必须面对的是,在一个自娱自乐的游戏宇宙中,其中的符号学结构及其信息是无限的,并且通常是分化和延迟的不连续链。

但是,这并不意味着我们要放弃对文本和形式进行阅读和研究,无论这一阅读和研究的过程多么不稳定、多么具有自我讽刺性。解构主义者认为,意义是不确定的,但它又是"可调查研究的"(维特根斯坦的标题)。数学和自然科学也是基于这种区别。我们的观察行为"消解"了我们观察到的现象,这是事实,但是在这种事实和不确定原则的戏谑下,亚原子物理学和黑洞宇宙学仍然可以向前发展。数学和数学逻辑可以继续进行它们高级而纯粹的游戏,尽管任何公理体系都不能从其自身的规则和假定(哥德尔[Gödel]著名的证明,或者更确切地说是反驳)中被证明是完全连贯一致的。

在违背了与意义(meaning)和富有意义(meaningfulness)的古老幽灵签订的契约之后,进一步的条款随之而来。

在主要文本和次要文本之间不存在等级划分。两者都同样完全属于符号序列或书写(*écriture*)。两者都是脚本。诗歌与评论之间的唯一区别在于修辞方式的不同。在深奥的虚无主义的文字游戏中——但是,除此之外,文字还可以怎么用呢 ——诗歌、绘画、音乐,尤其是口头的文学作品,都被看作是评论的前文本(*pre-text*)。诗歌只是预示(prefigure),也就是说,是预测(anticipate)它们自己的误读。如果在解构中有任何关于价值的暗示,有选择哪一种文本进行评论的暗示,那么它仅仅存在于它所引发的误读或解放所带来的财富、游戏和智慧之中,由此,既不会出现终结,也不会出现意义的无限运动和意义的舞蹈编排被"扼杀"(arrests)(瓦雷里的舞蹈隐喻就在眼前)。且不说固定的关系,仅仅诉诸于有限的关系,就会像在抽象艺术中一样,都是宗教、形而上学和实证主义的僵化残余,诸如符号和内容之间的关系、文字(不管如何,也许是吧,正如罗曼·雅各布森过去常常询问他的学生那样)和形象之间的关系,以及表征和非表征之间的关系等。他们窃窃私语着政治意识形态和威权主义教学法。所有的解读都是误读。

然而,正是这一点让他们富有创造力。在后结构主义和解构主义体系中,读者产生文本,观赏者产生绘画。正是读者在自由体验和本体论上不负责任的反应,富有价值的游戏才可以有意义地进行玩耍。巴特将读者的出生与作者的死亡等同起来。古典人文主义及其权力假设,既被模棱两可的民主所取代,也被"独立自主"的阐释学所取代。阅读是永恒的再创造。作为 20 世纪晚期的读者,博尔赫斯认为乔伊斯出现在荷马之前,《奥德赛》是对《尤利西斯》的迟来的评论。

由此可见,真正的作家是一个自我读者,一个具有特殊神经和敏感度的自我颠覆者。他检验自身的直觉和"重写规则"的欲望,以此反对历史上和形式上可用的表达方式(或描述,或音乐创作的表达方式)。他知道自身无法完全逃避那种玩世不恭的循环,在这种循环中,所指的意义依次往复,以至**无穷**(*ad infinitum*)。往好了说,这也正是值得我们持续误读之处,"伟大"的作家或艺术家会向他现在和未来的再创作者传达自身的一种神秘影响,即他以某种方式克服了或者至少削弱了现有的全部字母和准则的局限性与陈旧性。他会让我们相信,在这个链条的某个重要环节中,他已经开启了新的延迟(deferral)方式。巴特说,他会怂恿他的读者"不去表达可表达的东西"。

反之,优秀的读者、批评家或解释者的目标则是使文本更加难以阅读。他会引出作者有意识或无意识使用的策略;他会让符号和虚无之间的狡诈、诡计和错位都暴露无疑,这些符号和虚无植根于作者的游戏以及游戏语言中。人人必须记住的是,意义的游戏无法进行。即使是最熟练而又最有灵感的游戏玩家都没有超验的奖品和保证。事实上,在他身上,置换、延迟和自我颠覆的批判是最为尖锐的。上帝,作为"意义之父",以作家之名从游戏中消失了,再也没有任何享有特权的评判者、诠释者或解释者能够决定和传达真理以及真实的意图。即使语言呈现出易读性,这些真理和意图也都被动态的语言抹去了。摩西在片刻的解构意识中打碎了律法的石板,使其无法重新组装。字母若是火,它们怎能不吞噬自己呢?

今天,我们在逻各斯之地成为了孤儿,但是却获得了自由。希腊词"*a-logos*"变成了拉丁词"*surdus*"。在英语中,"surd"表示不能表达无限项的代数方根,该词处在可通约性和可决定性之外。从词源学上讲,"surd"的早期

意思是"无声的"。在此意义上，它不仅逐渐演变为无言
(the unspoken)和沉默(the mute)的含义，还演变出了
"surdity"的暗区(the opaque zone)，而"surdity"的意思是
"失聪"(deafness)和"荒谬"(absurdity)。每一个领域的定
义和内涵都是相关的。我所总结的解构是那些挑战可解
性和目的性(回答行为)的解构。游戏和沉默就像在凯奇
(Cage)的音乐里一样彼此相互依偎。

8

有反驳之处。我先前提到的那些自利的行话几乎影
响了所有的后结构主义和解构主义的最好的(罕见的)修
辞。人们也会谈及解构主义实际的反解读(counter-read-
ings)和"传播"(disseminations)的无力感。当文本或符
号-体验被丑化(de-faced)和去神话化(de-mythologized)
时，除了一些例外之外，其结果都是一种可怕的平庸。作
者意图的模棱两可、自我矛盾、违背和省略以及一词多义
的不确定性被赋予了发现的光芒，并且早已被先前的读
者观察到，甚至消解掉。威廉·燕卜荪有见地的练习不

仅戏谑,而且还具有语文学性质和历史性,尤其是他的《复合词的结构》一书中的实践。然而,传统的英美诗歌和散文,在后结构主义和解构主义的解读中,既无法超越他的有见地的实践,也无法超越肯尼斯·伯克就修辞学、动机学和语法学的研究中所获悉的具有语文学性质和政治性的洞见。即使是在由天才操控的地方,解构主义也倾向于解读边缘文本(例如,萨德,洛特雷阿蒙 [Lautréamont])或伟大作家的次级作品(如《巴特论巴尔扎克的〈萨拉辛〉》[Barthes *on Balzac's Sarrazine*])。在德里达或保罗·德曼的著作中,解构主义的经典著作不是对文学的"误读",而是对哲学的"误读",这些著作将自身定位于哲学语言学和语言理论。他们想要撕下柏拉图、黑格尔、让-雅克·卢梭(Jean Jacques Rousseau)、尼采或索绪尔戴的面具。解构主义对我们只字不提埃斯库罗斯或但丁,也不提莎士比亚或托尔斯泰。

但是,无论这些反对意见多么有说服力,它们仅仅是一种偶然。其他一些重要的争论和投机反抗运动都落入了庸才和贵人的忙碌之手。学术工厂制造出来的质量低下的解构主义作品原则上不能使案例本身或其潜力无效。也许,德里达的继承者不仅拥有德里达大师的认识论的锐气(élan)、渊博的学识和形而上学的智慧——非常罕见的天赋——而且还能将其非常谨慎地投入到真正的文学情感中,投入到对语言和形式的感受中。我们在原则上不能排除这样一种可能性,即未来的罗兰·巴特会灵动地去戏谑和毫无忌惮地去怀疑诸如大卫对乔纳森(Jonathan)的歌颂,或者伊凡(Ivan)和阿廖沙·卡拉马佐夫(Alyosha Karamazov)之间的对话。

然而,为了诉说——这本身就是一个非常容易被解构的习语——新语义学和语法学的批判,我们必须寻找一些核心的哲学基础。

解构主义的话语本身具有修辞学性质和指称意义,它完全由正常的因果关系、逻辑关系和次序关系所产生和支配。对"逻格斯中心主义"的解构主义的否定是完全在逻格斯中心主义中得以阐述的。通常情况下,"元批评"仍然是具有最明显的散漫性和最具说服力的批评。在某种程度上,符号逻辑已经能够发展出一种如此抽象和概括的形式论证方式,因此,它可以用来验证和解构那些外来的形式语言。后结构主义者和解构主义者的思想中没有这种"治外法权"(extra-territoriality)。他们既没有创造新的语言，也没有完美的概念。其核心教条认为所有解读都是误读，符号没有确定的可理解性，这种核心教条与著名的**悖论**(克里特岛人[Cretan]宣告所有克里特岛人都是骗子)有着完全相同的矛盾和自我否定的地位。禁锢在自然语言之中的解构主义命题是自我证伪的。

但是，解构主义可以与这种僵局很好地同生共存。自我消解或"扬弃"(黑格尔是一位无价的先辈)以及自闭的持续幻觉完全都是其目的上的缺陷。解构主义"反文本"的内部连贯的不可能性，以及文本所抹杀的与文本逐渐变得难以辨认的过程中必须诉诸的逻辑规范和因果关系之间的不相容性，都是解构主义的对象。阐释学的思想圈是出了名的自相矛盾，在阐释学中，我们通过部分来解读整体，又通过我们所认为的整体来解读部分，这是解构主义游戏的竞技场。

类似的漏洞掩盖了解构主义对"缺席"的诉求。它可以发挥赤裸裸的异议作用，即缺席的推论既被伪装成实质性的，又被排除在外从后门重新进入。对于解构主义来说，所有文本和美学形式，其传统上坚定的决定论基调都排除了任何可论证的"在场的在场"。即使是最经典的作家或艺术家,也唯有通过间接的方式,诸如隐喻、比喻、修辞手法和话语的多义性运用才能预示他"真正"想要告诉我们什么。符号系统的基本性质是,意义的假象仅仅从"空无"(is not there)中就能够得以表露。同样,也有人表达异议:这些省略和迂回,*就其本身而论*(*per se*),难道不是作者意图的证据吗?当然,面具的意义在于其之下有张脸。无论是宗教注释,还是传统阐释学,抑或是精神分析阐释,解构主义不是都直接把我们带回到深度解读和解码的实践中来了吗?但是,解构主义所指向的正是无限回归(regress)的机制及其策略的终极不可确定性。不管是意识形态的,还是教条的和教育的,或是机会主义的,终结(terminality)和终止(end-stopping)的武断使用,都是我们在深度阅读和意义的启发中所援引的,也恰恰是解构主义者所主张揭露的。对解构主义者来说,任何旨在界定被许可的定义和相关性界限的标准,都会为符号学所设定的意义设定界限,其本身只不过是一种更深层次的修辞行为。意义的概念总是越界的。新的面具生长于皮肤下面。不然,就关注阐释学中的一个重要概念

（如狄尔泰［Dilthey］和伽达默尔［Gadamer］所述的）：将文本可能意义的"视域"（horizon）与读者的个人意识和文化历史经验的"视阈"相融合是没有证据的。意义本身只是依情况而定论的。

在我看来，更令人怀疑的是，在后结构主义和解构主义中，竟然缺乏任何心理学或"动机语法"（grammar of motive，该术语是肯尼斯·伯克所创）的提案。既然假设无关紧要，并且被逐步取消或抹杀，那么，为什么作者要费力去写、读者要费力去误读呢？整个事件仅仅是自欺欺人吗？

罗兰·巴特的愉悦（*jouissance*）概念可视为一个合理的原因，这种观点认为，轻微的性高潮是由话语过程及其接受的色情化所产生。德里达更隐秘的诉诸于语言游戏是另一个原因。首要的是，人类并不是一种"语言动物"（speech animal），正如他支持任何神学或自然主义的观点一样。他是*游戏者*（*Homo ludens*），是"玩乐动物"（playing animal）（在亚里士多德的人类学和诗学中，这两种基本建构是相互作用的）。玩乐是沉默的终极源泉。

我认为上述猜想没有说服力。但是，解构主义认为对原因的祈求和追寻本身就是修辞性的,他们主张的正是那些意义和终结的超验保证,而这些意义和终结也是他们所要论证的。此外,我们必须承认,从历史上来看,对创造性的冲动和告知行为的心理学解释长期以来一直都是认识论、美学理论和文学艺术心理学的薄弱之处(弗洛伊德认为,那些可以满意地解释病因的问题都是无法解决的)。

解构主义的术语绝不是微不足道的,因为它们欣然接受短暂性和自我消亡。就其术语和论证而言,解构主义的挑战在我看来确实是无可辩驳的,它体现并且雄辩地讽刺了文字中潜在的虚无主义发现,无论这些文字是可理解的,还是根本无法领悟的,正如它们必须在后记中被陈述和面对一样。

话语和世界之间契约的废除,以及我们在马拉美和兰波(还有波德莱尔)的思想中看到的自我消解,都在尼采对"真理"和"真理讲述"的颠覆以及弗洛伊德的意向性批判中建构了合乎逻辑的部署。解构主义产生了影响。无需肯定或否认"上帝之死"——这种肯定或否认仅仅是空洞比喻的雄辩之姿——解构主义告诉我们,如果没有

"上帝的面孔"作为语义标记，就不可能有超越性或可决定的可解性。脱离神圣的假定就是脱离任何稳定而潜在的可确定的意义。如果神学和形而上学假定的连续的个性原则和具有认知一致论和道德责任感的自我原则被消解（胡塞尔的现象学是捍卫这些原则的英勇却又注定失败的后卫行动），那么，既不可能存在康德的"主观普遍性"，也不可能存在共同寻求真理的信仰，这一信仰，从柏拉图到现在，从他的《斐德罗篇》（*Phaedrus*）到现在，一直都在支撑宗教、人文主义和交流的理想。正是这种不可能定义了现代主义。

因此，"后语言"的解构主义符号学的诱人力量是严谨而合乎逻辑的虚无主义（nihilism）或虚无（nullity）（*le degré zéro*）。

虚无之谜一直困扰着西方传统宇宙学和哲学思想的开端。"为什么不存在虚无？"这是莱布尼茨的质疑。虚空（void）和深渊（abyss）是贯穿宗教神秘主义和神学推测的末世论概念，就像帕斯卡（Pascal）的思想一样，有其自身的神秘来源。但是，仅在近代哲学中，以及在海德格尔的空无（*Nichtigkeit*）和萨特（Sartre）的虚无（*le néant*）思想中,绝对零度的概念才开始变得近乎偏执。然而,在普通语法及其所阐明的逻辑中,否定的否定产生肯定——这是黑格尔至关重要的辩证之举——现在,它产生了最后的虚无,即午夜的缺席。在这随之产生的湮灭中,解构就是光谱的痕迹。

因此,我认为,对于它的挑战,对于无理数的否定认识论,对于**逻各斯**的非逻辑(a-logical)和废除的否定认识论,我们无法找到答案,如果可以找到,也是在语言或文学理论中找到。我认为,"被拆除的意识堡垒"(保罗·利科[Paul Ricoeur])无法通过更换这个或那个倒塌的砖块得以修复或抵御暴风雨。对实用主义的诉诸、对可解性的历史和日常的诉诸,即对世俗参照和解释性共识的诉诸,无论多么"无可指责"而又合乎常识,都是在柏拉图-奥古斯丁式的日常生活中"工作",并且都不会产生足够的回应。或者,更确切地说,我认为,他们要这样做就必须要求我们随时准备好面对超越经验主义的基石。我们必须向我们自己和我们的文化发问:一种本质上是实证主义的世俗理解模式和有意义的形式(美学)经验模式在光明中是否站得住脚? 如果你愿意,也可以问一问,其是否在虚无主义的黑暗中站得住脚？我想问的是阐释学和价值反射——在语言符号、绘画和音乐创作中与意义的相遇，并且在形式上对这种意义的特质所作的评估——如果既不暗示也不包含先验假设，那么它们是否可以被理解，是否可以回应存在主义事实？

正如我粗略指出的那样，在大多数现代解释性和批判性实践中，假设往往是被隐藏起来的，它经常是秘而不宣或被隐喻性地运用，并且没有结果。如果我们必须偿还我们对神学和存在的形而上学的债务，会发生什么呢？如果我们借用柏拉图和奥古斯丁的关于所指的超验信仰会怎么样呢？尼采运用"形而上学"这一术语不仅仅描述音乐，如果我们必须明确而具体地假设所有严肃的艺术和文学都是形而上学作品（*opus metaphysicum*）时，又会怎么样呢？

确实有可能的是，这些问题不再需要成年人去回答，更不用说安慰了。它们可能只是怀旧和感伤的浮华。解构主义中最残酷的悖论是：不存在"起点"，但是，就我们天真的、做作的和投机取巧的栖居意义而言，又存在着终点。显然，这一挑战无法回避。我们身边的读者（误读者)要么是罗兰·巴特,要么是卡尔·巴特(Karl Barth)。

当前的空无主义大师们认为,赌注确实是游戏的赌注。

这就是我们的分歧所在。

第三章 存 在

1

因为存在"他者",所以才存在语言和艺术。我们确实经常自言自语,但是,这种自言自语的媒介是公共口语的媒介——简而言之,或许,它通过隐秘的指称和联想变得具有私密性和神秘性,但是,尽管如此,在不确定的意识边缘中,它还是植根于由历史和社会决定的固有词汇和语法之中。自闭症的编造,唯我论的人工产物,都是可信的。另外,诗人用自己的语言创作诗歌,或者毁掉他所写的诗作,画家拒绝向任何人展示他的任何画布,作曲家纯粹凭借内心的试唱无声地来"演奏"他的乐谱,这些也都是可信的。它们出现在哥特式的孤独故事中。我们确实有大师们隐藏或废弃他们的作品的记录(果戈理[Gogol]焚烧了《死魂灵》[*Dead Souls*]的另一半),但是,他们这么做恰恰是迫于他者的压力。因为他者的存在可以如此地深入到孤独的终极区域,所以,一个创造者,也许会在极端的情况下,为自己寻求庇护,或有意遗忘那些不可避免的交流行为和偶尔遭遇的考验。

为什么会存在他者? 我们与他者之间为什么会有关系? 无论是神学上还是道德上,无论是社会性的还是情爱性的,无论是亲密的参与还是不可调和的分歧,这个问题都是一个既残酷又抚慰人心之谜。歌德的"如果有别人,我怎么办",尼采的"如果上帝存在,我何以存在",诸如此类的问题都是无解的。人们无法排除对绝对奇点的渴望,但是也无法排除对孤独的恐惧。那喀索斯的狂喜,近于自杀的狂喜。同时,那喀索斯不需要艺术。在他身上,话语、幻想和形象的塑造,都不可避免地回到封闭的自我之中。在自我极其完美的边缘上,笛卡尔在他的第三个*沉思*(*Meditation*)中,呼求上帝命定的可能性,以逃离孤独的终结。

正是出于对抗,出于字面意义上的冒犯,我们才用语言交流,我们才将形状和颜色具体化,我们才演奏出音乐之声。个人和社会环境会使文本、绘画和音乐作品变得模糊不清,甚至完全消失,厄运或克己会葬送有价值的工作,就此具体意义而言,"沉默而不体面的弥尔顿"显然是可能的。但是,一般情况下,诗人是不会沉默的。无论诗歌的地位如何,它都在言说、讲述和诉说。艺术、音乐和文学的意义以及存在主义模式都在我们和他者相遇的体验中发挥着作用。所有的美学、所有的批判和阐释学话语,都试图澄清这种相遇的悖论和不透明,以及它的巧妙。完全的呼应和半透明的接受,确切地说,都是弥赛亚式的(messianic)理想。因为在弥赛亚式的分配中,每一个语义动作和标记都将成为完全可理解的真理;当语义动作和标记与对象一一对应(uniquely)时,它们将拥有为伟大艺术生命命名的权威,具有为伟大艺术赋予生命的权威,此处的"uniquely"并不是指"solely"。

形式表达和文体结构的无限多样性与我们和他者相遇方式的无限性相对应。就家庭生活和熟悉化而言,早期的"原始"艺术,旨在对至暗的外部世界中动物的存在产生兴趣。这是民族志的老生常谈。洞穴壁画是一种护身符和抚慰仪式,它使得人们与有机物这种存在体的相遇成为相互承认和互利的源泉,这种相遇,既具有强烈的陌生化,又会让人产生强烈的恐惧感。在拉斯科岩洞里,对北美野牛墙的深入摹仿奇迹是这样一种诉求:他们会把非人类"存在"中隐晦而又野蛮的力量引入到表象和理解的光明埋伏之中。所有的表象,甚至是最抽象的表象,都能推断出与可理解性的交集(rendezvous),或者,至少能够推断出与陌生化(strangeness)的交集,这种陌生化是被仪式和意志削弱了的。忧惧(Apprehension)(与他者相遇)既代表着一种恐惧(fear),又代表着一种感知(perception)。恐惧和感知之间所具有的连续统一性和转换性,是诗歌和艺术的源泉。

但是,如果大量的诗歌、音乐和艺术都是为了"使人着迷"——我们绝不能使这个词失去魔力召唤的灵韵——那么,最备受推崇的诗歌、音乐和艺术就旨在让陌生在某些方面变得更加陌生。这会教导我们,在事物和有生命的存在体中,他者性(otherness)是不可亵渎之谜。

严肃的绘画、音乐、文学或雕塑比其他任何的交流方式都更能让我们感受到生活中的不足和不稳定以及对生活的漂泊之感和疏远。在关键时刻,我们对自己而言是陌生人,我们在自己心灵的大门前徘徊不定。我们在自己的未知领域内,盲目地敲击着湍流之门、创造之门和抑制之门。更令人不安的是,对于那些我们最了解的人,对于那些最了解我们并最能揭开我们真相的人,我们可能会以一种几乎毫无理性的方式成为他们的陌生人。

文学和艺术的力量,超越了任何其他的见证,它们讲述了我们在亲密无间的迷宫中所遇到的不可逾越的、绝对陌生的障碍,还讲述了人身牛头怪物弥诺陶洛斯(Minotaur)的故事,他集至高爱情和亲情以及最诚挚的信任于一身。当诗人、作曲家、画家,以及宗教思想家和形而上学者,给予他们的发现以形式上的说服力时,他们是在告诉我们,我们是受交流困扰的不可分割的实体。他们告诉我们,物质世界的本质和现象中,存在着不可减轻的他者性和封闭性。只有艺术才能使物质的纯粹非人性的他者性浅显易懂,才能唤醒人们意识到这种他者性在某种程度上的可交流性——物质的这种纯粹非人性的他者性困扰着康德——岩石和木头、金属和纤维都无法具有这种可交流性(让布朗库西[Brancusi]雕像中的金属对着你的手歌唱吧)。正是诗学,充分而及时地告诉我们来访者的通行证,定义了我们在存在之家中仅仅是过客而已,这个存在之家的基础,它的未来历史和基本原理,如果有的话,也完全超乎于我们的意志和理解。我认为,在定义上,艺术必须有能力包括投机性的生活形式 (有什么站得住脚的诗学会排除柏拉图,帕斯卡和尼采?),必须有能力让我们在人类的无居环境中游弋,即使不能在家里,至少也能机敏地畅游。没有艺术,形式在缺乏语言的沉默石头中依然保持着不满和陌生感。

因此,音乐、诗歌和艺术与直面死亡之间存在着古老的逻辑关系。在死亡中,他者的顽固不化,受到了最显著的关注,也是我们无法购买的。正是这种死亡的真实性,这种完全抵制理性、隐喻和启示的真实性,使我们成为"特邀工人"(guest-workers)和边境居民(*frontaliers*),成为生活的寄宿者。当诗学毫不妥协地介入我们的处境时,它试图阐明我们直面死亡时的孤立(在他们的终极结构中,叙述是对死亡的彩排)。无论诗歌、绘画和音乐——虽然音乐是最接近的——多么有灵感，都无法让我们与死亡如影随行，更不用说"为它的目的哭泣"了。在艺术范围内，复活的隐喻被赋予了主观臆测的优势。艺术家最为自负的是，他们认为自己的作品将比自己的死亡持续更久，事实上，伟大的文学、绘画、建筑、音乐都从它们的创造者那里幸存下来，这些既非偶然，也非自视过高。这种面对死亡时的高度清醒，以美学的形式陈述了生命力和生命的存在，使严肃的思想和感情与琐屑和机会主义区别开来。

相比其他人——圣人和殉道者都知道他们的既定目的地——艺术家、诗人和思想家作为塑造者，他们宁愿付出巨大的个人代价，冒着最难以应付的失败风险，也要寻找与他者(otherness)的相遇，这一他者(otherness)，就其空洞的本质而言，是最不人道的。实际上，当我们都在同一条道路上靠近死神时，死神为什么会勉强认可我们选择的相遇时间呢？为什么它要在底比斯(Thebes)和德尔菲(Delphi)之间慷慨地开辟三条道路？然而，诗歌和艺术迫使它这样做。同时，诗歌和艺术依然发挥着作用，使这种迫使可以被忍受，这是政治和科学无法做到的。

相遇,作为交流工具,我们对其进行反思或者(正如德语语法所允许的)"思考",体现了一种道德。对阐述和意义——他者的表达——进行分析,牵涉着道德原则。这一蕴涵可能是走出镜子之屋的第一步,也是现代主义理论与实践的第一步。

自柏拉图批判《荷马史诗》中的虚假以来,伦理学与诗学的关系一直是烦恼的巨大来源。启蒙运动(主要是康德)的优点在于,它既试图将美学从系统认知的领域中移除,也试图将其从实践道德的领域中移除。康德关于艺术和文学创作的"无私利性"(disinterestedness)假设,将使真理、美和虚构的自由远离道德标准的监视。这种赋权公正地强调了诗歌创作的自主性。它提醒我们,在文学、音乐和艺术中,动机的真实性与作品的执行形式是不可分割的,并且,诗歌或绘画的真实性在于其塑造的具体内在性和完整性的真实性。康德关于艺术生活的治外法权(extra-territoriality)的建议,在济慈的真理对美的认同以及美对真理的认同平衡中显得既尖锐又专横。只要这个平衡和康德关于诗歌的特殊自由的概念、虚构的无私利性概念有助于我们更清楚地看到审美体验的权威性和独特性,就具有卓越的价值。然而,与此同时,任何论点,无论是理论上的,还是实践上的,只要将文学和艺术置于善与恶之上,就都是虚假的。

在里尔克的著名诗歌中,有一首未完成的早期作品告诉我们:"改变你的生活。"任何诗歌、小说、戏剧、绘画和音乐作品都值得与之相遇。可理解的形式声音,是形式对直接称呼产生的需求,这种声音在询问:"在你对我的体验中,在我们的相遇中,你对生命的可能性和存在的不同形态有什么看法?"严肃的艺术、文学和音乐都是完全轻率的。它们质疑我们存在的最后隐私。这种质疑,不是抽象的辩证法,就像在布朗宁(Browning)的通过艺术寻求存在的象征文本中,黑暗的塔楼上突然响起的号角一样。它旨在改变。早期希腊思想认为,缪斯就是艺术和信仰的奇迹。当诗人的创作行为进入我们存在的空间和时间、精神和物质的领域而与我们相遇时——我要探讨的是这一相遇的全部要旨和仪式——它就引起了激进的变革呼吁。伴随着我们的艺术体验而来的情感和理解力的觉醒、丰富、复杂、黑暗和不安,都是始于行动。形式是表现之根。从最实用的意义上来说,诗歌、雕像、奏鸣曲与其说是被阅读、被观看，被聆听，不如说是被铭记。与美学的相遇及其某些宗教和形而上学的体验模式，都是人类体验中最"深刻"而又最具变革性的召唤。同时，其大概形象便是闯入我们警觉性心灵空间中的报喜天使，这一形象具有"惊艳之美"或庄重性。当然，如果我们听到了天使来访时翅膀拍打的声音及其挑衅性的言辞，那么，这一心灵空间就不再像以前那样适宜居住了。这一强制性的侵入也已转变了画面中光的色调（这恰恰是弗拉·安吉利科[Fra Angelico]在《天使报喜》[*Annunciation*]中使之毫无神秘感地呈现在我们面前的显著变化）。

这些转变既有机地包含在善与恶的范畴之内，也包含在人道与非人道的行为范畴之内，更包含在创造性与破坏性的行为范畴之内。任何想象形式的成熟表现，任何将这种表现传达给他人的成熟努力，都是一种道德行为，毫无疑问，此处的"道德"包括对施虐、虚无主义、非理性和绝望的表达。"为艺术而艺术"是一个战略口号，是对庸俗说教和政治控制的必要反抗。但是，这在其逻辑推理上纯粹是一种自恋。"最纯粹"而又最节制的艺术品来自于可想象的经验指导或应用,由于这种纯粹和节制,它具有了尖锐的政治姿态,具有了最明显的伦理意义上的价值陈述。如果我们在个人生活和公共生活中不触及那些最引人注目而又最令人困惑的道德问题,我们就无法触及艺术的体验。在特定的政治结构和经济条件下,用于艺术上的生产、展示和接待的资源是否合理(托尔斯泰认为不合理)?小说的认同,以及小说、电影、绘画和交响乐在我们内心所释放出来的痛苦和**力比多**(*libido*),在某种程度上,会使我们免受周围环境中的实际痛苦和欲望吗?虽然这些痛苦和欲望更卑微、影响更小。悲剧里的哭声能淹没甚至抹杀街上的哭声吗?(坦白地说,我认为这是一个让人着迷而又几乎让人发狂的问题。)柯勒律治是这样认为的:"诗歌激发我们产生虚假的感情,而对真实的感情却无动于衷。"如果有人被艺术家的诗歌"枪杀"(叶芝)或者,必须补充一下,射杀(奥登对"必要的谋杀"的庆祝),那么,这些艺术家该担负什么责任呢?对于文学、戏剧、绘画或电影可以发行的素材和虚构故事,存在可以辩护的限制吗?(面对儿童所遭遇的折磨或性侵,严肃的艺术会说服我们的想象力吗?这是陀思妥耶夫斯基在某些时刻无法回避的问题。)

由于审美的说服行为——在音乐中最直接，虽然很神秘——是如此有力，也正由于图像对我们有意识和潜意识中的行为动机和活力的影响是如此深远，以至于约束和审查的问题，从柏拉图的《理想国》(Republic)到现在，都远比自由主义本能所允许的更具挑战性。或者，换句话说，艺术家对自己创作的误用、滥用和野蛮化负有任何责任吗？纳粹主义将瓦格纳的音乐用于各种用途，然而，卢卡奇认为，这从始至终都与瓦格纳有关。他认为，莫扎特的任何一个音符都不能如此使用。当我把这句话告诉罗杰·塞申斯(Roger Sessions)时，这位最具哲学敏锐性的现代作曲家便演奏了《魔笛》(The Magic Flute)中"夜后"(the Queen of the Night)咏叹调的开头几小节来回应我。

任何严肃的作家、作曲家、画家，即使是在战略唯美主义时期，也从未怀疑过自己的作品与善和恶有关，与人类和城市中人性的升华或弱化有关。最初的想象，有意义的表达的形成，就是深入检验那些理解和执行的潜力("宝座、领土和权力"就像巴洛克风格的修辞和建筑所表达的那样),而这都是伦理的生命实质。正在被发送的信息都有目的。信息的风格和明晰的比喻表达也许有悖常理,但它们也许是想要征服,甚至毁灭接收者。在萨德的作品中,在戈雅的黑色绘画中,在阿尔托(Artaud)的死亡之舞中,他们声称自己拥有自我毁灭的忧郁的许可证。但是,他们与道德秩序的问题和后果更具有相关性。只有那些纯粹(solely)为了金钱或宣传而制作的拙劣作品、低俗艺术品(kitsch)和手工制品以及文本和音乐,才的确践踏(违反)道德,它们都是无关紧要的色情作品。

不过,我现在想要阐明的问题是一个更特殊的问题,而且往往是未被注意到的。它并没有太多关注作品中意义和艺术的道德或非道德问题,而是关注作品自身是否被接受的伦理问题。哪些道德范畴与我们和诗歌、绘画或音乐构想的相遇有关?情感的某些道德行为对交流,以及我们对它的理解在哪些方面是至关重要的?在洛伦佐·洛托(Lorenzo Lotto)的《天使报喜》(Annunciation)中,玛利亚转过身,背对着疾速而来光芒四射的信使,这个是《圣经》故事《天使报喜》这一述说不尽的主题中最令人不安、最令人难忘的版本之一。但是,这个版本也具有可能性。

2

　　东方的礼仪手册、欧洲文艺复兴和启蒙时期的礼仪书籍都谈到了接待。它们详述了习语和手势的细微差别,这些细微差别明确了接受的不同程度和强度。它们告诉我们,不同的社会阶层、男人和女人以及不同的世代如何有可能恰当地相遇。意义轴从这种相互感知的仪式中延伸到了形而上学和神学,在行为上完全跨越了翻译模式。当然,这一行为虽具有决定性,但总是问题频出。翻译包含不同文化、不同语言和说话方式之间的问候、缄默和商务的复杂练习。翻译大师可以被定义为完美的主人。只要哲学分析自我与他者之间、一与多之间的意识和可解性的条件,只要它采用提问和回答的方法、命题和考察的方法,它就会将直觉系统化,也将相遇和告别的推动力(impulses)系统化。在哲学话语中断或结束时,有许多东西需要分离,而有关这种分离的研究对于伊壁鸠鲁学说(Epicurean)、黑格尔的《现象学》和维特根斯坦的《逻辑哲学论》都是至关重要的。许多现代思想家,最著名的就是布伯(Buber)和列维纳斯(Levinas),他们争论一种基于文字想像的意义理论,即我们对脸的幻想理论,对另一个人的富有表现力的"存在"的幻想理论。那张面孔具有"开放的不可穿透性",它格格不入,却又是我们自己的真实写照,就人与人之间的关系以及人与列维纳斯所说的"无限"之间的关系,它发起了智力和伦理上的挑战(关系的潜能总是取之不尽,用之不竭)。

伟大的诗歌因认知仪式而充满活力。奥德修斯在重返自我的伊萨卡岛之旅中走向一个又一个的认知。在一群被烟熏火燎而破相的幽灵中,但丁辨认出了布鲁内托·拉蒂尼(Brunetto Latini)的声音。提泰妮娅(Titania)"在月光下不合时宜地(与奥布朗)相遇"。反过来,宗教思想和实践,将人类心灵与绝对的他者之约、与邪恶的陌生感或更深层次的奇异恩典之约隐喻化,形成叙事意象。称呼被解读——在雅各为了得到神的祝福与神彻夜摔跤的角逐中去解读,在以马忤斯(Emmaus)的路上耶稣基督复活显现之后的存在中去解读。

这些相遇的直觉和仪式,无论是在社会用途和语言交流中，还是在哲学和宗教对话中，都与我们对文学、音乐和艺术的接受有着深切的关系。它们不仅与我们的认知密切相关，还与我们对诗歌、绘画、奏鸣曲的理解（我们的倾听）密切相关。我们是美学追寻生活意义上的"他者"。它们对自我和存在的需要，很大程度上取决于我们是接受还是拒绝，是回应还是不去感知所具有的能力。去思考究竟为什么会有绘画、诗歌或音乐——物质和存在的秩序是完全不存在的，也是完全可以想象的——就是去思考我们是如何让它们进入我们个体存在的空间的，或者它们是如何强行进入的。

文本和评论之间的平衡使审美创造不过是"前文本"的情形之下，我想验证一下礼仪这一概念的工具性力量。这个词的词根力量已经减弱。礼仪，从基督教的浪漫故事和西方的"宫廷爱情"中展开，带有一种精确的、探索性的丰富联想。它讲的是骑士精神，是神秘主权的心心相印，是真相被揭露时重压之下的沉默。具体地说，礼仪现象学将安排我们与他人、与所爱之人、与对手、与熟人和陌生人的相遇，也就是说，加速融入善于表达的生活中。在意义树上，它将把我们有意识的自我和无意识的自我之间唯一能部分感知到的相遇联系起来，这些相遇发生在光明正大的社会、政治和道德行为中。古典主义认为，在枝叶的最高处，礼仪有资格进行最后的伏击或最后的幽会，这可能是上帝的审判地——即将到来的一个地方。在这一场景中，交织着面对死亡的一些礼仪，没有这些礼仪，我们的音乐、诗歌和艺术将是肤浅的。解构主义与死亡无关。正如德曼所说，死亡只是"语言困境的替代性名称"。

但是，我现在正设法要解释清楚的概念却更加含蓄、更加难以捉摸。我想讨论我们对有意义的道德直觉的体验和理解问题。然而，这也是一个过于模糊和崇高的措辞。我需要一个简单易懂的范畴，却又不太知道如何去表达这个范畴，在这个范畴中，道德、礼仪和感性的信任，都可以被看作常识的集合。

信息媒介是**得体的**（tact），它也是习俗的媒介，通过这种习俗，我们让自身接触或不接触他者的存在，亦或被他者的存在接触或不被他者的存在接触（《花园里多疑的多马》[Thomas]这则寓言使得体的诸多奥秘具体化）。问题是礼仪（civility，该词是一个富有活力之词，但是，现在,它的这种活力已经在很大程度上被淡化了)对待事物的内在品味。我们如何才能把品味融入到自己的身份结构中去呢?我们需要一个术语来清晰地阐明一种直觉,即意义交流过程中的体验,从根本上说,这种体验需要礼仪,需要心灵智慧,即根源上结为一体的情感或理解智慧。

当听到客人来到门口时,我们在桌子上放了一块干净的布。在夏尔丹的画中,在特拉克(Trakl)的诗中,晚间活动既是家庭活动,又是圣礼活动。我们在窗口点亮了灯。在这些行为的隐含冲动中,正是那些对他者的渴望和恐惧,以及感情和思维活动,这些感情和思维既保护又对外开放其聚集在一起的独特个人居所。这种冲动以直接著称。它们无法被形式化或被"证明"(任何重要的精神行为都不能被证明)。但是,它们至关重要,它们必不可少。

简而言之,我正在极其痛苦地努力阐明一种概念,然而,这个概念如心理学中的技巧一样难以捉摸、飘忽不定。既彬彬有礼又像握手一样平淡无奇的礼仪,具有普遍性,既包含了像上厕所之类的训练——解构符号学对其关注的对象做了许多嬉戏的污蔑——也包含了庄严的圣礼仪式。"心灵礼仪(Courtesy of mind)"、"感知顾虑"(scruple of perception)、"理解礼仪(mannerliness of understanding)"都大致类似,但是也都太过于专业化。语法规避"常识之心"。我们必须毫不妥协地把注意力明确集中在文本、艺术作品和我们面前的音乐上,这是一种常识性的道德体系,是一种最富有活力而又最受约束的礼仪。

其结果是老生常谈。它们需要重申的就是对我们目前形势的准确判断。

诗歌、绘画、奏鸣曲都是先于接受、评论和评价的,我认为这是一个道德和实用主义事实。我之所以说"道德和实用主义",仅仅是因为我们缺少必要的词汇来将最普通的常识与心灵礼仪和存在融合在一起。虽然我说的完全是不证自明,但是被创造的形式先于我们对其可理解性存在的接受,这一本质和范畴需要被准确地阐明清楚。

在时间上存在着优先权。诗歌出现在评论之前。建构先于解构。时间性是一个形而上学的、存在性的抗拒范畴。它在现代科学的世界观中已经被尖锐地相对化了。时间可以被折合成偶发事件和意外。这里有一些例子,虽然很少,虽然它们的方法令人怀疑,但在这些例子中,一些绘画、文学作品和音乐作品都是在对一些具有理论性、批判性和计划性的期望进行准确回应而创造出来的。(很荒谬的是,一些通俗小说是在电影或电视连续剧之后创作的,而这些电影或电视剧又声称是从这些小说中衍生出来的。)但是,通常情况下(normally)——在"normally"这个苍白的副词中,"norm"一词远远比削弱了的让步性用法的语气更加强硬得多——艺术作品的产生先于它随后存在的所有其他形式。它有优先权,也有先行权。

哲学家说,"存在和时间",两者是不可分割的。时间上的优先次序对作品本身和它之后的作品至关重要。在神话创作之外,没有原始创作(Ur-werk),即自我产生的原始而自发的审美创造和构想行为。在这里,解构主义是完全正确的。最彻底的原创出现在语境之中,即使它只是对现存语言的原创,以及对人类发明和接受的神经生理方法和局限性的原创(在光和声音中,有超出我们生理接受范围的频率或音高)。但是,创作的语境决定了回应和评论的语境。这种决定具有因果关系的力量。诗歌、绘画和文章是**存在的理由**(*raison d'être*)，即是它们所引出的解释和判断的字面意义上"存在的根据和理由"。事实上，它们是所有后续产生的相关"文本"以及"互文文本"(inter-textualities)(引用、用典和重述)和"反文本"(counter-textualities)的"前文本"(pre-text)，但是，这些文本都不具有任何轻视和贬低"前文本"的意义。这些"前文本"是它们存在的源泉。从主到次的时间本体论运动转变就是一种在人类潜能限制下的自主性运动到依赖性运动的转变。这是至关重要的一点。

我们已经看到，对源文本的评注、翻译和形式转换，甚至是辩论戏仿，有时会超越原文本。它们的光辉可以取代它，亦或埋葬它。我们已经发现，现代主义的相对主义坚持界限的易变性，把原动力和次动力分开，这是其正确之处。但是，这两种事实都无法改变独立存在和依附形式之间意义深远的差异。主文本——诗歌、绘画和音乐——是一种**自由**(*freedom*)的现象。可能是，也可能不是。阐释学-批判的回应，通过表演、想象和阅读而施行的法令，都依赖于这种自由的条款。即使是在消遣性或颠覆性技艺的最高境界,它们的起源也是依赖。它们的自由也许的确是无限的(后结构主义和解构主义博弈论和影响已经证明了这一点),但完全是*次要的* (*secondary*)。

语法学家、评论家、音乐分析家、艺术史学家或肖像学家都在自由地回应作品。他们"忙于"他们考虑的对象。如果一部严肃的作品真的能够生成所有未来的解读和误读,那么,这些解读和误读,无论其本身多么具有创造性,都没有必要去谨慎地区别对待,就它们本身的性质和本质而言,对其后的任何创作都不具有生成性。评论孕育评论,而不是新的诗歌。评论者、批评家、美学理论家、执行者,无论多么杰出,在他们的真正意识中,都不愿意成为原初话语和塑造的源泉。在拜占庭的法庭里有无所不能的宦官,正如一直都有批评家或解构主义者主宰着创作一样。然而,还是存在基本的差异。

我基于感知礼仪提出了这一假设,感知是一种共同的感觉,是直觉上的得体,可以说,它已经被具体化了。即使是在最无政府主义的"回声"中,我也呼吁本体论和逻辑依赖或"次要的"自我意识。但是,这只是初始的一步。现在,我想完全在世俗性的、常识性的、内在的经验秩序上,在真实性和自我意识的范畴内,更仔细地寻求"自由"的概念。在我们与艺术和艺术的意义相遇时,在我们对虚构的、自主形式中可解性的提议和恳求回应时,在我看来,两类自由具有决定性的工具性。同时,一个是原初的,另一个是相继而生的。

体验创造出来的形式是自由之间的相遇。关于形而上学的根源,有一个著名问题:"为什么不应该什么都没有呢?"同样的,这个问题也是理解任何诗学和艺术的基础。诗歌、奏鸣曲和绘画,很可能什么都不是。如果不从委员会琐屑而偶然的视角来看,如果不考虑物质需要和精神胁迫的话,审美现象和塑造行为,无论何时何地都根本不会自由地产生存在。这种绝对的无端恰恰蕴含了康德所定义的真正艺术的无私性。没有什么需要虚构出来(柏拉图试图解决这种无政府的自发性,而亚里士多德则试图将其与我们拟态的动物本能联系起来)。在绝大多数成年男女中,早期艺术创作的一时心血来潮已经完全消失了。雕刻家、作曲家或诗人,他们的创作执行形式是一种极其自由的行为。从本质上说,它具有慷慨性,但是,严格地考虑,它又是一个完全不可预测的选择。

我们既不知道自己的到来,也不知道自己的离去,这是最基本的智慧。我们是生活的囚禁者,而不是生活的开创者或主人。然而,对失去的自由或重获的自由进行的本能暗示——世外桃源在我们身后,乌托邦在我们面前——敲打着人类心智的极限。它那模糊的脉搏是我们的神话和政治的核心。一种遥不可及的自由召唤着我们,让我们既烦恼不安,又欣慰不已。在某一范畴内,我们可以体验自由。在人类的环境领域里,生存就是自由。这就是我们与音乐、艺术和文学的相遇。

这是最消极的情况。我们完全可以自由地不去接受、不去面对真正的审美模式。正如它忘记或抑制了对童年时期的性格形成有持续重大影响的动力,因此,绝大多数人很少会体验到文学和艺术的诉求。或者,他们会以最短暂的致幻伪装来回应这种诉求(致幻,确切地说,就是他们会认为,拙劣的作品本身是精心策划的、有利可图的,是存在着利害关系的,因此是不自由的)。没有什么比诗歌和绘画的不经意、空白和麻木更接近日常生活了。任何一种品味,以及对品味的麻木和对品质要求的弃权，都是一项普世人权，在那里，"权利"是"自由"的根本对立面。正如我已经说过的那样，如果能够自由投票，也就是说，如果能够按照自己的意愿自由选择使用其休闲和经济资源，绝大多数人将选择宾果或电视聊天节目，而不是埃斯库罗斯或乔尔乔涅。这是一种非自由的绝对权利。同时，这是自由和民主理论站不住脚的必要条件之一，由于受自由市场的约束，他们必须捍卫和制度化这种权利。

问题的症结在另一层面。艺术和诗学，其自身的形成和可理解的意义注定是偶然的，在本体论和伦理的无利害空间中，其具有接纳自由精神的潜质，严肃应对严肃，紧急应对紧急，都是我们所能知道的最接近自由存在的现实。可以说，两种自由成就了一种自由。两个类比也许有助于阐明一点。神学和思辨的形而上学以其先验的姿态，包含了与"他者"相遇或不相遇的可能性。第二个类比是关于情爱的，我们因相爱（或相恨）与对方相见或拒绝相见。类似地，对审美存在的接受或拒绝也包含了自由的交换，即自由的给予和接受。"城市的自由"这个习语有着深刻的寓意，即一些杰出的男女被赋予了"城市的自由"，受邀进入城市之中，以便无拘无束地享有卓越的自由。

进一步的说明是有必要的。对纯粹科学和自然科学的探究确实例证了可比较的自由空间。但是，又不完全。科学推测和调查的对象，无论其在相关假设和观察之外的现实状态如何不确定，它们都是*给定*的。它们是优先的，具有决定性的，其方式与美学的"进入"有着根本的不同。科学中做出的选择，集体科学事业的前景发展，都是十分具有强制性的，而奏鸣曲或小说则不是这样。纯粹数学与音乐的相似之处使毕达哥拉斯和柏拉图式的冥想得以实践，因此，也许只有纯粹数学才会极其自由，并且像艺术那样"自由"。然而，即使在这里，应用也存在威胁。只有在美学中才存在"不产生不存在"的绝对自由。矛盾的是，正是这种缺席的可能性给予了作品的存在以自主的力量。

在自由与自由相遇之地，在捐赠或保留艺术作品的整体自由与我们自身接受或拒绝的自由相遇之地，*礼仪*（cortesia），我称之为心灵的得体，就是最重要的。无数的文化和社会将热情好客与宗教情感联系起来，这是一种超自然的精神,是一种直觉,即在我们的存在空间里,真正接待客人,接待知名的陌生人,具有超验的责任和机会,这种直觉有益于我们对创造形式的体验的理解。我想用**语文学**的定义来精确地界定这些责任和机会。首先,我将从纯粹世俗的,甚至是技术层面来着手。语文学根据语言结构和文本设定了我们对有意义的形式的体验,我将举例说明语文学的这种设定。但是,这一根据总是延伸到我们对雕塑、绘画、建筑构图和音乐性质的解读。礼仪的准则是一样的。简而言之,这些准则可以在两种见解之间被映射为感性空间的工具,这两种见解,一是瓦雷里的格言,即句法是人类精神的组成要素,二是17世纪神学家和形而上学者马勒伯朗士(Malebranche)的评论,即严谨的关注是"灵魂的自然虔诚"。

与被我们称之为文本(或绘画、或交响乐)的意义面对面,我们会努力倾听它的语言,就像我们会努力倾听正朝我们走来的陌生选举人一样。正如解构主义直接指出的那样,在这种努力中,存在着一种最终无法证明的希望和感觉的预设,这种预设是,可理解性是可以想象的,实际上也是可实现的。但是,这样的预设总是容易被驳倒。

在我们面前的可能是一个哑巴（贝克特把我们推向那个可怕的笑话），一个胡言乱语的疯子，或者，更令人不安的是，在我们面前的可能是一个善于交际的人物，我们简直抓不住他的个人风格——语言、文体和阐释基础。有些文学、艺术和音乐作品，即使是最受欢迎之人的观点和看法，也只能接近理解，或者仅仅从表面上去理解。简而言之，接受和理解的运动确实体现了一种最初的基本信任行为。它会带来让人失望甚至更糟糕的风险。正如我们所指出的，客人可能会变得专横或恶毒。但是，如果没有欢迎作为赌注，那么，当自由来敲门时，没有一扇门可以被打开。

　　就诗歌而言，就语言结构而言，开门，这种与信任相契合的礼仪行为，都是词汇-语法-形式的研究。我们努力实现最精准的听觉。如果诗歌是用我们自己的语言创作出来的，我们就会努力确定诗人特定俗语的历史和社会地位，如果有必要的话，还要确定其在当地或方言中的地位。如果文本是用另一种语言写的——没有比与非自己的语言相遇更集中的"他者性"及其自由存在的实例——那么，我们尽自己最大的努力，要么掌握另一种语言,要么信任卑微的翻译。"入口和警报"过程中的每一步都有它自己的苛求和收获。

词法礼仪,是语文学的第一步,它使我们栖居在伟大的词典之中,无论是综合词典,还是专业词典。正是但丁的《词库》(*Wortschatz*)("Wortschatz"一词的字面意思是"词汇囤积"[word-hoard],这是他送给我们的礼物)为我们打开了他在神学、政治学和地域方面的词汇。词汇可以使我们明晰地了解到法律、军事、植物学和工匠的词汇与参考网,莎士比亚使用这些词汇与参考网来描绘他那极其精美的文字世界。我们学着听歌德的炼金术,乔伊斯的暗语。练习和产出都是在音乐中获得的意义表达的秩序。对《牛津英语词典》和利特雷(Littré)[①]自然而持久的求助,让我们能够逐渐看到词汇自身以及由这些有机词汇构建的文本主体内部的历史连续性和变化。

需要具有独特音乐性的阐释性听觉,需要具有调音的耳朵,用近乎完美或完美的音高去聆听、去记录时间生命和词语的结构生命,就像我们在柯勒律治、瓦尔特·本

---

① 译注:利特雷·埃米尔,法国著名的词典编纂家、哲学家,著有巨著《法语词典》。

雅明和威廉·燕卜荪的作品中发现的那样。我们需要仔细聆听诗歌和小说中戏剧性的对话或描述性的段落，才能了解单个单词或短语的先前历史及其内涵甚至根本意义的嬗变。我们逐渐提高了感受能力。我们来识别新颖性的根源、个人挪用的根源，以及单词和短语的重组根源，单词或短语也许是由特定作者的使用而创作出来的，也许是因特定文本的有意驱使而创作出来的。

洞察的好处（相遇的强度）是巨大的。运用词汇直觉，读者-听者几乎是下意识地区分出现在弥尔顿、马韦尔（Marvell）、德莱顿（Dryden）文本中的同一个单词——但是，又不同——所具有的不同的分量、粗糙度、范围和"感觉"，具有吸引力的是，这些文本都写于几乎相同的年代。词法告诉我们，康德之后，"判断力"这个单词，无论是在华兹华斯的作品中，还是在维尼（Vigny）的作品中，都出现了新的音调，在弗洛伊德之后的十字路口，"意识"改变了空间、密度和共鸣。正如马拉美所坚称的那样，文学是由文字构成的。在严肃的接受仪式中，即"语文学"中，从字面上（"literally"一词本身就是一个充满神秘色彩的副词）来说，词汇是第一个可以推心置腹的。

语言学接受的第二阶段要求对句法和语法有精准的敏感性,语法是表达的基础。通过语法,意义最深刻地进入并且走进了可解释的存在之光中。今天,语言学家们争论的是,语法的源泉和第一结构在心理形式上的深度。有些人将它们定位在与遗传密码的序列、规则和标点符号相当的水平上,而不仅仅是在图像上。但是,即使在语法句子的生成上存在普遍的约束(这一点还有待证明),支配和解释自然语言(它们在历史上不断地变化)方式的分支也无法被枚举或形式化。不同的语言映射和分割现象的方式,它们在时间和空间中定位经验的方式——动词的时态和语气——是直接的语法选择和表演行为。这些分支在不同文化和时代之间有着根本的差异。人类学分析了提名、性别和代词替代的极其多样化的体系,这些体系实际上构成了可以想象的亲属结构和社会关系。希伯来语关于预言和上帝永恒的"存在"的暂时性——昨天和明天就是现在,就是"目前"——有机地处于希伯来语动词的时间和水平模式中。几乎不言而喻的是,罗马法及其衍生出的法律体系中,严格的明确性、对定义和终结(完成时[*perfectum*])的狂热,都是拉丁语法规则在家庭和公共生活中的编纂。是司汤达在《拿破仑法典》(*Code Napoléon*)中所推崇的"事实的垂直性"是重要的语法,而这一"垂直性"也是他自己散文的支柱。我试图论述的是,语法式的读者能倾听和感觉到隐藏在表面之下的意义。他在诗句和句子中、在画布上的空间和色彩关系中、在中殿的维度中,遇到了神经和骨骼结构。他学习如何去聆听音乐语法中的键-关系和音高。

在很大程度上,我们已经失去了这种感觉。中世纪的思辨(speculative)语法学家认为,人类关于时间和身份的脉搏植根于语法之中,男人和女人的世界,在某种意义上,几乎是维特根斯坦式的,语法结构要么具有物质的真实性,要么具有我们心灵的相关属性,要么两者都具有,然而,它们却离我们很遥远。我们大多数人,凭借传统的读写能力,已经无法解析普通的句子,更不用说分析那些曾经是学校标准知识的词类功能了。由于缺乏对句法的敏感性和训练,在先例和"正确"的有用虚构中寻求合法性的保守语言和非法进行创新和创造的语言之间,我们很难注意到动态的张力。真正合乎语法的理解与任何厚脸皮、天真地崇尚持久规则(没有跨越时间的规则)的理解是截然不同的。相反,它是一种有见地的令人着迷的感知,这种感知在对风格和语言的解析中变化着,在音乐的调性语法和非调性语法中变化着。语法是充满反叛性的。死亡的或收缩的语言,死亡的或收缩的美学方式,都恰恰是其语法的规则已经极其萎缩,非法侵入不能再增加其生命的神圣性(与英美相比,法国人对这种不朽有着根深蒂固的偏爱,他们也因此在很大程度上表现出脆弱的尊严[*dignitas*]和防御心理)。

在每一个交际行为和访问中都有一部分修辞。修辞学是对话语的词汇和语法单位赋予意义的技巧。一座雕像,一座建筑,都有它们自我表达的修辞。音乐中的声音结构和映射也是如此。劝说的实际程序是建立在相关的语法之上。隐喻、转喻、提喻、哀婉或反讽的比喻,都是句法修辞,如果没有它们,我们的言语就会变得单调乏味和啰里啰嗦,就会变成计算机语言。某些短语以累积或递减的效果连续重复(考虑到圣经中的双式词)就是回指,它是一种语法修辞。正如音乐中主题的重复,建筑中的装饰物或结构特征的重复。由于缺乏对语法生命力的自然感知,我们几乎丧失了对修辞的任何评价。事实上,这个词现在带有一种模糊的贬义色彩。这意味着,西方文学的主要领域,从品达到西塞罗,从西塞罗到维多利亚时期,具有最好的礼仪性、明确的雄辩性和正式的称呼用语,这些领域我们只能在学术或历史保护的灰色地带才能接触到。具有挑战性的是(我不知道如何解释),在巴洛克艺术和音乐中,在现代绘画中——还有比毕加索更审慎、更狡猾的修辞家吗?——修辞和雄辩术的平行能量远比任何一种官方话语的接受度都更广泛。

语言在文学中最具伪装性的表现力,但是,在我们对文学语言的体验中,在对诗歌的体验中,对语法的自然接受是最富有成效的,而对语法的不接受则是最具破坏性的。罗曼·雅各布森的格言很盛行:语法的诗歌就是诗歌的语法。很简单,任何一种语言、流派或传统的严肃文学作品都能说明这一点。

如果人们在自己的感情和理解的小粮仓里真心地接受《仲夏夜之梦》(Ⅱ,i)中奥伯朗和提泰妮娅,以及奥伯朗和普克之间的交流——语言中再也没有比这更快乐的敲门声了——那么,他必须能够从语法中听到音乐。关键是,提泰妮娅"幼稚"中罕见的大胆;关键是,人们要领悟奥伯朗的"throned by the West"的奇妙之处，因为常见的"throned in"是没有这种奇妙的效果的。我们必须试着从语法上阐明"提泰妮娅在夜里的某个时分睡着了"（There sleeps Titania sometime of the night），以便梳理出"sometime"的可理解部分——即使是最敏锐的语法学家也无能为力——梳理出"sometime"使意义的脚步声变得神秘而又光彩夺目的技术魔法，就像句法没有从日常用法的侵蚀和预期中转变或"偏离"一样。

华莱士·史蒂文斯（Wallace Stevens）的《坛子逸闻》（Anecdote of the Jar）是现代文学和思想的一个焦点（这个焦点就是它的主题）。简而言之，这三节四行诗描述了我们的视觉、听觉和触觉反应，就像它们给予我们思考（cerebrations，一个恰到好处的丑陋字眼）一样，最后三行是这样写的：

> 这一最朴实无华的灰色坛子，
> 它不滋养鸟儿或灌木，
> 它在田纳西州与众不同。

"give"和"nothing else"处于"正常"语法的边缘。它似乎阻碍了我们去接纳和认可正在被述说的。反过来,它解构了最暂时性的释义。如果史蒂文斯用"anything else",那么奇点(singularity)的关键,即紧急探索的关键,无论是形式上,还是实质上,都会被轻视或完全忽略。通过被嘲笑的类似案例,我们理解了某些主流意义:赤裸裸的"虚无",它的灰色("与众不同[Like nothing else]"),都仅仅凭着选定的形状,将那未成形的现实荒野集中起来。但是,史蒂文斯的"反语法"让我们失去了平衡。我们既知道,也不知道。我们弯下腰更贴近说话人,就像对声音听起来很疲惫的客人或旅客一样。一种强烈的不确定性吸引着我们。当然,这是诗人的设计。哪里有意义的自由,哪里的语法常态就"无用武之地"。

正如语文学寻求充分的回应一样,形式体验的第三个层面是语义学层面。该术语指的是所有词汇、语法和形式方法的意义集成和综合的产物。它表示方法转化为意义的执行通道。但是,这一通道是可通约的,因为在任何给定的情况下,交流单位——单词、句法、形式组合、相关材料或符号代码——都能立即进入上下文。一旦被阐明,它们就会借鉴先前世界和周围世界中实质上和形式上的整体,并且与之相互影响。莎士比亚作品中的一行文字,以及《包法利夫人》(*Madame Bovary*)中的一个句子,其上下文语境,非常明显都是无限的。无论是历时性的,也就是说,在它以前的历史上,还是共时性的,即参照所有可以想到的当代价值、内涵和用法,它都是英语或法语的整体语言。它既处在周围社会的语境之中,又处于社会结构的语境之中,这个社会结构是相较于其他历史和社会传统而言的。语境包含了相似和对立的美学流派的历史和生命形式。在莎士比亚戏剧中,一首诗歌所具有的相关潜在意义是抒情和戏剧的多重交织。福楼拜的判决似乎暗示了散文小说作为整体的先例,暗示了散文小说所回避的抒情和戏剧模式的先例,亦或暗示了福楼拜作品中将抒情和戏剧模式内化在超越普遍性主张的先例。信息语境的领域在无限地扩展。对任何语义或符号学行为进行详尽的、重复的分析和理解,都是对存在本身的整体的分析和理解,这是一种非常具体的感知。无论多么信任,多么坦诚相见,关于来客的某些事情,我们永远不会知晓。

在柯勒律治两种语言混合的诗体中，不存在任何语境即世界的集合，但是，这一事实并不意味着可解性要么是完全任意的，要么是自我消除的。这种推论是虚无主义的诡辩。

语境在任何时候都是辩证的。我们的阅读改变了交流对象的在场，反过来，也被交流对象的在场所改变。这种充满活力的互惠远远超出了任何正式的技术秩序。事实并非如此，新诗不仅改变了前人诗歌的接受意义和条件，也改变了布拉克（Braque）"抽象的"静物重新组织的接受意义和条件，诸如，使夏尔丹（Chardin）和塞尚的静物画在新的结构和修辞关系中具有有机统一性。所有的语义-审美现象，所有由语言、物质或声音形式产生的意义行为，它们本身都是我们的生命在各种各样的存在中所传达的语境。它们是历史的、社会的、精神存在性的经验数据，与其他遇到的现象范畴一样强烈，一样具有变革性，实际上往往更甚。正如王尔德（Wilde）所宣称的那样，自然不仅仅是在模仿艺术。自然还展现了内在的艺术，这一内在的艺术既内在地存在于我们内心的想象和欲望之中，存在于对现实的映射之中，也存在于我们对周围现实的构建之中。建筑，不言而喻，就是风景。但是，随着心理内化程度的加强，绘画、雕塑、人类和事物的自然习惯的口头表达也是如此，最微妙的是，音乐的时间和空间部署以我们完全体验到的方式进行，它们改变了我们日常生活的感知脉搏，即使我们还未能将它们合理化。在巴尔扎克和狄更斯之后，我们城市的街道变得不一样了。夏天的夜晚，尤其是南方的夜晚，随着梵高的出现而发生了变化。令人着迷的是，即兴的电子音乐赋予了我们周围城市里的许多科技"噪音"新的形式特征和可听性。因此，就核心意义而言，语境史就是"人类历史"的语境。它们之间的互动是永恒的，最终是不可通约的。

由此可见，除了隐喻意义，我们无法设计出一个系统的意义理论。从证据的角度来看，与我们生活在时间和世界的无限脚本中的目的(如果有的话)或"感觉"相比，意义并非更具决定性，也并非更不受实验论证的限制。我们无法运用任何理论或实验模式对我们的出生或死亡的分析证据进行解释。这种无法解释性正是自由的本质。它是想象和思想不可抗拒的通行证。文学、艺术和音乐都是这种自由意志的结晶。它们对理解或误解的开放性,接受或拒绝的开放性,以及它们的无穷无尽,都是我们通向"他者性"、通向生命本身自由的最佳途径,这种自由既令人心旷神怡,又深不可测。当我们让诗歌、音乐和艺术融入我们的存在("我们城市的自由")时,我们看到的是自由本身赤裸裸的存在——它可能具有非人道性。因此,当激进的怀疑否认系统而详尽的阐释学的可能性时,否认任何诠释具有稳定的可论证的单一意义时,他们都是正当的,诸如那些对解构主义和美学误读的怀疑。这种虚幻的绝对和不可改变性,事实上会否定自由的重要本质,而毫无意义的解释游戏,由于自身恣意妄为而专横,但是,在这种虚幻的绝对和无端的游戏之间存在着丰富而合理的语言学基础。

3

在人类文化中,接受的仪式和神话体现了一个原初的问题。这是法里纳塔(Farinata)对但丁的高度质疑:"你是什么意思?"我们要求客人说出他的来源和穿越时间旅行的本质。这不是毫无意义的调查,其答案将会告诉我们他的到来是多么艰辛和宽宏大度。意义的时间和历史语境及其表达和执行形式是我们接受和回应可能性的组成部分。毫无疑问，语境的正确暗示和使用总是有问题的，从某种意义上说，是循环论证的。如果历史是文学、艺术或音乐活动的信息圆周，那么，这一活动反过来又把我们的假定塑造并激活为具有可再现性和记载的史实性。就难以捉摸的本质而言，我们对过去经验的重建是语法上和文本上的"真实-虚构"。它们由过去时态的可用性所构建。没有最后的外部验证附加到它们身上。即使是最客观的考古或档案遗迹，也有被解释的风险，以及因选择性的重新想象而具有的风险。即使是最详尽的历史语境，也无法"诠释"过去的存在，更不用说诗歌、绘画或交响乐在当时的意图和意义了，这就是马克思主义方法最需要严格保障的地方。就我们现在所认为的在法国大革命期间和之后的时间-情感的加速而言，每一份文献都是一种易受诠释性重构和解构的言语行为，这些文献中没有一份可以就贝多芬的奏鸣曲或交响曲中节奏和音阶的戏剧化为我们提供任何可靠的因果关系。年表常常会骗人：丁尼生和兰波是同时代的人。

但是,这些都是具有丰富想象力的陷阱。我们自己也沉浸在部分继承、部分创新的历史意识形态范畴中。我们对审美(形式)的可理解性的所读、所看和所听既充满期盼,也有不解之处。我们将文本或艺术作品的过去性与我们自身联系起来的方式,在紧迫而又持续不断的即时性压力之下(客人已经踏进我们的门了),我们决心或强制废除这种过去性的方式,以及我们的理解视野共同构成了意义体验的动态不可言说性。正是由于这个悖论,某些文本、音乐作品或绘画,无论是今天的,还是我们往昔中最值得回忆的,都对我们无以言说,然而,另一些,在无法追忆的远古,在那瞬间的亲密中,同我们讲话,这证实了自由以及自由之间的交流是美学的基础。

领略到这一点,认识到所有历史证据(其自身的可解构性)在每一阶段的部分虚构本质,我们仍然会利用现有的启示。

20世纪40年代,新批评主义提出了这样一种概念,即诗歌文本的完全共时性,从而拒绝为它们确定年代或历史化,以免如此定位会扭曲我们本能的审美反应的纯粹性,这一概念是一种有用的教学技巧。但仅此而已。

语言、风格、工具、建筑设计或壁画的物质性，都植根于历史的时间性之中。实现的可能性，其内在的必要性——但丁的《神曲》以中世纪晚期的城邦为参照，重商主义和世俗现代性的萌芽是莎士比亚的创作背景，摄影拼贴画之间的一致性，电影的自由放置和超现实主义之间的一致性——具有极大的相关性。什么是文本？什么是模仿的再现或抽象？这些实际的感知警示着整个历史。室内音乐的发展必定有一定的私人或半私人的空间用来表演和听觉。这种可获得性本身就是社会经济史、政治和休闲金融的问题。良好的阅读，自由自在的阅读，永远都是"永恒的"。这就是说，我们为接受所做的努力，我们的提问，将永远发生在**现在**（now），发生在在场存在的时候。但这种即时性是有历史渊源的。当我们与述说过去的话语相遇时，我们就会知道，那些习语、形式上的惯例、内涵和所指的灵韵都不再是我们的了。它们必须或多或少地被学习、被"仰望"。尽管品达的颂歌和现实主义小说都可能深深扎根于我们当前个人存在的最深处，但是，它们却不能在同一种表现形式中被听到。电子复制和发射使我们自身对巴洛克音乐的感觉非常明显。但是，通过学习维瓦尔第或库伯兰(Couperin)创作曲子时所处的社会、政治和技术环境,我们试图尽我们(有限的、可疑的)最大的能力完善这种挪用。将19世纪的俄国文学——从普希金到托尔斯泰——从纷繁复杂的社会政治危机的背景中分离出来,这将是一种毫无意义的武断,一种对常识和接受道德-技术技巧的无端暴力。即使在最严格的俄语语意和语法学中,逻辑形式主义也从未有过这种分离。明显带有历史色彩,甚至带有宣传意味的画作,例如,德拉克鲁瓦对革命骚动的讽喻,与马列维奇的抽象画作《白色上的白色》相比,并非更具有"历史性",也并非与当时的环境形成了更鲜明的对比。两者都讲述了当意义被形式化为可传达的样子时,有时间限制的和非时间的意义实体。相应地,德拉克鲁瓦的《自由的胜利》(*Triumph of Liberty*)的思想水平和体量与马列维奇的"虚空性"(emptiness)一样容易受到形式理论的检验。

争论延伸到与之密切相关的社会学领域。早在马克思和19世纪的实证主义者如泰纳(Taine)和圣-伯夫之前,约翰逊博士(Dr. Johnson)就已经强调了文学和艺术创作的社会环境或政治局势。作为媒介的语言,社会约束和个人创造之间的相互作用,艺术家、赞助人和公众之间的关系,从根本上来说,完全都是社会性的,因为他们体现着阶级和商业性。布莱克所处的社会阶级内部充斥着复杂的孤独,并且这种孤独激发了他的艺术创作才华和想象力,因此,无论这些孤独多么不完美,不了解它们却试图去体验布莱克的创作,是一种不可捉摸的无稽之谈。关于宗教和个人背景的边缘性社会学对解读多恩(Donne)的作品像解读普鲁斯特的作品一样至关重要。深入研究个人收入对某些审美创作形式和创作时期的影响,可以启发我们去理解屠格涅夫、亨利·詹姆斯、保罗·塞尚或托马斯·曼等人作品中的重要元素。社会与感知生活和形式生活之间的关系,正如它们与社会发展之间的关系一样。相互渗透的化学作用太过于复杂,不具有通约性,因此无法系统地分析和重组,更不用说预测性(马克思主义的主张)地分析和重组了。但是,它一直在发挥作用,如果我们忽视了它,就会失去理解和接受它的机会。

语文学诉诸于传记,诉诸于作家、艺术家或作曲家的意图,是一个危机四伏的局面。直觉告诉我们,理性让我们相信,造物者和被造物之间必定存在着功能上的关系。怎么可能不会这样呢? 作品的形式和目的怎能不源于工匠的生活呢? 但是,正是此种关系的本质,即因果关系的推定,抵制任何现成的论证,并且诱导论证的循环。阿里斯托芬(Aristophanes)本质上可能是世界上最悲伤的人——他的求婚本身就被浪漫化了。在《李尔王》和《雅典的泰门》(*Timon of Athens*)的创作过程中出现了精神和性的深刻动荡,我们对此的信服或许只是一种微不足道的合理化。无论如何,我们都没有任何的证据。

因果关系的概念在创造性的惯例方面尤其可疑,犹如那些现代(也就是说,18世纪晚期以及自我的浪漫主义情怀时期)之前的文学、音乐和艺术的匿名一样可疑。在这些经典模式中,职业精神优先于人格。即使我们可以推断或记录事实,它们的全部含义也超越了我们的现代视野。或许,莎士比亚在《李尔王》剧本的创作后期,出于纯粹偶然的职业动机,在剧本中加入了我们所知道的弄人(Fool)这个角色(给他的剧团增加了一个"嗓音甜美的"男孩演员和舞者)。莫扎特在创作《唐·乔瓦尼》(*Don Giovanni*)的最后一刻进行了修改和补充,这在我们看来似乎是其精髓,但是,我们知道其真正原因是出于技术或"票房"。生活和工作之间可以想象的相互作用的界限,即自我作为思想和言语的隐喻在哲学和语义上具有的不确定性状态,在语言上太不稳定,以至于不允许有任何决定性的联系。

此外,真正意义上的审美行为是偶然的,是"偶发事件",其最初的无名性被个人签名的危险所掩盖。诗歌语言先于诗人而存在,它比诗人创作或言说的语言更能"表达"诗人的思想。许多中世纪和文艺复兴早期的建筑师、画家和雕刻家,我们只知道他们是这个或那个作品的"大师"。音乐似乎经常"穿越"(虽然这又是一种修辞手法)作曲家个人,就像它以一种远远超越任何个体化的必然性和普遍性穿越表演者的表演一样。只有自前浪漫主义时期以来,文本性和艺术几乎才与自我投射和独特的声音相似。这种自我投射往往是小匠人之举,是一时的战术,其内在的弱点恰恰是其独创性。

我提到了认识论陷阱。正如我们所见,稳定的意识模式,即关于形式和意义的意向性,处于严重的临界压力之下。当我们援引兰波、尼采和弗洛伊德之后的个人创作和可定义的精神意图时,我们就已经知道了它的含义,或者更严格地说,知道了什么是"无意义"。也许,西方美学始于口传史诗和舞蹈中无个性特征的集体要旨,也许,它们终结了自我毁灭的艺术作品、即兴音乐和无意识写作中同样具有无个性特征的集体现象学("无意识"一词不仅包括超现实主义的实验,也包括文学在大众市场的程序性的商业化)。"生活或工作的完美",叶芝说。就在古典主义和禁欲主义学派分离之后,这两个术语才被认为是戏剧性的杜撰,是需要解构的比喻。

这同样又是一个礼仪问题,尽管感知总是带着自我质疑的顾虑,但是,它还是源于常识。拒绝将我们能够收集到的艺术家的生活记录在册,无视其作为背景的贡献能量,是一种自命不凡的诡计。这种知识也许仅仅不过是附属性的。它没必要,也不应该干扰我们审判自身与作品本身之间究竟是何种关系,以及我们对作品如何反应的即时性。但是,暂时以怀疑的态度利用这种知识,这种知识就会使这些审判变得复杂和丰富,正如我们在对话中对人类生活不断地加深熟悉一样。"荷马",或者令人惊讶的"莎士比亚",都拥有近乎-无特色的好运气,但是,这种运气对其他许多创作者来说并不适用。例如,我们很可能误解了蒲柏身体的虚弱和宗教状况与他的挽歌和讽刺的声音之间的连续性或连续性中的中断;但是,我们的误解(我们对钟摆运动的误读)是值得尝试的,它将给我们的回答带来更耐心的财富。到目前为止,还没有音乐学和神经生理学能够运用任何因果逻辑,将贝多芬的失聪与他后期音乐的结构、调性和意图联系起来。但是,我们对失聪悖论的认识是一个存在性的真理;尽管受挫,我们仍然坚持不懈地努力使其在我们对其作品的解读中发挥有意义的作用。如果将普鲁斯特自己的同性恋和小说里心爱之人的女性身份之间的标记巧妙地加以掩盖和颠倒,就像真实的阿尔弗雷德(Alfred)和想象中的艾伯丁(Albertine)之间的标记被掩盖和颠倒一样,那么我们就不可能在机械假设的基础上好好解读普鲁斯特。如果我们对他的个人状况一无所知,也不了解这种状况对他的语言、社会和小说艺术的观念影响,那么我们也就几乎不可能以一种不怎么粗鲁但同样逐渐变弱的方式好好解读普鲁斯特。

语文学对这类关系口头的、常规程式化的本质具有自我讽刺的警觉,它寻求把对艺术的解读纳入到生活之中。语文学错综复杂,它本身就是一种讽刺性曲解,它承认福楼拜的挑衅:"艾玛·包法利,就是我(*Emma Bovary, c' est moi .*)。"它这样做(就像现代意义的危机出现之前,负责任的情感所做的那样),是因为它完全明白,在任何的均衡中,在自我和虚构人物的他者之间转换交换的动力永远不会被遏止,永远不会被任何传记推理所解决。然而,同时也要知道,压制这种推论是一种简化了的失礼。

诉诸于意向性,诉诸于我们所说的作者或艺术家的目的,比传记的使用所带来的束缚还要糟糕。先知巴兰——马克思在自己探索文学内部意识形态矛盾时也引用了这个寓言——违背他的意愿作了预言。对于自己创作的真实动机(此处"真实"本身可能只是认识论上的幻影)和预期的效果,艺术家也许会从根本上欺骗自己。他也许用伊索寓言的策略,试图欺骗其他人(审查者)。他最为私密的日记、信件和乐曲简介,也许都是小说创作之初的修辞假想。卡夫卡的日记和谈话都是描写痛苦的间接杰作,不仅是对他人的痛苦描写,而且主要是对他自己的痛苦描写。它们表面上的半透明使实际工作更加隐密。当纪德(Gide)发表运用日记创作的小说《伪币制造者》(*The Counterfeiters*)时,当托马斯·曼在《浮士德博士》(*Doktor Faustus*)中添加了"个人"传记作为小说的开始并且详细阐述时,他们都将"元文本"加到了文本之中。这些次要的陈述清晰而诚恳,不附带有特权的真理价值。因此,我们被要求"相信故事本身,而不是讲故事的人"。但是,我们不需要解构性的警告来提醒我们注意故事本身多层次的意图和语义行为中内在的通约性修辞和自我消解。施莱尔马赫的著名假设是现代阐释学的基础,凭此假设,读者可以比作者更了解文本的真实意图和意义。这是一种越轨的思想,并且处于解读的核心。

解构主义在逻辑上反过来削弱了施莱尔马赫自信的悖论,表现出了它的循环性。无论是作者或艺术家对假定意图的表达,还是读者或观众对这些意图的重新解释或可能的反驳,都没有任何有力的证据。用克尔凯郭尔的话说,可能性的创伤永远是敞开的。精神分析寻求基石。它梳理出了动机,以及隐藏在心灵原始材料中的必然性和意义的运动。精神分析的解读声称,艺术家所声称的创作意图正是对他自己和他昏昏欲睡的公众所隐瞒的。凭借系统的不信任，精神分析的目标是最终的推心置腹。我已经表达了我的怀疑，我相信，通过对美学和诗歌形式的精神分析的挖掘而得到的启示，本身就是小说和神话场景。进一步说，人们可能会注意到，所有精神分析解读中的垂直教条，对深度真实性的打赌，都是对众多的文学和艺术门类不闻不问、不负责任。无数的文本、绘画和雕像——也许米开朗琪罗的著名雕塑作品《摩西》对弗洛伊德来说具有很强大的辟邪性——它们的力量，它们有条理地阐述意义，都是"表面上"的。事实上，这可能是"古典"的第一个定义。关于音乐的意图与编码、表面与深度之间的关系，精神分析学也只有含糊不清的陈词滥调。但是，正如我自始至终都在争论的，这就是把人类体验的形式作为意义的关键症结所在。

尽管如此，解构主义的否定和精神分析的承诺都是值得关注的。它们提醒我们，循环和无限回归的过程都隐含在作家或艺术家对动机和意图的任何援引之中。语言的结构，艺术和音乐的形式化，都是无法确定的。意图，即使是最坦白的或最具程序性的，也都是修辞和语法行为。它们"接纳"了自我和世界,我们无法摆脱习语中所固有的意志或潜意识里表里不一的内涵。最终,我们读诗、看画、听音乐时所感受到的自由,都是无法理解的。它甚至可能以一种与世隔绝式的守卫精神、一种伪装精神、一种赤裸裸的欺骗精神,向我们走来。错视(*Trompe-l'oeil*)具有一种本体论上的可能性,而不仅仅是技术上的。这就是表达意图的力量,就是济慈所说的,在拙劣和庸俗的艺术中,"对我们的明显设计",我们必须学会无视。认可的承诺,最终揭示的意义可能是塞壬的歌声。这样的认可,这样的拍卖,不能得到实质性的证明。它会不会羞辱并且压制与自由相遇的自由?

然而,这一切都是如此。

尽管接受和理解的行为在某种程度上是有秩序的直觉虚构,即理性的神话,但是这一事实并不能成为否认意向性语境的理由。摒弃语境的可能性和暗示,就像在这种可能性上盲目投资信任一样是荒谬的,同时也是虚假的、不透明的无政府主义。对后结构主义的否定、对解构主义中的某些变体的否定,完全都是教条式的、政治性的,如同档案历史决定论的实证主义综合体。"意义的空虚"假设,与世纪之交的实用主义和科学主义的文学和艺术中意义的产生有关的经济和心理-社会学因果关系公理一样,也同样是由事实推断结果,是一种专制的还原论。

我们与另一个人的存在自由邂逅,我们试图与这种自由进行交流,这些总是很相似。我们对叙述完善的想象的感知和解读也是如此。这一点对任何有微积分或切线几何基本知识的人来说都是显而易见的。我们一步一步地向着勾画出来的给定空间的方向前进;我们的感知越来越理所应当地依附在可能的意图和意义周围。这种一致性永远不会完满。它和它的对象永远不一致。如果是,那么,接受的行为将完全等同于原初声明的行为。我们的客人不会给我们带来什么。但是,就像在微分学中一样,语言学方法的开放性并没有抵消其严谨性或启示性的潜力。相反,限制和决定事实上只是局部的,它们仍然是流动的、自我修正的,这既确认了诗意中富有意义的存在的自主性,也确认了我们接受的完整性。我以前说过,好的解读与文本或艺术作品之间存在一定的距离或不足,它们本身就像围绕在黑暗的太阳周围的日冕一样明显。在诗歌、绘画和音乐中,不足是体验"他者性"——存在或不存在的自由,加入或放弃与我们的精神交流的自由——的保证。

同样，陌生人的进入，以及在可能的情况下，把陌生人调变成客人，此处的这一天真的比喻指引着我们。我们用周边证据、先例经验（文化）和识别手段来承载将来的可能意义，试图理解他的手势和话语，理解他对我们的诉求。我们充分认识到，我们的理解，即使在发展成亲密关系时，尤其是发展成亲密关系之处，仍然是片面的、支离破碎的，易出错且易受重估。但是，这种认识并不能让我们假定，我们面前的存在是一种似幽灵般的虚空或虚假。它也没有促使我们把它赤裸裸地剥离出来，用某些野蛮的修辞或完全渗透和服从的阐释学来剖析它，这是至关重要的。审查制度剖析并使之赤裸。商业主义驯化了文学和艺术，使文学和艺术变成了装配线上的计件作品。在结构主义和解构主义中，也有类似暴力的元素，虽然看起来很好玩（参考罗兰·巴特的著作《S/Z》）。

　　在自由之间有礼仪之处，就会存在至关重要的距离。某种含蓄仍然存在。理解是靠耐心赢得的，而且在任何时候都是暂时的。对于我们的"召唤者"，对于诗歌或音乐中召唤者的存在，有些问题我们不去问，以免他们削弱我们所质疑的对象和我们自己。在提供形式和意义的过程中,任何卓有成效的相遇都有基本的自由裁量权。在最富有表现力的地方,语言、艺术和音乐使我们明白,它们本身就是秘密之源。隐喻之弧线涵盖未声明的基本原理,没有它,我们既不可能有成形的思想,也不可能有表现性的可理解性。面对审美时,思想和情感的成熟需要"负能力"(济慈)。它让我们栖居于试探性之中。因为"真实的事物"被认为是一种虚构、一种针对我们所设计的修辞性比喻和幻想,所以在最近的一些分解阅读策略中,它是需要被撬开的(在对空虚的不耐烦的坚持中有一种反律法的悲怆)。相反,语文学的空间是期待的空间,是在决定打开一扇门时所承担的信任风险。

这一进入的比喻是如何转化为我们实际的审美体验的呢?它又会把我们引向何方呢?

这表明,如今,在风格和知识氛围占主导的理论时代,个人与音乐、文学和艺术相遇的现象在很大程度上都是无法言说的。当前的批判理论在对重要形式的研究中,几乎没有发现我们对诗歌体验的文字事实。在文本或绘画的生活与我们自己的生活之间"会发生什么"?即使是所谓的"接受理论",在其对美学解释的各个阶段的回顾中，仍然主要是形式的和历史性的。

这种对显而易见的核心议题进行分析性和描述性的回避是有动机的。浪漫主义和后浪漫主义极大地见证了抒情诗、图画和音乐体验的崇高或恐怖，这一戏剧化的矫揉造作留下了令人怀疑的意味。我们正确地质疑许多文学和艺术作品中都具有的反响热烈的雄辩性，比如，从席勒和雪莱到罗斯金和佩特(Pater)的作品。太多的缪斯女神和天使(如里尔克的作品)在太多的讲堂和沙龙中张开了他们柔和而光亮的翅膀。同样正确的是，正如我之前提到的，就音乐的、可塑的或口头的陈述对我们的影响，我们不再分享具有实证主义"科学"暗示的可验证的心理数据。在简单的实用主义层面上，我们知道，小心翼翼而又通俗易懂地告诉别人审美体验的本质以及可理解性的影响时，需要机智、技术权威和罕见的秩序控制，尤其是当这种体验触及人内心深处的时候。尼采对瓦格纳由赞美到"攻击"、普鲁斯特对维米尔的直面、曼德尔施塔姆对但丁的解读、卡尔·巴特对莫扎特的追随，这些都是典型的例子，几乎构成了令人不安的"艺术中的艺术"，它们都需要思路清晰的内省和无拘无束的至高坦诚。当一个人对艺术、音乐和文学中的存在热情洋溢地接受并栖居其中时,试图倾吐内心就是在冒纯粹混乱和尴尬的风险。如果一个人本身不是艺术家、思想家或鉴赏家,他就会在最痛苦的地方暴露于(通常是活该的)嘲笑和指责之中。清泉可以潺潺低语,成人却不能。在我们这个时代,尴尬甚至会让自信和孤独的人都感到恐惧,这一心理和社会事实增强了压抑感。结构主义符号学和解构主义是一种"耍酷"的文化和社会表现。

这些都是强有力的合理化解释。在论述的结尾,我想说的是,它们掩盖了更为激进的畏惧;当我们见证诗意、见证艺术和音乐中的他者进入我们的生活时,我们所感到的尴尬具有一种形而上学的宗教性质。在此,我需要明确说明的是,普遍的规避习惯以及我个人在智力和表达上的无能为力,无法充分克服它。我不是上面提到的其中一员。然而,一定要试图作证就必然会招致嘲笑。那么,我们还谈论什么呢?

4

我想尽可能直接地描绘出诗学和艺术创造中"发生

在我们身上"的典型的即时性。这些即时性,对任何与诗歌、绘画和音乐建立最琐碎、最漫不经心的个人关系的人来说都是很熟悉的。但是,它们却很难用语言表达出来。

那些来拜访我们(call on us)的——我们看到,"call on"这一短语既表示自发的探访,又隐含着召唤之意——往往都是不速之客。即使在准备就绪之地,比如,在音乐厅里,在博物馆里,在选定阅读的那一刻,真正进入我们的内心,并非意志使然。渗入和植入的过程隐含着一种化学结合,这种结合是非自愿的,最初常常被忽视。柯勒律治在一个著名的类比中援引了想象的"钩状原子"(hooked atoms)、相似和回忆的"钩状原子"。但是,在大脑和意识层面上,我们与审美对象之间的联系似乎比联想或记忆机制更深邃。它指向那些无意识或潜意识的倾向,指向那些根深蒂固的、未经选择的亲和力,这些亲和力在接受和刺激的构型之间,冶金术士在谈到基本联盟时,将其称之为"同情"(sympathies)。文字、音乐结构、画面或形式,几乎直接满足了我们所不知道的一种空间感、一种期待和欲望。我们一直期待着那些我们很可能不知道的,与我们形成互补。一致性的震撼——它可能是无声的,几乎难以察觉到它的渐变——是一种被自己拥有的所占据的震撼。济慈第一次谈到查普曼翻译的英文版本的《荷马史诗》时,他表现出了震惊的程式化表情。普鲁斯特描述过他虚构出来的作曲家梵泰蒂尔(Vinteuil)奏鸣曲中的"小短语"是如何被叙述者接受的,在其阐述中,他对意义的美学运动进入心灵,以及它是如何深入心灵都进行了著名的论述。然而,我们每一个人,无论我们的情感多么受限制,都曾见过这种不期而遇的不速之客。那是在法兰克福车站两列火车之间的一个书摊上,我随手拿起一本薄薄的诗集,漫不经心地翻了一遍,眼角瞥见了作者的古怪名字。我几乎掠过或奔向的第一行谈到一种由"未来之北"这几个字组成的语言。我现在不记得我是否赶上了预定的火车,但是,自那以后,保罗·策兰(Paul Celan)却从未离开过我。

我们的存在如何嫁接?是什么把瞬时的接收(敲门声)——即使这种接受是无意识的、潜意识的和不利的,因为有许多我们乐意摆脱的意象、曲调和回忆——变成了一种租赁?坦诚地说,我们也不知道。无论是直观上的,还是理论上的,从柏拉图到弗洛伊德和荣格(Jung),

西方对审美接受的心理学思考都隐含着重新认知(*re-cognition*)、似曾相识(*déjà-vu*)和似有耳闻(*déjà-entendu*)。我们曾经相遇过。

有两种方法可以论证这一极具启发性的猜想,然而,直到现在都无法完全证明这一猜想(这本身就是一个戏剧性的寓言,带有原始的修辞性)。

我们在时间观念上的一种倒退,即对过去和现在的瞬间叠加,可能会产生一种潜意识的重新认知感。在我们富有时间性的精神坐标中,我所称之的"颤栗"(wobble)为诗歌、绘画或音乐旋律创造了开端和"把握",创设了熟悉感。似乎更有道理的是,当"拜访者"踏入我们门槛的那一刻,外部环境和内部性情会激发出这种"颤栗"。我们所有人都体验过两种情绪,一种是注意力的分散和接受的不可抗拒,另一种是紧绷和高度集中的心情。性元素肯定会进入我们对审美(和爱人一起听音乐、读文本)的准备或不准备之中。众所周知,兴奋剂、麻醉剂、幻想剂和幻觉剂会打破自我镇静的外衣,打破封闭的自给自足的外衣,同时扩大接受的神经突触。浪漫主义、超现实主义和未来主义系统地培育了这种通往心灵内部空间的裂缝。在自我的短暂消逝中，其他存在找到了它们光明或阴暗的道路。

甚至，可以想象更具有思辨性的概念。也许，在文学、音乐和艺术中，存在着先于我们所知的意识和理性的存在。视觉和听觉的序列(比如在叙事和音乐中)可能存在着前逻辑的积淀，当然也可能存在着前语法的积淀。人类意识的开端和起源，围绕着充满惊奇和恐惧的棘手节点，在自我和他人之间的区别中，在存在和非存在(死亡丑闻的发现)之间的区别中，必定经历长时间的"简缩"(condensations)。我们的现代梦想早已演变成语法和文化模式，成为一种社会性的象征。但是，诗意的体验，这种被赋予可理解性的自由存在，可以向我们传达人类自我实现的开端，传达人类与自我的第一次相遇。我想到了"背景辐射"和"背景噪音"的类比，在这种辐射和噪音中，天体物理学家和宇宙学家看到了通往我们宇宙起源的痕迹和遗迹。

自我的雏形逐渐变得可感知，并最终形成可理解的形态，这在某种程度上是我们无法重构或解释的，这种渐变可能具有音乐性。心灵具有不同层次的能量，具有不同甚至相互冲突的自我意识流,音乐可以在这些心灵的时空中引发多重存在感和后来的可控体验。语言中的隐喻——原动力——以及半音价值和空间之间的关系,都是艺术问题,因此,它们将逐渐调变或转换成更语义化、更具象的旋律弧形编码。当音乐结构中的和弦关系与节奏把生命带入我们内心时,它们具有的自由和受到的限制可能是一个非常晚的标记。可能是一个非常晚的标记,就像我们从最外围的星系接收到的光一样,是带电但又散播粒子的组合排列,这些粒子浓缩成人性化的自我。因此,魏尔伦(Verlaine)的诗论"音乐先于一切(*musique avant toute cose*)"就有了它的隐秘真相。

绘画、奏鸣曲和诗歌进入我们的内心,带领我们到达自我意识的诞生之地,完成了其他任何方式都无法到达的深度。可以感知的是,文学和艺术见证了这种自由的产生,然而,历史却无法向我们解释这种自由的存在。因此,亚里士多德在《诗学》中断言,小说"比历史更真实、更普遍",这与荣格在人类意识的根源上对原型的推断、对继承的比喻和叙事符号的推断具有引人注目的完全一致。我发现这种一致性很有魅力。但是,我再说一遍,无论如何,这都没有外部证据。这可能只是纯粹的幻想。此外,它如何解释廉价音乐、媚俗艺术或最蹩脚的歌曲和浪漫故事给我们带来的归乡之感呢?

即使它不请自来,艺术作品对我们的意识和回忆的占有欲也可以是无价值的。强迫症可能是,而且通常是不分青红皂白的。厄洛斯(Eros)与审美体验是密切相关的。形式上的魔力,认知的困扰,当这些进入我们的生活时,会与生活有一致的逻辑性,是关于我们自身的优势和需求的"契合",而这种契合独立于广义的、共识性的特质之外。请见谅,在灯火辉煌的市场里,丑陋的男男女女,无论是瘸子,还是放荡者,都拥有激情四射的情人。廉价的音乐,幼稚的形象,以及最粗俗的语言,都能渗透到我们的需要和梦想的深处。它可以在那里主张不可撤销的使用权。伊迪丝·琵雅芙(Edith Piaf)的《我无怨无悔》(Je ne regrette rien) 的歌词幼稚,曲调矫情,政治色彩不吸引人,每当我听到这首歌,听了又听,不由自主地在我心中反复出现时,其开头的几小节,锤击式的*渐速音*(ac-celerando)就会刺激我的每一根神经,用冰冷的灼伤触碰我的骨头,把我拖进天晓得是什么不忠的理性中。瓦格纳无法抹杀回忆，不由自主地哼唱着当代轻歌剧《龙居莫的御马手》(*The Postillion of Longjumeau*)中的乏味曲调，他对此怒不可遏。歌剧中有韵律、双关语以及如死水般平淡的叮当声，这些不仅使读者和听众着迷，而且使那些最伟大的诗人着迷(莎士比亚的意愿；维克多·雨果百倍地为沉郁/忧郁[*ombre/sombre*]思想所困)。然而，同样引人入胜、同样被强调的其他曲调、精神画面以及言语的音效和"环环相扣"，既没有引起注意，也没有被回忆。这就好像每个个体的接受能力，每个个体的精神内在，都是复杂而具体的一样。尽管每个人都有与其他所有人共享的空间和直觉，也更直接地与其历史背景中的成员共享这些空间和直觉，但其社会和教育背景以及心灵中的其他"细胞"，正如语言学家所说，都是"特有的"。它们只符合自身的接受性和交际性的内在本质。我们不理解这种形式的关系。但是，就审美反应、迷恋和选择性亲和而言，其结果是显而易见的。

我会通过区分教学大纲和正典来表明这一点。我们已经目睹了教学大纲是如何随着时间的推移而建立起来的。它是如何代表文化、社会和教学法的选择，这些选择旨在达成或多或少稳定的共识。我们注意到,教学大纲是一种本能,不仅具有美学意义,而且具有政治、政治-经济动机和价值。在"古典"的市场营销中存在着政治,正如在颠覆者和无政府主义者以物易物的交易中存在着反政治一样。正典,正相反,是一种深刻的个人构念。它可以保有完全的私密和沉默,并且基于前意识衰退的根基之上。到目前为止,它最可能起源于童年萌芽阶段的感官冲击和奖励的自由交织、内在世界和外部世界原初的毫无拘束的适应。青春期,随着性在人体内的栖居,它是"正典化"的重要时刻,是接受、选择保留或拒绝话语、音乐和形式表现中的感觉和意义的重要时刻。后期的成熟期和老龄期,与童年和青春期形成了对比,削弱了个人的标准,除了必不可少的思想信条外,其他都抛弃了。经典是藏在我们内心深处的言语、音乐和艺术要守护的条目,对我们回归家园必定熟悉。并且,如果这个条目如实申报并宣布(即使只是对自己宣布),它将包括各种短暂的、琐碎的、可能是虚假的东西。在翻找室或阿拉丁的阁楼里也是如此。就连蹩脚的诗人、传播灵巧图画的画工和管风琴演奏者也是如此,他们的作品不仅无法从我们的记忆中抹去,而且还继续助长并且增强我们内心深处的欲望。没有男人或女人需要为他们的个人选集辩护,为他们被正典接受而辩护。爱从不争辩它的必要性。

教学大纲与正典之间的关系是很难定位的。在特定的文化和品味继承中,他们会有很多重叠。这些杰作往往会出现在某个人单独的私人清单中。他们这样做是否由于权威的认可,他们接受的权威是否来自于外部的威望,来自于从众的压力,来自于我们面对所标榜的价值观和荣誉时的懒散,这是一个尴尬的问题。它触及到了公共与私人之间、传统与自发之间可渗透的灰色边界,这标示了所有社会性存在的境况。马修·阿诺德认为,"在世界上最著名、最具思想性"是衡量伟大的艺术、文学和音乐的试金石,这一论断可能过于自信,但是我相信这一论断与相关的正典之间存在着个人意识上的一致性。在争辩的关键时刻,我将简略地说明,我所认为的这种一致性的原因是什么。

我们现在面临的问题是:文本,作品和音乐结构,无论其来源是什么,无论是来自共享的或公共的优秀教学大纲,还是来自精挑细选而被接受的私人经典,抑或两者都是,它们都融入了我们的生命。我们给了它们'当家作主'的权利,它们也接受了。它们在我们的内城获得了自由。接下来是什么呢?

每一个经历过艺术、音乐和文学的人都会有他或她自己的描述性答案。每一种说明、解释或类似隐喻的尝试都将以自己的方式证明是不充分的。在本质上,它们有共同点。但是,没有一个人会认为,对感觉的形式和意义的占有可以完全转化为其他任何形式和意义。也许,在当前人类环境中,不存在任何其他领域,不言自明的即时性在这些领域中极其令人费解,蒙田对他生命中最重要的友谊,甚至是爱情的解释,即"因为他是他,因为我是我",也无法在这些领域标示着洞察力的极限。我们通常非常清楚地知道,我们试图表达我们和诗歌、绘画和奏鸣曲之间是否有关系。然而,我们既不知道如何去说,也不知道在任何可证伪的物质意义上,我们到底在谈论什么。

我们的"房客"所享有的自由几乎是无限的。其范围从最轻微的声音到强迫性的声音。我们注意到,强烈而持久的审美冲击可能与其来源所具有的一般性质或地位完全无关。公认的纪念碑式的审美与我们擦肩而过;转瞬即逝的可能会让人痴迷。这纯粹是经验的力量,它深深地侵入我们的存在之中,挑战理解和逻辑清晰的措辞。在《仲夏夜之梦》中,"Bottom"一词与博顿的意识具有紧密相连的关系,当审美的力量在我们的身份和本性中发挥作用时,博顿的"翻译"就像我们所能看到的任何一种呈现方式一样,具有变革性的力量。哪里有自由之间的交易,在被赋予和被剥夺的自由在哪里具有整体的力量,我们实际上就在哪里被"翻译"(织工博顿身上总是潜伏着这种巨大的触感)。

陀思妥耶夫斯基在德累斯顿(Dresden)美术馆遇到鲁本斯(Rubens)的一个画作《卸下圣体》(*Descent from the Cross*),这一画作对他的情感、思想以及生活在这个世界上的感觉都产生了影响,传达了耶稣基督遇难的震撼力。汹涌澎湃而又要求苛刻的想象意义的涌流与充满活力的接受能力、思考的目光和内心随时准备对最罕见的学科产生共鸣之间的对话纪要,接近于罗斯金对透纳的评论。他对"透纳体验"的连续记录,是一个具有冲击性的编年史,这个编年史既是即时性的,又是渐进性的(在美学上,最深刻的认知冲击,会从即时性中耐心地展开)。在温克尔曼(Winckelmann)的著作中,在肯尼斯·克拉克(Clark Kenneth)对裸体的研究中,有一些段落把文字精确地融入到触觉中,使语言成为可以触摸的平面和曲面的对应物、完全温暖的对应物,或者成为像冰凉的大理石和金属一样的对应物。文本和建筑作品的最佳读者(他们很少见)能够传达出他们自己发现的起源;它们会暗示我们,相关的组织和结构是如何在它们自身内部以及相应的观察的接受范围内形成概念化的形式。激发作品活力的神经和那些感知行为神经相互分化。

只要男人或女人易于创造,容易受形式所赋予的意义的影响,他或她就容易感到喜悦或悲伤、从容或畏惧、开悟或困惑,而产生这些心理状态的运作方式最终都无法解释。这是老生常谈了。同样的,审美的转变过程虽然明显,但却是不易被分析的。

如果我们有生理-身体特征的话,它们在历史上几乎没有随着时间的推移而有所改变。拉斯科(Lascaux)岩洞里的野牛画师艺术,作为最新的抽象画,有着同样的视觉神经和触觉共鸣。但是,艺术本身,以及我们对它的"接受",无论是在社会层面上,还是在个人层面上,都改

变了我们的感觉。变形是相互作用的结果。在西方具象
艺术中,可理解空间的视觉编码在逐渐进入透视和消失
点的过程中,其重新排序是一个经典的(一直有争议的)
案例。但是,儿童形象的调变,从小大人变成活生生的拥
有自主权的未成熟之人,则另当别论。莎士比亚所不知
的是,这种调变在神学方面——基督的形象——在家庭
生活和心理学方面都是有变革意义的。自画像的复杂历
史,或者更准确地说,自我描述的复杂历史,从中世纪的
工匠们在柱顶过梁上的涂鸦,到乔托(Giotto)的自我寻
找和安吉利科在圣经场景的旁观者中的自我寻找,从伦
勃朗到毕加索,都蕴含着激进的转变,并且都试图平衡人
格中什么是肉体的,什么是精神的,什么是公共的,什么
是私人的。像蒙田和帕斯卡一样,伦勃朗的自画像以及
老而不美的画像,以一种完全不同的标志性方式,不仅改
变了人们对美的感官认知——欲望经济学——而且改变
了感觉上真实的内部和外部的界限。可以说,我们的皮
肤两面都是新的。

我们对光的视觉史和感觉史还有待书写。就像在宗
教思想、神话或新柏拉图哲学中存在着光的教义一样,艺

术中也有关于光的教义，这些教义既含蓄又明确。我们的政治意识，更微妙地说，是我们对时间和四季的解读，对风和水的解读，借着皮耶罗·德拉·弗朗西斯卡画作中风平浪静的大海上的光线，借着维米尔画作中从窗户里射进来的光线，借着透纳画作中明亮刺目的暴风雪，借着印象主义革命得到了改进。与此同时，观察一下继伦勃朗的蚀刻画、戈雅的"黑色绘画"或艾德·莱因哈特（Ad Reinhardt）的《黑色上的黑色》（*Black on Black*）之后，黑暗权重的突变。自梵高以来柏树就开始燃烧，或者保罗·克利之后，高架渠沟磨损了步行鞋，这些说法并不是放纵的幻想。

进入我们内心的"他者性"使我们成为他者。

更严格地来说，西方传统，无论是古典的，还是浪漫的，都把最高的审美潜力归于诗歌，也就是语言中意义的形式。史诗和抒情诗，悲剧和喜剧，以及小说在我们的意识中具有全面深入的权威性。正是通过语言，我们被最显著而又最持久地"翻译"。这种至高无上的地位似乎植根于我们人性的内核之中。可以说，哪里有图形符号装饰元素，哪里就毫无疑问地有人类与家族共享的音乐表达和模仿的模式，以及舞蹈动作模式。据我们所知，言语结构是人类本质上特有的。

这种普遍性的独特性使我们的文明及其传播具有深刻的文本性。文明存在于神圣的经文、法律和文学中。神圣的和法律上或伦理上的"规定（措辞）"，与诗歌或小说之间的关系，总是争论不休。重要的是，文学创作，不管是受欢迎的，还是不被信任的（这两种态度在柏拉图思想中都是典型的），都应该被视为三大要素之一。在诗歌中，在祈祷中，在法律中，语言的威力几乎等同于人类的人性。

这种看法是无处不在的，"文字"很明显地栖息在"读写能力"之中，所以很少有异议或质疑。肯定会有一些男人和女人，他们在精神上具有明显的敏感性和可回答性，对他们来说，提香（Titian）或罗丹（Rodin）就像荷马、但丁或莎士比亚一样，都是具有变革能力的人。在东方和西方都有感觉学科，对它们来说，在开放或封闭的空间——花园和看似空荡荡的日式房间——对物体进行配置，不仅传达了休止的密度，也传达了放弃的修辞，这种修辞胜过任何解读文本的经验。音乐对人类理解的终极力量，也就是说,对死亡理解的终极力量,是我想转回来要探讨的一个问题。

鉴于这些保留意见,讨论美学对情感和智力的影响,毋庸置疑是以文字、口头和书写为中心。正是这个事实阻碍了任何有自信心的发现。词语如何系统化、外化词语的效果?除了使用象征(*figura*)和隐喻(可以这样说,隐喻也许启发于流言蜚语),我们还能指望什么语法学、诗学和修辞学的论著能传达出压倒性的语法呢?

最重要的证人就是孩子。孩子们打开了一扇通向想象之外的白天和黑夜之门,这是一种原始的心理学真理。目前,这个房间基本上没有家具。衣柜对独角兽敞开。安慰者和邪恶的幽灵可以自由进入和活动。给孩子讲的故事,读的故事,以及无意中记忆的歌谣都被铭记在心。的确如此。在大多数成年人中,这种即时性往往会削弱。虚幻世界的入口和警报,与凌乱而谨慎的家庭生活相冲突,这种家庭生活理性而祛魅。孩子们在与想象中的来访者密切交易活力和物质中,测试并组装新生的自我中的各个部件。"来访者(callers)"或"召唤者(summoners)"是恰当的称呼。紧随其后的是,他们会到克鲁索岛或格列佛群岛,到中土世界和银河之战中。他们既懂得快乐,也懂得恐惧。当屋子里夜幕降临之时,或者像沃尔特·德拉·梅尔(Walter de la Mare)这样的低语大师所说的,当中午太安静时,小说就会让孩子体验到恐怖氛围的吸引力。

不管是口头的,还是书面的,如果孩子无法感知故事的魅力和诗歌的韵律,这就是对他的一种活埋,是将他禁锢在虚空之中。穿越斯库拉(Scylla)岩石和卡律布狄斯(Charybdis)大漩涡,到达兔子洞的旅行神话,圣经中混乱的逻辑,以及"诗歌的花园",都是伟大的召唤者。拥有一本漫画书总比什么都没有好,只要里面有丰富多彩的语言生命力。孩子必定易于触及诗歌中的存在源泉,容易受其伤害。这是有风险的。他的来访者可能很丑陋或使人昏昏欲睡。一些成年男女,他们的情感还没有成熟,没有被讽刺成自我意识、童年时代虚无的英雄主义的猜谜游戏或专制者的幻想。童话故事,毛绒玩具的感染力,都可以破坏性地转化为日后的需求。这种启示性寓言所带来的震撼,常常被误解,它会削弱成熟的性欲。但是,必须冒这样的风险。如果孩子没有任何文本,他的心灵和想象力就会彻底早逝。我要强调一下是"彻底"早逝。
人类自由的觉醒也可以发生在图画和音乐的存在之中。
从本质上说,这是一种对叙事脉搏的觉醒,因为它以美学
的形式跳动着。但是,话语似乎确实是叩门声。犹太民
间传说中问道:上帝创造人类不是为了听人类讲故事吗?

感受就像雪晶体一样是独立的。有些人在虚构的谎
言面前畏缩不前。对某些看似不负责任的寓言,可能会
出现几乎是器质性的色盲、音盲或某种急躁(这种急躁存
在于柏拉图思想、某些教会神父以及狄更斯长篇小说《艰
难时世》[*Hard Times*]中的人物葛莱恩(Gradgrind)那
里)。相反,在另一些痴迷的男人和女人中,对想象的要
求是如此迫切,以致导致了"实在原则"的某种丧失。没
有足够柔软或坚硬的甲壳来抵御文本的巨大传染性(在
《奥赛罗》中有一段我很少能面对的漫长折磨,我本能地
记不太清了)。我们已经看到,梦的感官分量或虚构的恐
怖是如何抹杀街上的哭声的。因此,我们视"文学"为语
言的精华,它就像艺术和音乐的精华一样,隐含着强烈的
超凡脱俗。当我们的内心被旋律动感,被戏剧或小说中
的人物角色(*personae*)所充盈、所占据着的时候,我们就

会发现日光和真理的作用是空洞的。雪莱宣称，任何见过索福克勒斯的《安提戈涅》(Antigone)的男人都不会再把他全部的爱以及他渴望的信任，全部交给一个活着的女人。在灵魂的经济中，商机已经被抢占，其手段不是无限制的，嫉妒已根深蒂固。

在这里，色情文学有它的针对性。在这个问题上提出的不实之辞往往和事情本身一样令人作呕。显而易见，色情艺术和写作，尤其是虐待狂的那种——所有色情作品中都存在施虐主义，在某种程度上，性被物化了，人体或身体的某些部分成为了性欲消耗和奴役的对象——会捕获回声的表面，捕获心灵中模仿渴望的机构。哪里有剩余的渴望，哪里就会有竞争性和惩治性的刺激和满足感在眼前——这种捕获是短暂的。它会产生手淫摹本，这种摹本虽然很强大，但本质上却是微不足道的。然而，如果这种捕获发生在空虚和剥夺(社会的、经济的、文化的)之上，让幻想成为对事实的唯一承诺，那么其后果就可能是破坏性的和自我毁灭性的重演。

关于色情虐待的文本和图片传播的审查问题一直是一个难题。但是，我想讨论的并不是这个：在任何关于诗学的争论中,它都是虚构的,都具有开创性的说明功能。正如但丁所教导的那样,在某种实质性的意义上,文字可以使心灵因爱的触摸而炽热。纪录片的写实主义寻求逃离小说的焦灼权威。因为小说是虚构的。书籍早在被烧毁之前就已经被焚烧了,焚烧之后再焚烧。审查者、烧书者和色情作家都腐化堕落,但是,他们又无可置疑地见证了文字对生活的模糊掌控。就像高能物理学所描述的那样,这是一种连锁反应。由审美形式所释放出来的言语暗示、意象或色调联想,反过来又进一步在我们内心产生了类似序列、回应序列和各种各样不同的序列。休眠的欲望有了栖身之所和名字。模仿可能性的脚本展开。一个根本的事实支撑了萨德疯狂的啰嗦。他在书中书写的性剥削和性奴役的幻想,继续笼罩着我们脆弱的人性教育,并且从未间断过。它们不可能完全停止。在一个其起源和结构难以分析的领域,性神经和语言神经是紧密相连的。对色情和虐待狂的意识控制之力,对憎恨的文学和图像的意识控制之力,就是对爱情话语的意识控制之力的精确而对称的戏仿。

在这种话语中,与"他者"的相遇把我们带到了既遥远又近在咫尺的边缘,让我们对诗歌的本质既理解又不理解。柏拉图的《会饮篇》(*Symposium*)、圣奥古斯丁的"话语与理想说"、但丁的《新生》(*Vita Nuova*)、莎士比亚的《十四行诗》(*Sonnets*)和乔伊斯的欲望顿悟说都是精华。但是,爱与理性的关系以及这种关系在艺术、诗歌和音乐的创作和接受中的重要作用,无法使对象具有系统合理性。同时,于我们而言,最亲密而又最独特的,与美学的或者公式化的压倒性入侵之间,存在着相互作用的悖论。除了我们中间极少数的人,还有谁会让爱焕然一新?

我们试图用心灵和身体的话语、短语、比喻、手势来传达我们生命中爱的诞生、成熟和凋零,试图用它们将基本经验传达给我们自己的感知和"他者",此时此刻,他者的"他者性"对我们来说是至关重要的,这些语言、短语、比喻和手势,不管是有意识的,还是无意识的,大部分都是从我们之前的那些伟大的评论家、画家和音乐家的作品中汲取的。在没有文字或文盲的欧洲共同体中,一直持续到18世纪,公众代笔人都是为多情的委托人提供现成的措辞供选择,这些措辞或表达亲昵,或表达狂热的渴望,或表达欣喜若狂的接受。情人再根据自己的方式来选择;今天,求爱或祝福的电报仍然可以按照固定的标签来书写。但是,这种关于爱的言说具有公式化的可见性,这种可见性代表了一个更大的真理。根据我们的语言和文化水平,我们体验和表达爱情的方式就像杰克和吉尔、罗密欧和朱丽叶、托尔斯泰的娜塔莎一样。我们与奥赛罗一样怀有嫉妒之心。当我们的孩子看望我们时,要么沉默不语,要么报复我们,这时,李尔王就是我们的"替身","替身"这个习语本身寻求的就是模仿和预先设定的文化中心。几代人或低声耳语或气喘吁吁地谈论着的关于诱惑和性爱的只言片语,没有被收录在彼特拉克(Petrarch)的短语手册里。

基本的转变很少发生。但是,现代性已经改变了界限,将明确表达越界、禁忌和不正当的行为与在性爱的话语和想象中被社会认可的行为区分开来。哪些是公共区域,哪些是私密区域,这些在《包法利夫人》之后被重新定义。隐私的、未说出口的、或在毫无防备的赤裸裸的终极信任中对心爱之人所说的话,现在都展现了出来。前所未有的是,即使是在我们笨拙的性癖好中,我们也都是预先设定的脚本,都是被言说的。污秽的天真已经进入我们最后的尴尬境地,那就是祈祷。我们知道的一点是,要是能借助一种至高无上的文字游戏,找到策兰晚期的一首诗歌的创作高潮就好了。提到心爱之人,他说,她"beds and prays him free"。这个双关语不能翻译为:bettest/betest。但是,这种一致性的奇迹是显而易见的。爱情的交易至今未说出口。隐私是新的,性爱翻译(如博顿)为理性。这个翻译说的是自由。

我们需要不可思议的力量规避再认知和含蓄的引用去解读世界,而不是世界文本,因为世界文本是为我们编码的(科学界知道这一点)。杰出的艺术家或思想家通过阅读获得新生。我们星期天的散步者是随亨利·卢梭(Henri Rousseau)之后出现的。自纳博科夫(Nabokov)的《洛丽塔》(Lolita)之后,我们的街角就有了早熟少女。这种假想的脚本和预设并不占主导地位,占主导地位的只有那些我们认为具有技术素养的文明。对于所谓的"原始"社会或文盲社会来说,口头叙述和继承下来的小说对其影响力更大。这样的社会几乎可以被定义为具有授权纪念和仪式规定的社区。因为我们是语言和形象动物,因为虚构(神话)的开端和传播是语言的有机组成部分,所以我们个人和社会的存在,很多,也许是主要部分,都已经被展示了。那些言说我们的人都是诗人。

人类学家会说,"言说我们的是歌手"。我们知道,在任何一种文化中,诗人和歌手在一开始都是一样的。歌(song)在直觉上被排在第一位。诗的韵律,散文的抑扬顿挫,都是从音乐中转化出来的。我们已经说过,音乐的普遍性表明了人类的人性。它从具有象征意义的音高或最基本的呼喊延伸到最复杂的单一组织,在这一组织中,情感和意义相互作用,在弦乐四重奏中展开。反过来,我们的感知,我们对和谐与不和谐的直接感知,似乎不仅与我们对个人内在状态的解读相符,而且也与我们对社会契约的解读相符,最终也与我们对宇宙(即"天体音乐")的解读相符。音乐的能量使我们与生命的能量直觉性地联系在一起;音乐的能量使我们置于经验的直接性与抽象的、语言上无法表达但是完全可以触摸到的存在的基本事实之间的关系之中。把音乐翻译成意义,翻译成完全是音乐的意义,这种翻译承载着我们核心之谜的肉体和精神的认识 (还有什么其他说法吗)。并且,这种存在的能量比任何生物或心理上的决定都要深刻。因此,我们似乎的确处在潜意识的门槛上,处在言语和言语的逻辑、暗示和敏感突触的切口所完全无法重现的深处,音乐的起源和人类所赋予的意义本身之间有着密切的关系,我们也似乎处在这一密切关系所无法精准重现的深处。严格地说,没有音乐的世界超出了我们对秩序和欲望的信念。从地质学或生物学的意义上讲,它不一定是一个死气沉沉的世界。但是,没有音乐的世界在人类身上显而易见是毫无生气的。

同样,在这里,经典的见解也非常少。柏拉图和圣奥古斯丁的相关经典见解也很少。莎士比亚有很多比喻和援引,叔本华和尼采也有很多。我们对音乐的了解,就像我们对以活力和压力为中心的自身的了解一样(或者,也许就像我们对自己睡眠的了解一样)。但是,我们对其持续的巨大影响没有明确而系统的把握。我们可以说,音乐是组织有序的时间,组织有序的意味着"有机的"。可以说,这种组织的行为是一种基本的自由,它将我们从生物和物理数学时钟的强制节拍中解放出来。当我们演奏或体验音乐时,音乐所"占用"的时间,是我们在死亡之前所获得的唯一自由。从古代的狂想曲到今天的神经生理学家，在身体和潜意识节奏与音乐的结构惯例之间，我们可以推测可能的一致性——这种一致性自身是对音乐的借鉴——而且已经这样做了。但是，如果没有隐喻，从词源学意义上来说，几乎我们所有说过的话都是废话。

我们所知的是相关的权力。民间故事和形而上学、神话和心理治疗、性爱和宗教仪式，都分享了相关的认识：音乐简直令人发狂，它可以使暴力充满活力，也可以从疯狂的黑暗中安慰，振奋，治愈，唤醒李尔王。抑扬顿挫、和弦与变调，可以撕裂或修补心灵，或者在心灵的裂缝处补一补。有些音色叙事使我们与自己形同陌路，或者相反，驱使我们回家。徐缓调(*andantes*，马勒[Mahler]的超验性技巧)，似乎打破了自我的牢笼，让我们与生命的平静潮汐合二为一。有些诙谐曲(莫扎特的诙谐曲太多了)中，笑是完全真实的，同时，笑也是最终不可征服的悲伤。曲子——我曾经援引过的一个观点，认为它们是"人类至高无上的奥秘"——可以跨越深渊，也可以在地下跳跃，动摇万物的根基。然而，所有这些都是陈词滥调。

当我们试图阐明音乐、谈论音乐时,语言就会愤恨地扼住我们的喉咙。我认为这就是塞壬的寓言所隐含的意义。音乐比拥有"宝座、领土和政权"的语言更古老,比语言更隐秘,它在等待演讲者和逻辑学家,等待理性的知己(优秀的奥德修斯)。塞壬承诺了理解的秩序和超越语言的和平(和谐)秩序。作为语言动物的人类,其权力意志是语法和逻辑的盔甲,必须抵制这种秩序。人类必须对那诱惑性的歌声充耳不闻。否则,他就会失去自我——狂喜的运动——进入一种无法弥补的理性睡眠。

　　但是,塞壬是永久存在的。他们没有被奥德修斯的诡计摧毁。在理性话语的面纱后面,音乐似乎在嗡嗡作响。有了退潮的力量和感官的卑屈稳定,声音总是威胁着拉扯它。它在每一个双关语中,在词汇联想的混乱和漩涡中,都是如此。伟大的诗歌,确切地说,是伟大诗歌中音乐浪潮的返乡之声,丰富并且深化了单词的生命力。一首真正的诗歌,一篇生动的散文,一场完全符合其语法的哲学运动,都是奥德修斯为塞壬的歌声所作的精辟注解。

　　音乐如何支配我们,这是一个我们无从考证的问题,更不用说实质性的可检验的答案了。我们所拥有的只有更深层次的图像，以及人类经验的反抗性自我证明。

这很容易成为实证主义和解构主义的对象。

我想说的是，对于自由之间的本体论相遇，当它发生在我们与美学的相遇时，我们能给出的唯一解释是直觉上的。艺术、音乐和文学进入我们的意识，并且对人性作出回应，我大体认为其是印象派的、隐喻性的。它们假定一种不可还原的主观性，一种自我的终结，而自我的自由，自我的礼仪，使得对他者的承认成为可能。对话的公理保证了与可理解形式相遇这一概念。当前的认识论和心理学的某些发展方向——从尼采到拉康（Lacan）和福柯（Foucault），否定观引导着他们的思想——宣布主体的空缺。自我对于所谓的古典人文主义的返祖式的自命不凡和权力实践来说，是极其有用的一个虚构，然而，它却被消解了。反过来，解构否定了在声明法令和形式内的任何稳定或丰富的意义。

我已经强调了激进的边缘，以及消解和否定的暗示技巧。我以存在主义的方式所说的，我对于我们对意义和艺术的共同体验的直接性和自证性的诉诸，都无法从逻辑上可证实地驳斥（*refuted*）虚无主义的挑战（其中"虚无主义"不是贬义的，它讲述了萨堤尔的颠覆性挑衅）。更糟糕的是，我不断地使用意象、明喻、隐喻或最陈腐的肤浅例子，强化怀疑主义（实证主义）和解构主义的观点。然而，对于我已经提到的拥有和回应的范畴，不可能有系统的、可衡量的模型（理论）。它只是情感上的虚构，直接性的假定和悲情的假定，人文主义已经将这些虚构和假定潜移默化地渗入我们的语法和所谓的"常识"的惰性之中，尼采和弗洛伊德之后的辩证法否定者都已经开始揭露和疏离这些幻想和假定。

让我重申一下之前的结论：在世俗的层面上，在实用主义心理学或普遍共识的层面上，虚无的主张不能得到充分的回应。如果论证的条件仅仅是那些内在性的，那么形式上的自由而真实的意义之存在就不能被充分地定义，也不能被赋予形而上学的合理性。今天，自由主义的想象力或多或少可以轻松应对各种关于不确定性的论述。在这种可能话语和隐喻模型的多样性和不确定性中，我们可以感知到宽容的保证。它怀疑任何对绝对的渴望，这种绝对不仅仅是一种幼稚的简化，而且还是古老而残酷的教条式恶魔。

这种轻松的讽刺和自由的立场非常吸引人。同时，它们很可能不仅抑制了对意义和形式产生的更深层次、更脆弱的接触，而且本身也反映了我们文化中诗歌和创造行为的某种退化状态（我称之为"后记[epilogue]"）。我想验证的正是这些命题。这需要更进一步超越道德上的良知和存在主义经验。这是一个**无法用语言来表达**（*beyond words*）的尴尬的一步，"尴尬"必定彻底迫使推理超越语言。可以用另一个几乎是技术性的名词"超验"来命名。当但丁说"要把船尾（*la poppa*）转向旭日缓缓升起的方向"时，他提供了帮助。这样做可能会导致*folle volo*，即"愚蠢而麻木的逃跑"。但是，我没有看到别的。

5

为什么要有艺术，为什么要有诗歌创作？这个问题与莱布尼兹提出的问题完全相似：为什么存在和实体应该存在，为什么不应该存在虚无？但是，这是一个极为受限性的问题。现象世界的极大丰富性,感官的、交流的能量及形式的无穷无尽的运用("存在[Thereness]"),甚至使最饥渴的感知欲望和最充足的接收能力都饱和了。现实世界的颜色、变形形状和声音都超出了人类的认知和反应能力。人体中和谐对称和根本意念的生命逻辑,是一种特定的奇迹,即一种设计的奇迹,正如我们在达·芬奇著名的正面宇宙人的肖像中看到的那样,这种奇迹颠覆了人类认知。正是在理性思维和知觉之间这种紧张的停顿中,亦即当我们的认知屏住呼吸时,我们的存在感才成为美的主人。那么,为什么是艺术,为什么是虚构的领域会这样呢?

如果不得不以口头的命题和抽象的言语作为伪装,任何回答都不能与显而易见的东西相媲美。我只能这么说(每一首真正的诗、一段音乐或一幅画都能更好地表达这一点):因为有创造,才有审美创造。因为我们早已被塑之以形,所以我们就有了形式性的结构。如今,数学模型揭示了此在宇宙的起源。分子生物学可能已经解开了这条线,它的开端就是生命。在这些巨大的猜想中,没有任何东西可以解除,更不用说阐明这样一个事实:这个世界是在它本不可能存在的情况下存在的,我们是在它可能存在的情况下存在的,而我们却不可能存在于其中。我们人类身份的核心无非是对造物中根本无法解释的存在、真实性和可察觉的实体性的断断续续的理解。确实,作为受造之物,我们对自己的理解亦然。这是深不可测之存在的基本语法。

我认为,审美行为,准确地说,即那些不可能被构思或被实现的事物的构思和实现,是对难以接近的第一个命令的模仿和复制(新宇宙论的"大爆炸说"就像宗教中创造的叙述一样,被解释为命令和"边界条件",而此前不可能有真正的奥古斯丁式的任何"时间")。原始的"让它存在"在概念上难以处理的本质包含了一种可能性,这种可能性本身在概念上是不可接近的,除非它是在一种微不足道的形式意义上存在,即在虚无之前和在虚空之中的某种存在。即使是最具创新性、革命性的文本、画布、色调构成,它们也都源于某种东西,即来自生理学的极限、语言或物质手段的潜力和社会历史氛围。在每一个"艺术行为"的内心深处,都有一个从虚无中绝对跃出的梦想,都有一个发明某种如此新颖、如此独特之发音形式的梦想;也就是说,从字面上来看,它会把以前的世界抛在身后。但是,人类的诗歌创作、音乐谱曲、石刻木刻,不仅基于现有的环境,它是一种**命令**($fiat$),即一种创造性的意向,总是在最初的行动之后。"后验性(posteriority)"的本质——这个术语和问题在亚里士多德的思想体系中已至关重要——需要澄清一下。

传统上,艺术的哲学和心理学已经给出了现成的答案。无论它看起来多么新奇,无论它的错位技巧、言语虚构、绘画、雕塑是多么美妙,它最终都是模仿的。超现实主义、拼贴画、非具象手法在文字或形式上都只是伪装。花花世界的万千元素和先入为主的存在性之组成,都在那里存在着。《黑色上的黑色》是夜晚的快照;半人马是显性现实之间的连字符。事物的固执性"存在"(这是蓬热[Ponge]的关键诗歌的主题)和内在的推论,都寻求最极端的语言幻想。不管我们是否会这样做——这构成了语言的无界监狱——我们的思维之眼用无意义的诗句、具体的写作和显然是随机的游戏,构建了熟悉之识和表示秩序的阴影。就文学和造型艺术而言,现实主义和社会认可的再生产的某些终结性,与其说是一种自由的选择,不如说是一种不可避免的事实。

自亚里士多德以来,模仿的范畴解释了我们作为文学和艺术所经历的总和。我们阅读诗歌和小说,我们欣赏绘画,因为它们与这个世界有关,尽管它们常常以一种令人不安的隐晦或掩饰的风格出现。这种依赖性的内在拥有和"关涉性(aboutness)",乃至被镜子捉弄的地方,归根到底,也会促使并满足一些深刻的冲动,进而使人们去认识自我。就像亚里士多德学说所说的,人与动物的模仿是本能性的再现。

我们立刻注意到,模仿原则只适用于比较琐碎的、程序化的音乐模式。在这个世界上,什么像音乐?音乐是什么样的?在这篇文章的结尾,我将再次强调这个问题。我们在口头上对它的无力回答,在我看来,是最能说明问题的。

但是,即使就较狭义的诗歌和艺术的本体论叙述形式而言,模仿概念,即本能性的*模仿世界(imitatio mundi)*,也留下了太多未解之谜。在这个世界上,为什么小说和艺术是二手货?如果*模仿(mimesis)*是某种必要的和充分的力量,那么,再生性的精度(reproductive fidelity)不就是审美价值的最高境界吗？为什么所有正式的发明不应该追求照片的纯真呢？可以肯定的是,在**写实主义**(*verismo*)和社会现实主义中,程序化的政治准则事实上试图支配这种愿望。自由的想象力蔑视它们。如果对先天模仿的呼唤确实朝着文学和艺术发展的方向走,那么它们并没有告诉我们"为什么",除非是在决定论的心理学意义上。我又要问的是,为什么要有诗(莱布尼茨会问:为什么不应该有诗)？之所以有**创造**,那是因为有创造之存在,这一公理想必是司空见惯的事。但是,这正是因为它是对理解的挑战。

我相信,诗人、艺术家以及作曲家以某种尚待定义的方式创造的存在,都是**反创造**(*counter-creation*)。动机的脉动,把有意义的形式的产生,与创造的第一个行为和存在的产生联系起来(德语"创建[Schöpfung]"的内在不仅有黑暗,也有肥沃能产的深渊),并不是在任何中立或服从的意义上的模仿。这是一种激烈的斗争。这是竞争对手。在所有实质性的艺术表演中,都有一种狂暴的欢乐。它的来源是爱的肆虐。人类的创造者对这种紧随其后的、永远的,以及仅次于原始的神秘形式的形成感到愤怒。对小说、绘画和建筑设计思考得越深入、越成熟，其中的第二体验之宁静的愤怒就越明显。更明智的做法将是造物主对竞争的整体推动。凡间的艺术家会是这样的——莎士比亚十四行诗的开端的"唯一创造者"——他会围绕世界，并对之作出清晰的总结，就像难以名状的对手，即那位"他者工匠"（毕加索的说法）在那六天里所做的那样。最简洁的俳句（haikus），韦伯恩最简短的研究，以及康定斯基早期的一幅夜林骑士的作品，它们以如此集中的规模存在，以至于我们必须俯身靠近才能做到。他们用工匠手中的符号如此完整和深刻地建构了某个反世界（counter-world），这个世界因此"将在反复扣问下进入我们的灵魂"（布朗宁）；同时，通过在其中发现我们最私密的需求和认知场域，我们反过来对它予以回应，并将之放入记忆的神圣宫殿之中。

　　诚然，艺术家和诗人的反建构，以及他的*反对世界的世界*（*mundus contra mundum*）的手段，往往都是现存的（同样，音乐是中心的局外人）。即使是但丁，也不能完全实现他的热切愿望，说"没有人说过的话（quello che mai fue detto d' alcuna）"。即使是梵高的作品，也不能完全

"推陈出新"。小说和各种形式性的想象确实从现实世界的仓库中选择素材，并进行创造性的重组。丰收是一种聚集。但他们这样做，在我看来，是一种高度的、持续的美慕（*invidia*），亦即一种虔诚的或愤怒的嫉妒。主要的文本、肖像，还有风景和静物都在问：为什么一开始我没有参与？为什么我的形式构建行为没有形成意义？所有的命名——诗人和艺术家都是给事物的形态和存在命名的人——都包含着暴力的成分，也隐含着对首要地位的争夺。雅各和与其摔跤的天使的形象，高于所有其他的艺术形象，成了诗化的象征。诗人问："为什么我还没来得及命名就被命名了呢？为什么我必须如此一路跛行呢？"

因此，自我描绘在诗歌创作中占据了重要地位。自传体母题、自画像是最不具模仿性和映照性的审美建构。"为自己作像"是一个充满争议的表达，因为作者或艺术家是在重演自己塑造的角色。他没有意志创造这个世界，他对它的外貌没有选择。自画像是他对自由的强迫性表现，是他对重新占有的痛苦尝试的某种表现，也是他对自己存在的形式和意义的某种掌控。再没有比伦勃朗的自画像更专横的二次创作和更激烈的挑战了。在这里，实质上，人的创造者是人。在梵高最后的自画像中，我们还能找到一种对"其他塑造者"更辛辣的反抗吗？最著名的是这位艺术家在他的蓝调模仿中，手里拿着那些反创造的道具，即他的调色板和画笔。画布上有一种接近死亡的感觉，但暂时无法表达死亡，因为它在一种特定的自由下被看待。一种类似的自由，如凡人工匠为自己和他人创造奇特性的冲动，人类自己本质的真实性面对着他的任性和非自愿的来到这个世界的奴役，使肖斯塔科维奇在面对死亡的荒谬且又不具名的逻辑中获得了创作十五首弦乐四重奏的灵感。自传在此是一个无法充分表达内涵的标题。这些四重奏，在某种意义上被现代生物学所抛弃，构成了一种自发产生的行为。作曲家"创作"了他自己的私人性、社会性和政治性的身份。他获得了重生，即获得了一种不受侵犯的自由，进而拥有了自己来去自如的自由。在莎士比亚的十四行诗（和米开朗琪罗的诗作一样）中，反创造的力量和复杂性是多种多样的。他那无与伦比的能力让人们在他的戏剧及其十四行诗中重新认识这个世界，并有意唤起了一个对手的存在。

一些当代剧作家或诗人也在某些特质性的知识之下得到身份鉴定。也许，他或她的作品中就可能有这样的文本元素。但是，这一推论更为深刻。这是创造者和创造者之间的竞争。最初的建造师是唯一的继承者吗？在内省的压力中，以及在对竞争和出生的不断调整中，这种压力和调整既微妙又异常激烈，十四行诗因此会重新调整，并从无意识的神秘中梳理出真实的本质，以及莎士比亚本人被创造的和极富创造性的身份。在这里，自画像又是最具对抗性的创作方式。模仿是重新占有。

在陈述这一假设时，我完全意识到它可能偏向男性。我完全感觉到，这不仅仅是一种隐喻性的推论，它既体现了在创造伟大的虚构形式时男性的主导地位——这种主导地位在社会、历史或经济基础上都无法完全解释——也体现了父权制、好斗的形象或上帝的隐喻。在任何一种创造模式中，都可能存在性别偏见，这是一种与"其他创造者"角力的行为，但这并不是必然的。我相信，在诗歌和女性创作的小说中，有一种令人信服的反创造的力量，一种对男性作家建构的世界进行赋予生命的重新占有和更正的力量。难道还有比乔治·艾略特或阿赫玛托娃更伟大的摔跤手来对付"可怕的天使"吗？然而，在几乎没有任何主要女作家的戏剧创作中，是否有一些令人敬畏的暗示呢？生育和产生有形生命对女性而言极为重要，这种生物性的能力在某种程度和某种水平上对女性的存在而言都具有绝对的根本性意义，它是如此富有创造性且赋予人满足感，会颠覆戏剧和其他代表性的艺术形式中极为重要的虚构人物之建构，使之显得相对苍白吗？孕育和生养自己孩子的女性经历是一种男性根本无法感知的体验，它在与神秘和生命本身的神圣关系上是那样的直接（"为什么不是什么都没有？"），进而几乎排除了与"嫉妒的上帝"竞争的冲动（这在我看来对审美至关重要）。能这样吗？当前女权主义批评中经常出现的合理怨恨，以及女性主义对传统美学和哲学理论的报复性不耐烦，都使得探究变得困难。迄今为止，文学、艺术，尤其是音乐创作，绝大多数都是男性的作品，这一陈词滥调引发了人们对讨论的强烈拒绝。有一猜想——我已经暗示过了——认为这个事实除了"官僚制度的压迫、社会约束或家庭奴役"之外，还有其他的根源是不可容许的。真可惜。究其原因，我敢相信，没有什么问题比性别与诗学、性别、性和小说冲动更有针对性——尽管这些问题复杂得难以对付，并且对心理学或社会学的实证主义具有抗拒性。如果我们不考虑这种形式的本质，即生育以及这种行为可能带来的对创作的节制，我们是否能够真诚地进一步思考创造和创始，进而对将诗歌或绘画与存在本身联系起来的生命形式的产生进行探究？女人的"成熟的思想"在"大脑中萦绕/使她们的坟墓成为她们成长的子宫"吗？我肯定不知道答案。也许，罗伯特·弗罗斯特(Robert Frost)在谈到"反情爱"时就是这样想的。

可以肯定的是，那些伟大的发明家，他们本质上是人，但他们与天使的摔跤也是毫不掩饰的。米开朗琪罗的十四行诗似乎标志着一轮又一轮的激烈交锋。人物的应许在石头里面活着，只有米开朗琪罗的"粗重的锤子"才能迫使其走出远古的隐藏，走出物质的秘密睡眠。那么，他是它的创造者吗？大师不停地与神的预言作斗争，嫉妒和虔诚在这种斗争中合二为一。在共同性和技术意义方面，诗人、艺术家、莫扎特或贝多芬的狂想在荷马的"近乎神化(near-divinization)"和感情中有其遥远的祖先，在新柏拉图主义者、教育学家和古代晚期的语法学批评家中，无处不在的一种普遍观点是，《伊利亚特》和《奥德赛》代表了超过人类的壮举的创世建构。按照希罗多德（Herodotus）的说法，赫西奥德（Hesiod）和荷马对不顾诸神的权力和功劳进行最初提名负有责任吗？反之，人们不是随意地打开维吉尔的《埃涅阿斯纪》，以便在找到的篇章中发现对自己命运（sortes）的精神进行指引的启示吗？

把诗人和大师级的工匠当作"另一个神"是文艺复兴时期的老生常谈之事。在切利尼（Cellini）的回忆录中，它就像一根明亮的线，既傲慢又虔诚，不可思议地讲述了他在护卫队中于十字架上雕刻的伟大基督。这种交替神性的母题很可能是达·芬奇在发明和设计时狂热的决定性线索，是其自画像中父神肖像的明确无误的范例。斯特林堡在一本高更（Gauguin）的展览目录（1895）前言中言辞尖刻地写道：高更是"一个嫉妒造物主的巨人，在业余时间进行自己的小小创作"。有人会补充说，这是一种像伊甸园般的痴迷创造，几乎是热切地想要取消堕落。在一个世俗的时代，艺术家作为上帝和上帝的对手之类的传统主题表现出的力量和坚持是引人注目的。毕加索宣称,上帝事实上只不过是另一位"艺术家(otro artista)",他自己对发明和自我娱乐的渴望确实是造物主的灵魂。在完成了他在旺斯的玫瑰礼拜堂的画作后,马蒂斯(Matisse)写道:"这是我为自己做的。""但你告诉过我,你这样做是为了上帝",雅克-玛丽(Jacques-Marie)修女反对道。马蒂斯回答说:"是的,但我是上帝。"詹姆斯·乔伊斯在《青年艺术家的肖像》(*Portrait of the Artist as A Young Man*)中对这位剧作家的比喻有其老套的骄傲和不满:"艺术家,就像造物主一样,留在自己的作品之内、之后、之外或之上,却又完美地遁隐其形,与众不同地在那儿悠闲地修剪着自己的指甲。"这样的声明数不胜数,现在还在层出不穷。

作为读者、听众和观众,我们通过它的形式认识到造物本身的面貌,进而体验审美,并对其进入我们的存在的试探性自由作出回应。对诗歌、音乐和绘画的回应,在我们自身创造力不足的情况下,我们重新演绎了在这个世界上存在着的两种决定性运动:在虚无之地产生和继续存在,以及死亡的暴行。但是,即使只是在千禧年的尺度上,后者的绝对价值也被艺术中生存的潜力削弱了。抒情诗、绘画和奏鸣曲的生命力超越了创作者和我们自己的寿命。这是一种超越了我们所能理解的任何其他形式的审美，是对死亡的否定（无论它是多么具有片面性，抑或是确切意义上的"比喻性"）的感觉配置。我们想象文本中虚构的场景或人物，感知因此重新组合绘画中的物体或面貌，并通过内在的互补性使听觉与音乐产生既是概念上的，也是肉体上的共鸣，由此我们重新实现了创造。仔细阅读，根据画作中特定的存在，倾听色调论证中的动态关系，就会产生一种新的作品，也会从沉默和潜在的缺席中醒来，进而完成艺术家的创作进程。美学理论总是试图把历史和理性形式的概念强加在复活的欢乐和自由主义的丑闻上。

我们已经看到，即使是最深刻、最和谐的反应，也会遇到不可减少的"他者性（otherness）"。没有阅读会最终包含了诗歌的意义和生命的意义。在值得严肃地享受和欢迎的地方，一种美学形式和反创造包含了那些反对明确、稳定的融合性元素和内涵。当艺术家和作家告诉我们，他们并没有掌控自己设计的全部或潜在意义时，他们所证明的就是这种"他者性"。当具有相似感性和知识的读者、阐释者或观赏者对同一作品作出不一致的反应时，这只是因为他们自己的自由存在遇到了审美形式的不同方面，而审美形式本身是不可还原的。在我看来，这种"他性"在物质上几乎就像原始的一个永不更新的遗迹，永远无法完全接近创造的时刻。按照当今宇宙学的说法和形象，它就是"背景辐射"，它告诉了我们这个世界的形成。但与这些光谱波长不同，在诗学、音乐和艺术中，创造者和接受者所体验到的"他者性"不仅有一种特殊的吸引力——它是一种不屈不挠的自我隐藏，一种在我们热爱和希望最了解的事物中——而且通常还都具有恐惧的灵韵。因此，里尔克大声呼喊"天使"，即那些在《杜伊诺哀歌》伊始使他放声高歌的人。所有的离别和开始都在虚无的平静中发生，也都是可怕的。

在大多数文化中，在对诗歌和艺术的见证中，直到最近的现代性，才被实现或隐喻为某种超越性。它被当作是神圣的、神奇的和邪灵性的（daimonic），是一种辐射不透明的存在。这种存在是力量的来源，是文本和作品中意义的来源；它既不是有意识的意愿，也不是有意识的某种理解。如今，人们习惯将这种至关重要的过度归因于无意识。这种"归因"是我所谓的"另类"的世俗说法。无论我们如何寻求其经验有效性，无意识的比喻都是一个代码翻译，将某个看似合理的词汇表和思想系统称为邪神(daimon)，就像狂想曲中带着奇异的狂想那样指引着雕刻家的手。在西方，人们关注的是那些具有重要形式之力量的播撒者——缪斯。重要的不是指定的风格，而是在诗歌和艺术中含蓄或明确的肯定，因为史前的洞穴绘画和各种机构的激烈合作性存在都超越了工匠们对之管控和概念性的把握。重要的是，梵高近乎愤怒地坚持认为，颜料的摆放——"黄色不知何故被置于蓝色的阴影之中"——是一种形而上学的行为，是对"本质"这个词最严格的遵守，是一种与不透明和先例权威的相遇。

反之，这是我们对审美中存在和表现的内在和背后的本质的理解，这也恰恰是信任的必要条件。我们把占有的权利让给了文学小说和画家给我们的形象暗示，也让给了音乐的生活节奏；我们在艺术家作品的再生和延续中相互合作，尽我们的接受性和纪念性的最好手段，我们也在精确的程度上成为了体验未掌握的"存在"的一个秘密分享者，同时还体验了一种与艺术行为共存或彼此影响的某种先在性创造。我看不出其他的解释，首先是心理上的(不管那是什么意思)，因为看不见的压舱物给史诗、戏剧和小说中的戏剧化人物赋予了"现实生活"一个完整性的密度，即一个远远超过普通人性的存在。"字符"这个词是指页面上的实际标识符号。毫无疑问，奥德修斯、福斯塔夫(Falstaff)、安娜·卡列尼娜都是"字符"；也就是说，他们也只不过是一页纸上的词汇性和语法性符号的集合。但是，确切地说，正是作为字母的字符和作为存在的字符之间的量子跃进说明了这一点，因为作为一种存在，它通常比我们自己的存在更丰富，也更需要探索，同时还比我们的存在更为持久。除了形式主义的意义，"字符"的总和不会创造出一个"字符"。符号进入有机性的指数调节发生在形式的机械性和意义的"他者性"之间的"碰撞"(荷尔德林的术语)中。那些"如同透过一层黑暗的玻璃"感知超凡的透明性的人，或敦促字母世代进入精神状态的人，都在说同样的话，尽管他们用的习语比我们的更为直接。

如果没有这种假定，即诗歌和艺术的创作与先前创造的存在的残留或再现之间在感觉上的连续性，我认为，对于我们内在的审美体验还没有任何可理解的观点,同时我们也没有对那种体验进行自由回答的能力。如果"字符"只是"字符",那么形式只是仪式和意义,即只是在面对自我颠覆、语义上任意的符号序列时的短暂天真或自我欺骗。我试图证明,这个选择,用它自己的语言和讽刺的修辞游戏,是无可辩驳的。我认为,这对人类的经验,尤其对艺术家和接受者的经验,都明显是错误的。

由于具有说服力的历史性和心理性的多重原因,我们已经得出的数据表明,这样一种信念的自然习语不再被普遍接受。精神分析、解构主义、怀疑论的实证主义或不可知论,都很合理地确定并以这种接受能力为基础。李尔王让我们得以表达出根本的差异性。难道就像严格的虚无主义所说的那样,是"无中生有"吗?或者,我们是否可以在某一概念上附加一些实质性的结果和一些除了隐喻的感伤之外的重量感?此处提及的这个概念就是,在考狄利娅的沉默中完全存在但却无法言说的过分的意义是以艺术和诗歌为存在形式的,尤其是在"为其父亲的事而效力时"。

在数学方面,一个公理性的系统只能通过包含至少一个无法从该系统内部证明的假设来证明其自身的一致性。笛卡尔押注于一个无法证明的假设,即上帝并没有设计出一个现象性的宇宙来欺骗人类的理性,或者使自然法则的反复应用变得不可能(由一些"谬误之魔"对这样一个宇宙的解构性设计在逻辑上是完全可以想象的;最卓越的就是无政府主义的直觉)。康德假设在人类理解的结构和我们对事物的感知之间存在一种基本的一致性。他无法证明这个假设。的确,他断言了"事物自身"的不可接近性和我们认知的绝对局限性。对于我们在存在中的身份和我们与世界的关系,没有一个概念和一个直观的想象,而且它们在定义和演示链中不包括至少一个空隙。在意识和"现实"方面,没有一种思维定式不跃向不可证明的黑暗(先天的)。

这篇文章论证了一个关于超越的赌注。文章认为,在艺术行为及其接受和有意义形式的经验中,存在着一种存在的假设。意义不是一成不变的数据。在其他可理解的表达模式中,确实存在着空缺、故意的或病态的"断裂"或"无意义"的空间。然而,这些都不是其本质,但确实有破译的能力。然而,这些也只是边缘现象。解释分歧和修改是无止境的,但在它认真参与的地方,分歧的过程就是一个逐步界定和澄清争议的过程。我曾说过,在艺术和文本中,存在和"他者性"的不可减少的自主性否定了适当的解释或一致性的发现。

正如当前的语言学哲学所陈明的那样,上述这些信念是"超越验证"的。它们不能在逻辑、形式或证据上得到证明。反讽、荒谬或虚无主义的否定唾手可得。在自由主义弃权中,信仰的中止也是如此。但是,我们不要搞错,这种"验证超越"标志着人类存在的每一个基本方面。它限定了我们的概念化和进入生命的观念,以及我们的精神身份和工具中的基本元素,还有爱和死亡的现象学等方面的内容。科学假设和发现确实改变了我们自我定位的方式,也改变了我们表达人类环境中未知常数的方式。它们可能(但只是在有限的范围内)改变"核查领域"与超越这些领域的领域之间的平衡。但值得注意的是,基本的界限仍然存在。在海德格尔的文章《科学不思考》和《逻辑哲学论》的结尾处,这是很明显的陈述。此外,在科学自身内,有一种外在于证据的假定,即向基本的表象的某种跳跃,比外行人所能设想的更为普遍。

定义我们人性的最后一个悖论大行其道：总有一种感觉，当我们经历和谈论"存在"的时候，我们并不知道自己正在经历和谈论的是什么。在某种意义上，任何人类的话语，无论如何分析，都无法使"意义"本身成为最终意义。

但是，我的赌注必须更具体一点。我打赌，无论是在笛卡尔的思想中，还是在帕斯卡利亚的理论里，一个真实存在的信息压力在语义标记中产生了俄狄浦斯国王或包法利夫人，造就了格吕内瓦尔德(Grünewald)的三联画或布兰库西《鸟》(Bird)中栩栩如生的颜料或切口，也在音符、分音符、节奏和音量的标记中实现了舒伯特的五重奏。产生、外化和实现，这些是从内部被赋予能量和象征形式的最初出现的抽象表述。它们是通过精神和技术手段重现和再生人类的质疑、孤独创造力以及对时间和死亡的理解能直觉地感知到的造物的命令；然而，可以解释的是，由此也产生了自我和我们所处的世界。

不管我们愿不愿意，这些压倒性的、司空见惯的、不可思议的东西以及作为人的核心的质疑的必要性，使我们与超验性存在之间亲密无间。诗歌、艺术、音乐是那一社区的媒介。

就意义而言,对阅读行为的描述,从最全面的意义上,亦即对我们接受和内化重要形式之行为的描述,是形而上学的,归根到底,也是神学的。把美归于真理和意义,要么是一种华丽的修辞,要么是一种神学。神学,无论是明确的或压抑的,隐藏的或公开的,还是实质性的或表象性的,它在我们与文本、音乐和艺术的相遇中,为创造力和意义的假设提供了保障。意义的意义是一个先验的假设。负责任地读诗,以及对形式的负责,就是对意义的再分配下注。这是在文字和世界之间的一种关系上打赌。这种关系是悲惨的、动荡的、不可衡量的,甚至是讽刺的,但是这种关系由保证它的东西所限定。对于诗人来说,这些问题都很简单,但丁、荷尔德林和蒙塔莱(Montale)一遍遍地告诉我们,当语言无法表达时,诗歌到底在说什么。维梅尔窗扉上的灯光和所有伟大的音乐也是如此。

6

这是否意味着,所有的成人诗歌创作和所有我们认为在文学、艺术和音乐中具有引人注目地位的事物,都是某种宗教性的灵感或援引?从历史和实用主义的角度来看,答案几乎是明确的。对某种超验性向度以及那种或显性(仪式上,神学上,通过启示的力量)或隐性地在内在的或纯粹的世俗范畴之外,被感觉为明确存在的东西的援引和自我引介支持了从荷马和《奥瑞斯提亚》(*Oresteia*)到《卡拉马佐夫兄弟》(*The Brothers Karamazon*)和卡夫卡的创造形式。从拉斯科的洞穴到伦勃朗、和康定斯基,它为艺术提供了灵感。在这个术语的根本意义上,音乐和形而上学,以及音乐和宗教感情,实际上都是密不可分的。正是在音乐里,并通过音乐,我们最直接地接触到逻辑和语言上无法表达但又完全可以触及的存在之能量,它把我们所能掌握的那极少的生活中某种赤裸裸的奇迹,传达给我们的感官和沉思。我把音乐当作是对生活的命名之命名。这超越了任何礼仪或神学的特性,是一种圣礼的行为。或者,正如莱布尼茨所说:"音乐是灵魂的一种秘密算术,它却不知道自己在计数。"

这就是为什么音乐一直是我争论的中心。每一个被音乐感动的人,或被音乐赋予了生命的人,对音乐所能说的话也都是些陈词滥调。音乐呈现意义。它充满意义，却又不能被翻译成逻辑结构或口头表达。在音乐中，形式就是内容，内容就是形式。音乐能在最高的程度上立刻使人理智。我要重复强调的是，在一个四重奏的演奏以及声音和乐器的互动中，能量和形式关系是人类所知的最复杂的事件之一；同时，它在比意志或意识更深的层次上也是从我们身体中对肉身性共鸣的某种找寻。这些都是陈词滥调。然而，他们中的每一个人都在嘲笑分析的合理化建构，都在谴责实证主义的傲慢，也指责对事物进行量化以及心理论证或社会映射式的解释之要求的专横。在音乐方面，我们都是人类，而且太过于人类了。但是，在音乐的力量范围内，对激进的"非人性"的暗示，无论是恶魔般的还是安慰性的，是欣喜的还是凄凉的（在伟大的音乐中总是两者兼而有之），即在某种程度上都超出人类范围之来源和归宿的暗示，总是压在作曲家和演奏者身上。它们总是能说服那些对音乐有值得一说之思想的人，从柏拉图到叔本华，再到尼采。

音乐使我所寻求的意义上的真实存在变得非常实质性，而这种存在是不能被分析式地显示或解释的。音乐给我们的日常生活带来了一种直接的感觉逻辑,而不是理性逻辑。对于在产生有生命形式的生命之泉中起作用的逻辑,这的确是最真实的名称。从俄耳甫斯之歌和反创造(counter-creative)到死亡,再到《庄严的弥撒曲》(Missa Solemnis),从舒伯特的晚期钢琴奏鸣曲到勋伯格的《摩西和阿伦》,再到梅西昂(Messiaen)的《临时性四重奏》(*Quatuor pour la fin du temps*),音乐都颂扬了直觉的神秘。这种颂扬无数次都与宗教有明显的关系,但其核心关系远远超过任何特定的宗教动机或场合。显然,任何陈述都是陈词滥调,但却有着难以定义的巨大本质,音乐让我们作为男人和女人接触到了超越可言和可分析的事物。音乐显然是不受世界限制的,因为后者是科学决定和实际利用的对象。所以,音乐意义之意义具有了超越性。长期以来,音乐一直是那些缺乏或拒绝任何正式信经的人的不成文的神学。或者反过来说,对许多人来说,宗教一直是他们信仰的音乐。在流行音乐和摇滚的狂喜中,两者的重叠也是尖锐的。

从统计上看,直到启蒙运动之前,西方绘画、雕塑以及大部分体现在建筑中的东西,还有虽然粗糙但不可否认的标志,都是具有宗教色彩的;更具体地说,无论是在动机上,还是表现内容上,它们都是符合《圣经》要义的。史诗和悲剧都是在一种宣称的或简单假设的"超脱尘世"中清晰地表达出来的。它们完全与"天地万物"的假设不可分割。特别是悲剧——也许到目前为止,悲剧都是所有美学类型中最雄辩、最集中的质疑——从埃斯库罗斯到克劳德德尔都被上帝所萦绕着。悲剧把人置于无家可归的十字路口,在那里,人的处境的神秘性被赤裸裸地暴露在威胁和恩典的模棱两可的祈求之下。正如苏格拉底所暗示的那样,在高级喜剧的三特质中有一个推论。当诸神微笑时,他们最能隐藏自己。你可以看看费斯特在《第十二夜》(*Twelfth Night*)中的歌声,以及莫扎特的神秘作品《欢声笑语》(*Cosi fan tutte*)结尾处凡人的笑声和契诃夫(Chekhov)的告别辞。

这种载体往往是神话式的。神话包含了一种对有限性的基本治外法权。这是一个尴尬的标签,但我认为它却是不可或缺的。实证宇宙学是有限的,因为它会在宇宙周围系上"弦"(寻求普遍理论的最新数学意象方法)。理论、关键实验和代数模型都是为了证明。然而,证明在本质上是终结性的。即使在无穷大时——它本身是一个精确的技术概念——证明也有终结的时候。但最卑微的神话，恰恰相反，却是无止境的。在所有可信的神话形式中，对跨理性之可能性的推断——他们的推断实际上是"发生的音乐"——并不是古老的放纵。就我们在生和死中与"他者性"息息相关的日常经验而言，神话为我们急躁的质疑提供了最生动的临近感知。在古代文学和艺术中，宗教和神话被融合在神话的共同标题下。基督教所启示的真理功能，如穿越、充实和复活，具有双重意义。对于信奉字面主义的人来说，它们是真理的叙述；是一种翻译，是将系统的不可解释性"延续"到更加难以捉摸的、断断续续的和自我质疑的神话叙述的不可解释性之中。观察这个动态的"翻译"——博顿再次成为我们对从假定形式到自由形式的转变的见证——本身就是我们能够或愿意附加的意义，在一种情况下，我们可以或愿意赋予真正的存在进入面包和酒，在另一种情况下，我们赋予死亡回归生命。

另一方面，以神话为主题的文学文本、音乐作品或绘画与超然性的核心文本或潜文本之间的关系更为隐晦。

我们所要做的区别,简单来说,就像在瓦格纳的《指环》和帕西法尔之间的区别一样。在维克多·雨果关于上帝和撒旦的石板史诗中,神话与宗教无缝地结合在一起。福克纳的《八月之光》(Light in August)有着优美的棱角。在麦尔维尔(Melville)的《白鲸》(*Moby Dick*)中,以及在《卡拉马佐夫兄弟》关于大检察官的寓言中,神话小说的变形能量几乎把自己当成了权威,确保了圣经神学来源的中心地位。即使是在一个家庭的和世俗的流派中,也就是现代小说中,伟大的典范继续大声地或低声地(就像普鲁斯特那样)问着一个人类无法消除的问题:上帝存在还是不存在? 难道存在就没有意义吗?

这是神话创造神秘和宗教背景的"非理性"的潜力,而宗教背景的"非理性"从另一个角度来说是"丰富而奇怪"的东西。在卡夫卡关于普罗米修斯的寓言中,我一直将其称为对神话定义的黑暗之光中"可解释的"东西。其他人可能称之为异端或侵蚀。在18世纪后半期盛行于欧洲的一种建筑装饰艺术风格洛可可中,在启蒙运动中,以及在19世纪对神话的使用中,有一种对精神的抑制和超自然的让步。象征是为了形式而被扁平化的,而这种扁平化是一种矛盾的反抗,在提埃波罗(Tiepolo)的艺术中,汹涌向上的急流与之相对。神话似乎保留了它的内容。或者,在弗洛伊德式的解读中,它被心理学化了,不是无限地向内,而是内在性的(就像我们所说的内科)。索福克勒斯的《俄狄浦斯》使神话中原本更为仪式性的透明谜团变得难以解释。正是在这种不可接受的深化中,也就是在这种"深渊"中,埋下了悲剧的种子和涌动。弗洛伊德对索福克勒斯的误读,其本身故意制造出了一个治疗神话,使之变得平淡了。它不仅使心灵和感情的生活与不可言喻的宗教仪式的根源分离,而且使人永不疲倦地放弃解释,放弃有限的解释,也就是我们在戏剧中所知道的神话的表演和证实。

在《麦克白》(*Macbeth*)幽灵般的恐怖中出现了模棱两可的话,在"上帝之死"之后的有限而自由的理性与在神话中激进的内在质疑之间,含糊之词在整个现代主义中具有特殊的强度。自文艺复兴早期以来,没有一个时期比我们这个时期更关注、更坚持地关注神话的本质。在一个发现不可知论世俗主义或多或少难以忍受的时代,重新神话化(Re-mythologization)可能在未来被视为定义时代精神的标志。从艾略特的《荒原》(*The Waste Land*)到《四个四重奏》(*Four Quartets*)的运动,是一个进程性的图解,如果是这样,从神话的未知领域到系统的和教义的未知领域也是如此。帕斯捷尔纳克的《日瓦戈医生》(*Doctor Zhivago*)作为神话的基督论(Christology),不亚于贝克特对救世主的讽刺。毕加索把他极富创造力的对古代神话进行的引用和表现称为"插图"。在某种意义上,这就像他们在 18 世纪和 19 世纪的先例一样,在原始寓言中缓和,甚至嘲笑了超然存在的压力。但在另一方面,牛头怪弥诺陶洛斯(Minotaur)的序列是一个令人敬畏的例子,毕加索的画像明显掩饰了一个关于存在的不可否认的神秘事件和恐怖行为。如果乔伊斯的《尤利西斯》是一个尝试,也许这是我们以所拥有的最具灵感的意志和迂腐的方式,将神话根植于俗世,将神话的灵韵带到人间,托马斯·曼的《约瑟夫三部曲》(*Joseph trilogy*)和赫尔曼·布罗赫(Hermann Broch)的《维吉尔之死》(*Death of Virgil*)对散文小说赋予了启示的重担和神话特有的对未知的开放性。

特别令人着迷的是,在达达主义(Dada)、超现实主义和当前的非客观和非具象艺术流派中，从宗教到神秘主义以及从神学到深奥的堕落性转变。早在 1917 年 5 月，通过公开阅读雅克布·伯梅(Jakob Boehme)关于光明与黑暗之间诺斯替派似的相互作用的神学猜测(在 1612 年发表的《曙光女神》[Aurora]中)，汉斯·阿普(Hans Arp)发起了达达主义。立体主义一次又一次地引用布拉瓦茨基(Blavatsky)提出的"上帝的几何形状"这一概念。康定斯基的《论艺术中的精神》(*On the Spiritual in Art*)是一个深刻的宗教宣言。抽象艺术仿佛害怕这种虚无，害怕与之非常亲密的虚空——伊夫·克莱因(Yves Klein)将他的画作置于"巨大的空虚"之中，并以之为依托——因此，它力求"使无形的世界可见"。它是新柏拉图式的神秘之光，"巨大的光弧触及地球并使之歌唱"(阿普)。不亚于父权主义和中世纪基督教的沉思大师，建构主义绘画和雕塑沉浸在"纯白无限(le blanc infini)"之中，即纯粹的白光和巨大的虚空的无边无界之中("blanc"的意思是两者都有)。1924 年，库尔特·施维特斯(Kurt Schwitters)甚至将达达主义定义为"艺术领域中的基督教精神"。达达主义以其荒诞的"非世俗主义"和对社会不公以及对战争的抗议而著称。巴尼特·纽曼(Barnett Newman)在 20 世纪 40 年代中期写道:"艺术家试图从空虚中夺取真理。"空白和形式之间的辩证法,以及表征性的瓦解和重建之间的辩证法,在蒙德里安(Mondrian)和安瑟尔姆·基弗(Anselm Kiefer)之间展开。在一系列引人入胜的研究中,蒙德里安将一棵树解构为纯粹抽象的线性标记;在《皮耶·蒙德里安的阿米纽斯之战》(*Piet Mondrian Arminius' Battle*)中,基弗展示了一棵大树,即一棵"人之树",在这棵树上挂着"人子(Son of Man)"缺失的重量。该作品通过这种重新出现将形式和我们对形式的意识从"大空虚"中聚集起来。

正如存在琐碎的、投机取巧的文学和音乐一样,现代艺术也不过是一种太极拳,它只是以或多或少的技术活力,模仿一种真正与空虚的斗争。博物馆的地板上堆着砖块,时髦的墙壁上有撕破的布袋条。伟大的角色被犹太神秘主义教宗和萨满教中深奥性和禅宗的某一特质所占据;比如,美国抽象表现主义的天才就直接讲述艺术家们面临的困难,尤其是在一个坦率地讲神学是如此多地受到嘲笑的社会和历史时刻,当他寻找一个符合他的创造经验的习语时。当天真地建立在科学和技术之上的理性盛行之时,当不可知论不是随之而来的无神论而是成为公认的话语规范时,一个艺术家就很难找到语言来表达他的创作,因为"原始的振动"加快了他的创作。然而,在让我们烦恼的现代性中,主要的艺术就像之前所有伟大的塑造一样,普遍地受到了上帝之火和上帝之冰的触及。

有人问,严格意义上的世俗诗学是否存在?有没有一种理解能够产生"文本"并使其接受成为可能而不受先验假设的制约、不受柏拉图"对无形现实的渴望"的制约?

从表面上看,这个问题很愚蠢。大量的文学、音乐和美术作品在参考和意图上都具有世界性。当然,文学从来没有停止庆祝物质的欢乐和悲伤,魅力和嘲笑。绝大多数的歌曲和舞蹈就是这样的——为工作和工作日、需求、休假时间设定了节奏。在什么样的情况下——除了画家或雕刻家的冲动是反创造性,这一点至关重要——我们能将超然的维度与静物、肖像以及无数对自然和家庭环境的描绘联系起来,并在这些环境中,我们过着非形而上学的生活?接受有限世界的感官享受,我想以此来定义笑和宽容,感受的上下文和内容不仅是审美结构的主要部分,也是绝大多数读者、听众和观众在转向音乐、艺术和文学时所关注的某种体验。

对崇高和形而上学作品(opus metaphysicum)的投资,可能会奉承批评家和解释学者。这可以弥补他自己(我自己)创造力的局限。然而,内在的某个逻辑能解释有意义的形式之事实性生产过程吗?三重回音可能会有点帮助。奥古斯丁的训诫是这样的,伯梅的重述也是如此,柯勒律治曾这样记录道:"我警告所有的探询者要耐心等待——不仅不要在话语还没给他们之前就向前冲,甚至也不要不耐烦地踩着地面。因为只有在深深的寂静中,才能领会这真理。"在这个忠告中没有神秘主义,只有常识中难以捉摸的光芒。

因为一个很明显的事实是,在西方,那些具有重要参考意义的著作、艺术作品和音乐作品,在我们的处境的神秘中表现出乔伊斯所宣称的"严肃而持久"。据推测,伊甸园里不需要书籍或艺术。其后不可缺少的东西传达了巨大伤害的紧迫性。从死亡的角度来看——我们怎么能死,我们怎么有能力去死?—西方意识已经发声,唱出了它对爱和博爱的实现。质疑和非物质性的"高度严肃性",用那个最激进的词来形容,存在于我们认为在艺术行为和阅读中持久存在的事物中。我们时代的政治上的兽性行为、社会的不公正、对自然世界的掠夺,使这种存在立即成为决定性的和有问题的。

我想说的是,"万有引力"和"恒常性"最终都是宗教的。这是意义的范畴。他们有两个主要的宗教意义。第一个是显而易见的。《奥瑞斯提亚》《李尔王》和陀思妥耶夫斯基的《魔鬼》与乔托的艺术或巴赫的激情一样,都是对男女之间关系的探讨和戏剧化,都是关于上帝或上帝的存在。这是希伯莱的直觉,上帝有能力做所有的言语行为,除了产生了我们的回答、质疑和反创造的艺术的独白。在《约伯记》和欧里庇得斯的《酒神的伴侣》之后,如果人要忍受自己的存在,就必须有我们的诗学、音乐和艺术所规定的与上帝对话的方法。

主要形式和我们对它们的理解的核心重力和恒常性是宗教的第二种特质,即更广泛的感觉。正如我所指出的,它们体现了人类精神的一种根本冲动,亦即探索存在于经验或证明之外的意义和真理的可能性。在这个精神运动(moto spirituale)中,最突出的是对超自然力量和边界进行或隐或显的推论。所以,在西方艺术和文学中有很多这样的主张,我们是未知的近邻,我们在实用主义的实体性秩序中移动,它们本身渗透到另一边,在"阴影线"之外行动。没有千里眼的亡灵,就不会有奥德赛;没有鬼魂,就没有哈姆雷特。但是,如果没有普鲁斯特对死亡的召唤,也就不会有对过去的回忆——天使的翅膀与已故工匠的杰作合二为一。严肃的音乐、艺术和文学,在它们自己的生存赌注上,都是对约束的分析实证标准的拒绝。艺术家和他的调查对象同托马斯·布朗爵士一样,都知道我们是人,却不知如何是好;在我们身上有某种东西,它可能没有我们,我们也无法判断它是如何进入我们体内的。

艺术家、诗人和音乐家将这种洞察转化为生活和生活的形式。他们的存在是形而上学的假设,而形而上学在那里也延伸到宗教。这所需要的"验证超越"是一种不可知的纪律。无论是在犹太-基督教意义上的特别宗教,还是在更普遍的柏拉图神话的伪装下,美学都是主显节的形式。有一个"光芒穿透"存在于其间。

在《天堂篇》中，但丁在琴弦的音乐停止之前讲述了一个险胜的故事。声音过后，颤音依然存在于我们的内心。这段时间可能是我们所能想到的最接近于推测的暗示，即人身上存在着价值和能量。确切地说，它是一种超越死亡的"声音"和"话语"。从理性的角度和科学的、幼稚的空话角度，去了解这样一种暗示。我们能说的是，有一种音乐既传达了庄严的永恒、死亡的结局，也传达了对死亡的拒绝，这是一种既过分又缺乏可靠知识的说法。在舒伯特的 c 大调五重奏中，这种对人性来说是本能但对理性来说是不光彩的双重运动是显而易见的，它对精神、智力和身体的注意都是透明的。我们不妨听听慢节奏的乐章。

总而言之，我相信，诗歌、艺术和音乐能最直接地把我们和不属于我们的存在联系起来。科学在制造模型和图像方面也同样有活力。但是，这最终并不是毫无利害关系的。他们的目标是掌握和拥有。这是反创造和反情爱，因为它们体现在审美和我们对既定意义的接受上；这使我们疯狂地接触超越，接触我们物质中"做梦也想不到"的事物。维特根斯坦说，我们语言的局限不是我们这个世界的局限(作为一个沉浸在音乐中的人,他知道这一点)。艺术最奇妙地植根于实体、人体、石头、颜料、内脏的轰鸣声或风吹在芦苇上的重量之中。一切好的艺术和文学都是从内在开始的。但它们还不止于此。也就是说,简言之,这是美学的特权,它加速进入光明的事业和存在,是时间性和永恒之间、物质和精神之间、人和"他者"之间的连续体。正是在这种普遍而确切的意义上,创造开始于宗教和形而上学,并由宗教和形而上学所支持。诗歌、音乐和艺术是什么?"它们怎么可能不是这样呢?","它们是如何影响我们的? 我们如何解释它们的行为?",这些问题归根结底都是神学问题。

7

我以前引用过一些最谙熟情况之人的言语:诗人和艺术家。我在他们中间找不到解构主义者。我发现,没有人能凭良心接受逻辑原子主义、逻辑实证主义、科学价值证明,或者更普遍意义上的自由怀疑主义,去接受对允许的论述所规定的约束。尽管休谟、费尔巴哈(Feuerbach)和马克思所预示的精神分析论证认为,宗教命题是源于幼稚和神经症的幻象,但制造者们似乎并没有在听(唯一的例外可能是莱奥帕尔迪)。劳伦斯(D. H. Lawrence)的总结是这样的:"我总是觉得自己好像赤身裸体地站在那里,等待万能的上帝的烈火穿过我的身体——这种感觉相当可怕。一个人要想成为艺术家,就必须非常虔诚。"还有叶芝这样说:"没有人能像莎士比亚、荷马、索福克勒斯那样创造,但他们不相信人的灵魂是不朽的。"引证可能会继续。伯特兰·罗素(Bertrand Russell)风趣地断言,上帝给人类关于他存在的指标太少了,宗教信仰不可信。然而,从形而上学的角度来看,这种言论是毫无意义的。它忽视了整个诗歌领域,无论是形而上学的,还是美学的,它忽视了音乐和艺术,没有这些,人类的生活可能就无法生存。

我知道,这种提法不仅对大多数会读这样一本书的人是不能接受的,而且对我们文化中普遍存在的思想和感情气氛也是不能接受的。正是这种不可接受的特点,形成了我所说的"后记"的时代,一种内在的"后语言(afterword)"的逻辑。在艺术的创造和体验中,存在着与超越的根本相遇,这一观点从教育信任中衰退了,早于马修·阿诺德的宣告。目前的情绪最多宽容华莱士·史蒂文斯的建议,即"在一个人放弃了对上帝的信仰之后,诗歌才是救赎生命的精华"。今天,感性承认"在理性的沙漠中有某种空虚"(黑格尔),但这种空虚及其所引起的渴望被认为远比陈词滥调或死亡信条的毒刺要好得多。也许在政治和道德上,以及在这个人类历史上最残酷、最浪费希望的 20 世纪,极少有动机去明确地"忘记"上帝。

在近代的艺术和思想中,它不是一种工具性的遗忘,而是一种消极的有神论,一种对上帝的缺席;确切地说,它是对上帝的衰退的特别生动的感觉。"他者"已经从化身中退出,留下的不是不确定的世俗的阴影,就是仍然回响着离别的震颤的空虚。我们的审美形式探索着空虚,这种空虚的自由来自弥赛亚和上帝的撤回(上帝把我们带走了)。如果"神圣精密"的乔治·德拉图尔的《约伯被他的妻子嘲弄》(*Job Mocked by his Wife*)或乔尔乔涅的风景画展现了一个真实存在的顿悟,如果他们在世界和人类的问题上宣称了艺术与神秘的召唤的关系,那么马列维奇和莱因哈特同样权威地揭示了他们与"真正的缺席"的相遇。所以,我们看到后结构主义和解构主义也是如此。在德里达式的解读中,存在着一种"零神学",即"永远不存在"。原始文本就在那里,但由于原始的缺失行为而变得无关紧要。我们认为,某些卡巴拉主义者所想象的律法,是人类语言所未触及的意义,人类在参考或解释上的含糊不清也因此是遥不可及的。

正是在这种缺席的情况下,我们才会用影子盒,或者像德国人恰如其分所说的那样,"用栅栏挡住镜子"。

我要肯定的是这样一种直觉:当上帝的存在不再是一种假想,当他的缺席不再是一种感觉,甚至是压倒一切的重量时,某些维度的思想和创造力就不再能达到。我要改变叶芝的理论,就这样说:没有人能够完全阅读回答美学的问题,因为美学的"神经和血液"在怀疑的理性中是平静的,现在又在内在和验证中是自在的。似乎我们必须要阅读。

上帝缺席的密度,缺席时存在的边缘,并不是空洞的辩证扭曲。现象学是基本的,它就像我们所爱的人或寻求爱的人,或我们以前生活在恐惧中的人,从我们身边消失了。那么,这种距离就充满了一种压力,一种遥不可及的接近，以及一种被撕裂的记忆。在死亡集中营里，在肮脏的星球的废墟上，这种缺失的"存在"在我们这个时代的主流文献中得到了清晰的表述。它存在于卡夫卡的寓言中，存在于贝克特的《终局》(*Endgame*)中各各他(Golgotha)的地名中，存在于《献给保罗·策兰的无名诗篇》中。与克尔凯郭尔的话相反的是，帮助者不再是帮助者，而是在最近的衰退中仍能产生共鸣的人，他们能与约瑟夫·K 死刑上闪烁的光芒产生共鸣，与贝克特笔下的马龙陷入虚无之中。

只有当关于上帝是否存在的问题失去了一切现实性，只有当如逻辑实证主义所教导的那样，只有当这个问题被承认并被认为是完全荒谬的时候，我们才会生活在一个科学–世俗的世界里。有教养的观点或多或少地接受了这种新的自由。对这一观点来说，虚空正是而且只是虚空。一般的情绪可能会随之而来；或者，最具威胁性的是，它可能会渴望宗教原教旨主义和庸俗的意识形态。

对上帝问题的遗忘很可能会成为现在新兴文化的核心。也许对于"更高级的事物"，对于仍然存在于我们的语法中仍然是隐喻弧线的本体论保证的那些不可触及的和神秘的事物的参照的垂直性,将会从言语中消失(想想计算机的语言和人工智能中的代码)。如果这些意识和表达的变异生效,我们所知道的审美创造形式将不再具有生产力,它或将成为历史。相应的是,阐释学遇到的反应方式,正如我所概述的,将成为考古学。语言学将不再因为爱而知道一个逻各斯。我注意到,当代的音乐表演和试听、博物馆里的展品,以及经典的文字,都已经在追溯过去。与科学家形成鲜明对比的是,人文主义者倾向于认为黎明和中午都在他的身后。

这样的猜想无法证实。我自始至终所提出的区分在亚里士多德的《形而上学》中得以阐明:"不区分需要论证或证明的事物和不需要论证和证明的事物,这是一个阿帕德乌斯问题。""Apaideusis"可以翻译为缺少学校教育,这是教育的根本缺陷。我把这个词翻译成精神和理解力上的不雅。

如果我的直觉具有实质性,那么对神学和形而上学的漠不关心,对实用主义,以及在逻辑和实验可证伪的界限是否属于人类存在性的问题漠不关系,将意味着与审美创造和接受的彻底决裂。真正内在的地方——我绝不肯定我知道这意味着什么——诗学、"后语言"的艺术以及他们所要求的解释性回应,将与我们所知道的那些以及那些仍然存在的来世在本质上是不同的,尽管官话在今天的过渡或环境中往往被琐碎化。

西方历史上有那么一天,史书、神话和经文都没有记载。今天是星期六,它变成了最漫长的日子。我们知道基督教认为的耶稣受难日就是十字架受难日。但是,非基督徒和无神论者也知道它。也就是说,他知道不公正,知道无休止的痛苦,知道浪费,知道谜一般的残酷结局,而这些结局不仅构成了人类状况的历史维度,也构成了我们个人生活的日常结构。我们无可避免地知道痛苦、爱情的失败和孤独,这些都是我们的历史和个人的命运。我们也知道星期日。对基督徒来说,那一天意味着复活、正义和战胜死亡的爱的暗示,这一暗示既确定又不确定,既明显又难以理解。如果我们不是基督徒或信仰者,我们对那个主日的了解也完全是类似的。我们将其看作是从非人性和奴役中解放出来的日子。我们寻求解决方案,无论是治疗的还是政治的,是社会的还是救世主的。显然,那个星期日的面貌带有希望之名

（没有无言的可建构性）。

但是，我们的旅程是星期六的漫长旅程。一方面是痛苦、孤独和难以形容的浪费，另一方面是解放和重生的梦想。面对孩子的折磨和爱的死亡（星期五），即使是最伟大的艺术和诗歌也几乎无可奈何。在星期日的乌托邦中，审美大概将不再具有逻辑性和必然性。在玄学想象的戏剧中，在诗歌和音乐中，关于痛苦和希望的恐惧和比喻，关于肉体的感受，关于精神之手的感受，关于火焰的味道，都是安息日的。它们是从人类的无限等待中升起的。没有它们，我们怎么能有耐心？

译名对照表

Adorno, Theodor Wisengrund
特奥多尔·W·阿多诺

Aeneid《埃涅阿斯纪》

Aeschylus 埃斯库罗斯

Akhmatova, Anna Andreevna
安娜·A·阿赫玛托娃

Anaximander 阿那克西曼德

Anna Karenina 安娜·卡列
尼娜

Anselm of Laon 安塞姆拉翁

Aquinas, St Thomas 圣-托马
斯·阿奎那

Ariosto, Ludovico 卢多维
科·阿里奥斯托

Aristophanes 阿里斯托芬

Aristotle 亚里士多德

Arnold, Matthew 马修·阿诺
德

Arp, Hans 汉斯·阿普

Artaud, Antonin 安东尼·阿
尔托

Auden, W. H. 奥登

Auerbach, Erich 埃里希·奥
尔巴赫

320

Brecht, Bertolt 贝托尔特·布莱希特

Breton, André 安德烈·布列东

Broch, Hermann 赫尔曼·布罗赫

Browne, Sir Thomas 托马斯·布朗爵士

Browning, Robert 罗伯特·布朗宁

Buber, Martin 马丁·布伯

Büchner, Georg 格奥尔格·毕希纳

Burke, Kenneth 肯尼斯·伯克

Busoni, Ferruccio Benvenuto 费鲁乔·B·布索尼

Byron, George Gordon, Lord 乔治·G·拜伦

Cage, John 约翰·凯奇

Campbell, Roy 罗伊·坎贝尔

Canetti, Elias 艾利亚斯·卡内蒂

Celan, Paul 保罗·策兰

Cellini, Benvenuto 本韦努托·切利尼

Cézanne, Paul 保罗·塞尚

Chapman, George 乔治·查普曼

Chardin, Jean Baptiste Siméon 让-巴蒂斯特·S·夏尔丹

Chekhov, Anton Pavlovich 安东·P·契诃夫

Chopin, Frédéric 弗里德里克·肖邦

Cicero 西塞罗

Clark, Kenneth 肯尼斯·克拉克

Coleridge, Samuel Taylor 赛缪尔·T·柯勒律治

Comte, Auguste 奥古斯特·孔德

Copernicus 哥白尼

Dada 达达主义

Dali, Salvador 萨尔瓦多·达利

Dante Alighieri 但丁·阿利吉耶里

Degas, Edgar 埃德加·德加

Delacroix, Eugène 尤金·德拉克鲁瓦

De la Mare, Walter 沃尔特·德拉·梅尔

De la Porrée, Gilbert 吉尔伯特·德拉·波雷里

De La Tour, Georges 乔治·德拉图尔

della Francesca, Piero 皮耶罗·德拉·弗朗西斯卡

De Man, Paul 保罗·德曼

Derrida, Jacques 雅克·德里达

Descartes, René 勒内·笛卡尔

Dickens, Charles, 查尔斯·狄更斯

Diderot, Denis, 丹尼斯·狄德罗

Dilthey, Wilhelm 威廉·狄尔泰

Donne, John, 约翰·多恩

Dostoevsky, Fyodor 费奥多尔·陀思妥耶夫斯基

Dryden, John 约翰·德莱顿

Dürer, Albrecht, 阿尔布雷特·丢勒

Eagleton, Terry, 特里·伊格尔顿

Einstein, Albert 阿尔伯特·爱因斯坦

Eliot, George 乔治·艾略特

Eliot, T. S. T·S·艾略特

Empson, William, 威廉·燕卜荪

Euripides 欧里庇得斯

Faulkner, William 威廉·福

恩斯特

Grünewald, Mathis 马 蒂 亚
斯·格吕内瓦尔德

Hamlet《哈姆雷特》

Hazlitt, William 威廉·黑兹
利特

Hegel, Georg Wilhelm
Friedrich 格 奥 尔 格 ·
W·F·黑格尔

Heidegger, Martin 马丁·海
德格尔

Heisenberg, Werner 沃纳·海
森堡

Herodotus 希罗多德

Hesiod, 赫西奥德

Hitler, Adolf 阿道夫·希特勒

Hofmannsthal, Hugo von 胡
戈·v·霍夫曼斯塔尔

Hölderlin, Johann Christian
Friedrich 约翰 · C · F ·
荷尔德林

Homer 荷马

Hopkins, Gerard Manley, 杰拉
尔德·M·霍普金斯

Housman, A. E. 豪斯曼

Hugo, Victor 维克多·雨果

Hume, David, 戴维·休姆

Husserl, Edmund, 埃德蒙德·
胡塞尔

Iliad《伊利亚特》

Ingres, Jean Auguste Dominique,
让-奥古斯特·D·安格尔

Jakobson, Roman 罗曼·雅各
布森

James, Henry 亨利·詹姆斯

Jefferson, Thomas 托马斯·杰
斐逊

Jerome, St 圣-杰罗姆

John of the Cross, St,

Johnson, Samuel 赛缪尔·约
翰逊

Jonson, Ben 本·琼斯

Jouve, Pierre Jean 皮埃尔-让·茹弗

Joyce, James 詹姆斯·乔伊斯

Jung, Carl Gustav 卡尔·G·荣格

Kafka, Franz 弗兰茨·卡夫卡

Kandinsky, Wassily 瓦西里·康定斯基

Kant, Immanuel 伊曼努尔·康德

Keats, John 约翰·济慈

Keller, Hans 汉斯·凯勒

Kiefer, Anselm 安瑟尔姆·基弗

Kierkegaard, Sören 索伦·克尔凯郭尔

King Lear《李尔王》

Klee, Paul 保罗·克利

Klein, Yves 伊夫·克莱因

Kleist, Heinrich Bernt Wilhelm von 海因里希·B·W·v·克莱斯特

Klopstock, Friedrich Gottlieb 弗里德里希·G·克洛卜施托克

Kraus, Karl 卡尔·克劳斯

Kripke, Saul 索尔·克里普克

Lacan, Jacques 雅克·拉康

Lautréamont, Isidore Ducasse de 伊齐多尔·D·德·洛特雷阿蒙

Lavoisier, Antoine Laurent 安托万·L·拉瓦锡

Lawrence, D. H. 劳伦斯

Leavis, F. R. 利维斯

Leibniz, Gottfried Wilhelm von 戈特弗里德·G·v·莱布尼茨

Lenin, Vladimir Ilyich 弗拉基米尔·I·列宁

Leonardo da Vinci 莱昂纳

328

Ranke, Leopold von 利奥波德·冯·兰克

Reinhardt, Ad 艾德·莱因哈特

Rembrandt van Rijn 梵·莱茵·伦勃朗

Reynolds, Joshua 乔舒亚·雷诺兹

Richards, I. A. I·A·理查兹

Ricoeur, Paul 保罗·利科

Rilke, Rainer Maria 莱纳·M·里尔克

Rimbaud, Arthur 阿蒂尔·兰波

Rodin, Auguste 奥古斯特·罗丹

Rosen, Charles 查尔斯·罗森

Rousseau, Henri 亨利·卢梭

Rousseau, Jean Jacques, 让-雅克·卢梭

Rubens, Peter Paul 彼得·P·鲁本斯

Ruskin, John 约翰·罗斯金

Russell, Bertrand 伯特兰·罗素

Sade, Marquis de 迪·萨德侯爵

Sainte-Beuve, Charles Augustin 查尔斯·A·圣伯夫

Salieri, Antonio 安东尼奥·萨列里

Sartré, Jean-Paul 让-保罗·萨特

Satie, Erik 埃里克·萨蒂

Saussure, Ferdinand de 索绪尔

Schelling, Friedrich Wilhelm Joseph von 弗里德里希·W·J·v·谢林

Schiller, Johann Christoph Friedrich von 约翰·C·F·v·席勒

Schleiermacher, Friedrich Ernst Daniel 弗里德里希·E·

D·施莱尔马赫

Schoenberg, Arnold 阿诺德·
勋伯格

Schopenhauer, Arthur 亚瑟·
叔本华

Schubert, Franz 弗朗茨·舒伯
特

Schumann, Robert 罗伯特·
舒曼

Schwitters, Kurt 库尔特·施
维特斯

Seneca 塞涅卡

Sessions, Roger 罗杰·塞申斯

Shakespeare, William 威廉·
莎士比亚

Shelley, Percy Bysshe 珀西·
B·雪莱

Shestov, Lev 列夫·舍斯托夫

Shostakovich, Dimitri 肖斯塔
科维奇

Socrates 苏格拉底

Sophocles 索福克勒斯

Spinoza, Baruch 巴鲁赫·斯
宾诺莎

Stein, Gertrude 格特鲁特·斯
坦因

Stendhal 司汤达

Stevens, Wallace 华莱士·史
蒂文斯

Stravinsky, Igor Fëdorovich 伊
戈尔·F·斯特拉文斯基

Strindberg, August 奥古斯
特·斯特林堡

Taine, Hippolyte 伊波利特·
泰纳

Tarski, Alfred 塔尔斯基

Tasso, Torquato 托夸托·塔索

Tennyson, Alfred, Lord 阿尔
弗雷德·丁尼生

Tiepolo, Giovanni Battista 乔
瓦尼·B·提埃波罗

Titian 提香

Tolstoy, Leo 列夫·托尔斯泰

Torah 摩西五经

Tractatus《逻辑哲学论》

Trakl, Georg 特拉克

Turgenev, Ivan Sergeyevich 伊
凡·S·屠格涅夫

Turner, Joseph Mallord William
约瑟夫·M·W·透纳

Ullysses 尤利西斯

Valéry, Paul 保罗·瓦雷里

VanGogh, Vincent 文森特·
梵高

Vasari, Giorgio 乔治·瓦萨里

Velázquez, Diego 迭戈·委拉
斯开兹

Verdi, Giuseppe 朱塞佩·威
尔第

Verlaine, Paul 保罗·魏尔伦

Vermeer, Jan 杨·维梅尔

Vigny, Alfred Victor de 阿尔
弗雷德·V·维尼

Virgil 维吉尔

von Humboldt, Wilhelm 威
廉·冯·洪堡

Wagner, Richard 理查德·瓦
格纳

Webern, Anton von 安东·
冯·韦伯恩

Wilde, Oscar 奥斯卡·王尔德

Winckelmann, Johann Joachim
约翰·J·温克尔曼

Wittgenstein, Ludwig Josef Jo-
hann 路德维希·J·J·
维特根斯坦

Wordsworth, William 威廉·
华兹华斯

Yeats, Wiliam Butler 威廉·
B·叶芝

Zarlino, Gioseffo 乔塞夫·扎
里诺

"轻与重"文丛（已出）

图书在版编目(CIP)数据

真实的临在 / (美)乔治·斯坦纳著;段小莉译
--上海:华东师范大学出版社,2023
("轻与重"文丛)
ISBN 978 - 7 - 5760 - 3780 - 7

Ⅰ.①真… Ⅱ.①乔…②段… Ⅲ.①文艺理论
Ⅳ.①I0

中国国家版本馆 CIP 数据核字(2023)第 083260 号

华东师范大学出版社六点分社

企划人 倪为国

"轻与重"文丛

真实的临在

主　　编　姜丹丹
著　　者　(美)乔治·斯坦纳
译　　者　段小莉
责任编辑　徐海晴
责任校对　彭文曼
封面设计　姚　荣

出版发行　华东师范大学出版社
社　　址　上海市中山北路 3663 号　邮编　200062
网　　址　www. ecnupress. com. cn
电　　话　021 - 60821666　行政传真　021 - 62572105
客服电话　021 - 62865537
门市(邮购)电话　021 - 62869887
地　　址　上海市中山北路 3663 号华东师范大学校内先锋路口
网　　店　http://hdsdcbs. tmall. com/

印 刷 者　上海盛隆印务有限公司
开　　本　787×1092　1/32
印　　张　11
字　　数　145 千字
版　　次　2023 年 8 月第 1 版
印　　次　2023 年 8 月第 1 次
书　　号　ISBN 978 - 7 - 5760 - 3780 - 7
定　　价　68.00 元
出 版 人　王　焰

(如发现本版图书有印订质量问题,请寄回本社客服中心调换或电话 021 - 62865537 联系)